U0075976

國際學術研討會

古龍武俠小說 領先時代半世紀

【記者賴素鈴／報導】江湖代有才人出，這廂古龍凋零二十載，那廂今朝懸賞百萬獎新秀，浪淘不盡，唯有武俠熱愛，不隨時間變易，在學術研討會上更見分明。以「一代鬼才：古龍與武俠小說」為主題，淡江大學第九屆文學與美學國際學術研討會昨起在國家圖書館，展開為期兩天的議程，紀念武俠小說家古龍逝世二十週年，新生代學者與古龍故舊齊聚一堂，以文論劍話武俠。

日前與淡大中文系教授林保淳共同發表《台灣武俠小說發展史》，武俠小說評論家葉洪生昨天在專題演講中，直批胡適1959年底發表「武俠小說下流論」是「胡說」，學界泰斗的不當發言以及隨即展開的「暴雨專案」，反而促成1960年起台灣武俠新秀的繁興，「武俠小說迷人的地方，恰恰在門道之上。」，葉洪生認定，武俠小說審美四原則在文筆、意構、雜學、原創性，他強調：「武俠小說，是一種『上流美』。」。

集多年心血完成《台灣武俠小說發展史》，葉洪生認為他已為從十歲起迷上武俠小說的半世紀畫上完美句點，並且宣布他「以後決心退出武俠論壇，封劍退隱江湖」。

雖然葉洪生回顧武俠小說名家此起彼落，套太史公名言「固一世之雄也，而今安在哉？」，認為這是值得深思的嚴肅課題，昨天意外現身研討會而備受矚目的溫世禮，則為了紀念同是武俠迷的哥哥溫世仁，推出第一屆「溫世仁武俠小說百萬大賞」，即日起至今年10月3日截止收件，經兩階段評選後於明年12月7日公布首獎得主，預料將會是一場武林新秀的龍虎爭霸戰。

看明日誰領風騷？風雲時代出版社發行人陳曉林眼中的古龍，其實領先他的時代半世紀，以致如今雖然古龍逝世20年，陳曉林認為大家對古龍的了解仍然有限，預言未來世代更能和古龍的後設風格共鳴。

昨天這場研討會，也凸顯武俠小說作為一項文學研究門類，仍有待開發學習空間。多位與會者都指出，武俠小說的發表、出版方式和管道具考證難度，學術理論與論文格式的建立待加強。而武俠名家的版權之爭、市場競爭力，也增加出版推廣困難，古龍武俠小說的版權糾紛、司馬翎作品的版權官司也成為研討會的場外話題。

與

武俠小說

第九屆文學與美

一代鬼才

古龍

古龍兄為人慷慨豪邁、跌蕩

自如，惜才代多端，文如其人，且饒多

奇氣，惜英年早逝，余與古兄書

年交好，且喜讀其書今餘不見其

人，又去新作了讀，深自悲惜。

金庸
一九九六．十．十二 香港

陸小鳳傳奇

(四)

幽靈山莊

【導讀推薦】

武俠與懸疑、推理的完美結合

——陸小鳳傳奇之《繡花大盜》《決戰前後》《銀鈎賭坊》《幽靈山莊》導讀

武俠評論家、國立台灣師範大學中文系教授 **林保淳**

一　繡花大盜

《繡花大盜》是陸小鳳系列的第二個故事。在這個故事中，陸小鳳半正式地成為了「神探」的角色——一時受激，說溜了嘴，在眾人的笑聲中承擔了破案的任務。

既是「神探」，所破的自當是非同小可、內情複雜的「大案」，古龍拿手的「離奇」風格，在此不但獲得了極度的發揮，而且與讀者鬥智，考驗了讀者的智慧。

眾所皆知，古龍小說的一大特色是包融了「偵探推理」的特色，案件愈是離奇，推理方才愈顯細膩。「繡花大盜」就是一件離奇的案件。案件的離奇，可分為「人奇」與「事奇」兩種：「人奇」指犯案的人詭奇，一個大熱天穿棉襖、滿臉鬍子，「專心繡花，就好像是個春心已動的大姑娘，坐在閨房裡趕著繡她的嫁衣一樣」，究竟此人是男是女？簡直毫無線索，其人顯然「詭奇」；「事奇」指事件離奇，在不可能的地方，發生不可能的事，平南王府禁衛森嚴、三道一尺七寸鐵門扃鎖、連一隻螞蟻也進不去的寶庫，居然有人潛入，而且盜走了無數珍

寶，簡直令人匪夷所思，其事果然也「離奇」。寫詭奇的人、離奇的事，並不算難，難的是合乎情理──既要事件的來龍去脈說得合理，又要破案破得令人心服口服。古龍寫《繡花大盜》，在這點上可以說是相當成功的。

金九齡是「繡花大盜」事件的幕後主使者，他原是「天下第一名捕」、「六扇門」中「三百年來的第一高手」，陸小鳳之涉入此案，事實上也是他「設計」出來的。身兼犯案者與查案者角色的金九齡，始終「窺視」著一切案情的調查進度，甚至故設陷阱，步步誘導繡花大盜誤入歧途。因此，陸小鳳所面對的不是一件「既成」的劫案，而是一樁處心積慮、陷阱重重的「陰謀」。儘管古龍將金九齡之所以犯案的動機，解說成「從我十九歲的時候開始，我就覺得那些被人抓住的強盜都是笨豬，我久已想做一件天衣無縫的罪案出來」，未必讓人心服，但由於金九齡的加入，使整個查案的過程中，橫生許多變數，因而更集中地展現出陸小鳳的才智及故事的波瀾起伏。

金九齡「陰謀」的重心，在於企圖將全案的罪責導向公孫大娘──這個曾化身千萬、劍器高明的「紅鞋子」組織首腦，因此，無論是故布疑陣地以「拆花」代替「繡花」、逼請司空摘星盜繡花牡丹、脅迫蛇王捏造西園之約、擄掠薛冰，或是以緞帶勒斃蛇王、假裝中毒，皆是有計劃的安排。金九齡自詡「天衣無縫」，並非虛誇，陸小鳳名為查案，其實步步都在他算計之中。不僅陸小鳳宛如被玩弄於股掌之間，就連讀者，也難免一時受愚。

在「偵探」之中夾雜「陰謀」，是古龍最喜歡的寫作方式，也最能顯見古龍敘事的細膩與思慮的周詳。以如此嚴密的陰謀而論，原來是無從破起的，但古龍就在情節營造中，處處留下

了可供破案的線索，而且，故意以淡化的方式，輕筆帶過，留作後續發展的張本。

破解任何案件，都須安排線索，古龍在線索的營造上，著實花費了一些心思。在此書中，有兩種不同作用的線索：一是金九齡刻意營造的假線索，一是古龍讓陸小鳳擺脫金九齡窺伺的真線索。而在假線索中，處處不經心地點逗出真線索。真假夾雜，確乎造成故事的張力。

金九齡以現場唯一的證物繡花牡丹布假局，引逗出針神的孫女兒薛冰；再藉司空摘星的偷盜繡牡丹，引逗出江輕霞，發現「紅鞋子」組織，再從「紅鞋子」組織，引逗出公孫大娘；又擄走薛冰，坐實公孫大娘的罪責。整個佈局，層層遞進，一氣呵成，可以說是精心巧構而成——卻完全是假的。

真的線索，反而就隱藏在假線索中，古龍淡化的處理方式，不是精熟的讀者，往往無法立刻發現。以薛冰為例，古龍將她描繪成一個所謂的「母老虎」（冷羅剎），兇悍而潑辣，因此，當孫中出言調戲她時，薛冰冷然砍斷孫中的手，頗為順理成章；其後，薛冰突然失蹤，而斷手卻出現在薛冰房中的桌上。讀者原以為此一斷手必然與薛冰失蹤有關，正在揣想之際，薛冰居然大懷醋勁地出現在棲霞庵。斷手在此「淡化」後，自此不作任何交代，幾令讀者疑心古龍「遺忘」了它，任誰也料不到它卻是古龍精心安排的破案線索。甚至直到在小樓中，三娘拿出一包袱的「人鼻子」，讀者也未必會與斷手產生聯繫。古龍的淡化處理方式，已與整個情節發展、人物性格完全融滙為一，若非最後藉陸小鳳之口道出底蘊（原來薛冰是「紅鞋子」成員的八妹，如此，公孫大娘自不可能擄她），讀者不可能恍然大悟。類似的淡化處理方式，如勒斃蛇王的緞帶、蛇王房間的燈火、匣蓋上的鐘鼎文，古龍皆閑閑道來，若不經意，但卻都成了

最關鍵的所在。

在真、假線索交互滲透中，古龍淋漓盡致地發揮了他詭奇的特殊風格，尤其是整個案件最後的偵破，古龍不動聲色地將真實的線索掩飾殆盡，將押解公孫大娘「繳案」的底蘊，密而不宣（細心的讀者可能會對公孫大娘被「捕」時的坦然態度，稍作質疑，卻未必能料及陸小鳳實際已與公孫大娘串通），先央請孟偉發遣信鴿告知金九齡：然後才藉志得意滿的金九齡親口道出整個陰謀，又令讀者幾乎以為金九齡的計劃果真是「天衣無縫」了。最後，陸小鳳突然出現，才讓讀者鬆了一口氣。可謂緊緊扣住了讀者的心弦。至於金九齡最後的反撲——反咬一口，則諷刺意味甚濃，古龍藉安排人證的方式消解，也餘波蕩漾，令讀者回味無窮。

從以上的描述中，我們不難看出，古龍的確靈活而成功地將偵探小說的技巧，化入了武俠小說當中。古龍曾謂「偵探推理小說中沒有武俠，武俠小說中卻能有偵探推理」，放眼武壇，恐怕也只有古龍能夠說得如此理直氣壯！

眾所周知，古龍筆下的女性向來不受青睞，誠如古龍自己招供的：

女人就應該是個女人。

這一點看法我和張徹先生完全相同，我的小說是完全以男人為中心的。

在很小的時候，我就不喜歡看那種女人寫得比男人還屬害的武俠小說。

……

女人可以令男人降服的，應該是她的智慧、體貼和溫柔，絕不該是她的刀劍。

我尊敬聰明溫柔的女人，就和我尊敬正直俠義的男人一樣。

在古龍心目中，女人重要的是溫柔可愛（智慧一事，古龍恐怕未必真的重視），而且絕不能凌駕於男性之上，因此，其筆下的女子，往往乏善可陳，也因之召致許多非議。不過，在陸小鳳系列中，古龍一度企圖創造另一形態的女性，這就是公孫大娘。

在《陸小鳳傳奇》中，古龍安排公孫大娘為四大配角之一，又在故事的結尾，安排了驚鴻一瞥的「摘野菜的老太婆」，就是蓄意在讓公孫大娘在「繡花大盜」中嶄露頭角。從本故事中，我們可以看到公孫大娘超卓的劍器、精湛的易容術、聰慧的頭腦及神秘性十足的「紅鞋子」組織，已初步展現了另一種迥異於以往的女性形象；同時，也隱約透露了另一個更可以讓公孫大娘發揮的後續故事（如霍休的產業究竟落入誰的掌控、「紅鞋子」組織究竟是怎樣的集團等）。可惜的是，古龍中途「變節」，讓公孫大娘在下個故事《決戰前後》中，不明不白地就香消玉殞了，失去了一次開創的機會，不免令讀者扼腕。

二 決戰前後

月圓之夜，紫金之巔，一劍西來，天外飛仙……

這是《繡花大盜》中餘音嫋嫋的一段偈語，預告著一場三百年來難得一見的「決戰」。為了安排這場「決戰」的情節，古龍蓄勢已久，從陸小鳳夜探王府埋下線索，到金九齡藉詞遣開

花滿樓及陸小鳳，一直延續到此書，可謂已經繃緊了讀者的心弦。《決戰前後》是古龍陸小鳳系列中最精心結撰的作品。

「決戰」是白雲城主葉孤城與西門吹雪的「對決」，兩個性格相仿、名動天下的劍術名家，「葉孤城與西門吹雪有很多相同的地方」——孤獨、驕傲、輕視性命、殺人的劍法、雪白的衣服、冷得像遠山上的冰雪；地點在天子駐蹕的紫禁城之巔（太和殿屋頂）；時間選在淒迷的月圓之夜。無疑，這將是個極富傳奇意味的故事。

本故事的開展，依循的是「陰謀」模式，但佈局的手法，則完全仰仗「懸念」——在敍說故事的過程中，故意點出某人、事的關鍵性，卻始終不加以說破，有如懸在一邊，卻使故事中的人與讀者屢屢費神去思索的手法。本故事有幾個運用得極成功的「懸念」，一是城南小杜身側的黑衣人；一是葉孤城的傷勢；而最大的懸念就是「決戰」本身。

神秘黑衣人之所以降尊紆貴，隨侍在城南小杜之側，明眼人一望即知其中定有陰謀，但是，作者密而不宣，故意造成懸疑；葉孤城的傷勢如何，幾經轉折，讀者與陸小鳳都已知道其受傷為真，因此，此一「決戰」能否如約進行，深感憂慮。這兩個「懸念」，最後在揭穿了假葉孤城的身分後，以令人「驚詫」的方式收束，十足造成了意外的效果。殊不知這兩個「懸念」，卻是為「決戰」本身鋪路。從李燕北與小杜的賭局變化、黑衣人的身分、公孫大娘等人之死於蛇哨、緞帶風波，到太和殿頂出現的十三個蒙面人，情節一路發展下來，陰謀的味道愈濃，究竟此戰有何陰謀？古龍用層層進逼的方式，牢牢繫住讀者的關注，直到真葉孤城出現，才肯揭破，更吊足了讀者的胃口。

「決戰」，原是最引人矚目的大事，古龍偏偏不寫葉孤城與西門吹雪為此三百年來第一戰的準備工作，反而藉周邊的許多事件，如賭局、兇殺、緞帶……等，烘托出一股緊張而神秘的氣氛，書名之所以強調「前後」二字，正是古龍最高明的地方。

在整個「決戰前」的佈局中，古龍讓老實和尚發揮了相當大的「疑陣」作用。老實和尚雖名為「老實」，但是古龍卻處處有意暗示出他的名實不符，甚至還讓身在局中的陸小鳳虛擬出一個「白襪子」的組織，欲坐實老實和尚的「陰謀」，似真似假，頗具煙雲繚繞的效果。可惜的是，老實和尚雖獲得發揮，卻平白犧牲了公孫大娘。

很顯然地，本故事主要還是寫西門吹雪和葉孤城。古龍的武俠小說，在武學上開創了「手中無劍，心中有劍」的境界，一直頗蒙佳譽。不過，這還不是古龍的絕境，在此故事中，古龍更進一層，展示了「人即是劍」的新境界。

如果我們將「決戰前」視作「迷局」，陰雲密布，眼見即將有急雷暴雨發生，則「決戰後」就是個「悟局」，不僅雲開天霽，一如陸小鳳等人爽朗的笑聲，更透顯出古龍欲藉「決戰」過程寫「劍道」的「悟」。

「決戰」是本故事的主體，但主體的顯現，卻僅在電光石火的一剎那間完成。西門吹雪決戰葉孤城的場面，古龍以旁觀的陸小鳳眼中道出，而身在決戰中的二人，反而語言的機鋒較之刀劍博擊更為驚險。

葉孤城與西門吹雪都是以「劍道」為性命的人，「劍道」其實就是「性命之道」，也是他們身心性命的安頓之處。西門吹雪幽居萬梅山莊，葉孤城隱遁南海孤島，欲探求「劍道」；殊

不知「劍」是「入世」的，故其「道」僅能於人世間的歷練上探求。於是他們飄然而出，踏臨人世，藉兩柄寂寞孤冷的劍，相互印證。陸小鳳一直不願，也不懂「決戰」的發生及意義，但經由一句，「正因爲他是西門吹雪，我是葉孤城」，陸小鳳啞然無言。他們都是獨一無二的大宗師，不但世間僅能有其一，而且也唯有藉其交迸出來的火花，才能照亮「道」途轍。因此，此戰勢在必行，這已是追求「劍道」者的宿命。

「劍道」的精義何在？在於「誠」！

「誠」是什麼？西門吹雪說：「唯有誠心正意，才能達到劍術的巔峰，不誠的人，根本不足論劍。」西門吹雪入世的結果，牽連起心中冰藏已久的感情，故他所體會出的「劍道」精義落實於人與人誠摯真實的相處之道。這是「入世」了，然而「入而不出」，西門吹雪的劍，就是繫住了一條看不見的線──他的妻子、他的家、他的感情，就是這條看不見的線」，有牽繫，就難免有羈絆。

西門吹雪以「性命之道」爲「劍道」極致，得道而失劍。

葉孤城說：「學劍的人，只要誠於劍，並不必誠於人。」葉孤城「入世」的結果，依然了無牽掛，體會出「生命就是劍，劍就是生命」，「人而能出」，以「劍道」爲「性命之道」，得劍而失道。

「劍道」的精義應該誠於人還是誠於劍？古龍在此未加說破，卻隱隱約約透露了若干訊息

──「路的盡頭是天涯，話的盡頭就是劍」，「道」無須言說，僅須體悟。

從「決戰」的結果看來，是西門吹雪勝了，「冰冷的劍鋒，已刺入葉孤城的胸膛」；但

是，這是否代表了劍當誠於人呢？葉孤城敗北，真是技不如人，象徵著劍道境界的高下之別嗎？古龍寫道：「葉孤城自己知道自己的生與死之間，已沒有距離。」這場「決戰」，無論是勝是負，葉孤城都必死無疑，「既然要死，為什麼不死在西門吹雪的劍下？」所以葉孤城的劍勢略作偏差，而滿懷感激地承受了西門吹雪的劍鋒──葉孤城不敗而敗，原因何在？在這裡，古龍事實上已否定了「劍道」與「性命之道」的關聯性，劍道的極致是「誠於劍」，而「性命之道」的極致才是「誠於人」。問題是，人生當追求「劍道」還是「性命之道」？葉孤城臨戰心亂，西門吹雪耐心等候；葉孤城臨戰一語，視破壞了他周詳計劃的陸小鳳為「朋友」，葉孤城早已決心死於西門吹雪劍下，因為他已無所遺憾，「劍道」對他而言已經印證完成，但人生在世，或者「性命之道」才是更具意義的──這是最後的「悟」。

葉孤城是否「不誠」於人呢？當陸小鳳窺破陰謀，飛身救駕的時候，葉孤城慨然而歎：

「我何必來，你又何必來？」的確，名動天下、潔白無瑕、冷如遠山冰雪的白雲城主，緣何會墮入凡俗，陰謀殺君呢？他也誠於人，誠於「南王世子」（即《繡花大盜》中的平南王世子，他的愛徒）。西門吹雪後來評論此戰，說葉孤城之敗，為「心中有垢，其劍必弱」，其實，這恐怕才是葉孤城心中最大的「垢」。

經此一戰，西門吹雪也終於明白，「劍道」須「入而能出」，一如天上白雲，悠遊於山巒崗阜，無瑕無垢，無牽無絆。

──他的人已與劍溶為一體，他的人就是劍，只要他的人在，天地萬物都是他的劍。

——這正是劍法中的最高境界。（《銀鈎賭坊》）

於是他拋妻棄子（《劍神一笑》）終成一代劍神。但是，「劍神」的意義又何在呢？值得深思。

三　銀鈎賭坊

《銀鈎賭坊》是陸小鳳系列的第四段故事，故事中的主要場景，從中原地區，遠拉到中國東北的松花江上，展示出迥然有異於以往的北國風情，幾幕「千里冰封」的景致描寫，對遠處熱帶的台灣讀者而言，簡直如夢如幻，無論是冰河、冰燈、冰市、冰水缸……等，都引領出一種怪奇瑰麗的新閱讀經驗。

燈光照在冰上，冰上的燈光反照，看來又像是一幢幢水晶宮殿，矗立在一片琉璃世界上，無論誰第一次看到這種景象，都一定會目眩情迷，心動神馳。

然而，也就在這燦爛絢麗的冰河奇景中，一連串人性卑劣的勾心鬥角戲碼，卻在暗中陸續上演著。

書名《銀鈎賭坊》，在賭坊之中，呼盧喝雉，孤注而擲，表面上是視錢財如糞土，其實正

尾，無一不假（假扮女賭客、方玉飛的妹妹之身分、冷如冰山的態度，以及後來對藍鬍子的感

位「朋友」的「喜歡」與「尊敬」，就相當虛偽——當然，如果說他喜歡陸小鳳易於受騙的「笨」，尊敬陸小鳳「犯而不較」的開闊胸襟，也未嘗不可；緊接著出現的方玉香，則從頭到

整個「銀鈎賭坊」的故事，是用一連串的假局串起來的，從一開始，方玉飛對陸小鳳這

恐怕沒有人能夠解答。

這件事他做得究竟是成功？還是失敗？連他自己也都分不清。

這個故事裡，沒有陰謀，沒有案件，只有一連串的「假局」，假的案件、假的死人、假的言語、假的感情、假的王牌……，幾乎無一不假。賭博欲勝，最常見的方法是「作假」；人生，好像也是一樣，不假不能成事。然而，異詭的是，假與生相繫，而真則與死相聯，究竟人生應該「顯真」還是「扮假」為故事結尾，古龍寫道：

銀子（錢財）像個鈎子，永遠在勾引著人類貪婪的欲望（尤其是權力與財富），世人也一如賭徒，不可自拔地陷入這個鈎鈎當中。故事中最重要的兩個場域，都有一個名為「銀鈎」的賭坊，這當然不是偶然的，古龍正藉此慨歎人心在錢財勾引下的墮落。賭博欲贏，絕不能純靠運氣，而得作孤注一擲，賭場所拋擲的是骨碌碌而轉的骰子；人生所拋擲的，卻往往是人性中許多珍貴的情操。

銀鈎不停的在秋風中搖幌，秋風彷彿在歎息，歎息著這世上為何會有那麼多人願意被鈎上這個銀鈎。

是為錢財而拚搏。錢財，永遠是人心無法消泯的欲望，賭場的存在，無疑是最大的見證：

情）。事實上，全書的假局，古龍就是藉方玉香引帶而出的——方玉香安排了香餌釣陸小鳳這條金鰲，利用「口技」的假聲，騙過了陸小鳳；然後，假冒陸小鳳之名「殺人越貨，強姦民婦」，尤其是惹上西方魔教，讓陸小鳳百口莫辯，逼使他不得不牽涉入這場明為「追逃妻、索玉牌」，暗中卻充滿權力、財富鬥角的行動，遠赴冰封千里的北國。

滿懷委屈踏上征途的陸小鳳，一如驚弓之鳥的丁香姨，是第二個假局。在這個假局中，古龍從「青衣樓」、「紅鞋子」到虛擬的「白襪子」，又創了一個「黑虎堂」。丁香姨是黑虎堂中的白鴿堂主，也是總堂主飛天玉虎的妻子，背夫私逃，拐帶了三十萬兩黃金，欲藉陸小鳳作掩護。這段假局，表面上很快地就因飛天玉虎斬斷了丁香姨的雙手雙腳揭露原委；但丁香姨透露的羅剎玉牌秘密及推介的兩個可信的人，並可憐兮兮地要求看看玉牌，卻又都是假局，一步步引陸小鳳入歧途。

第三個假局是賈樂山。賈樂山原來不假，但愛妾楚楚與部下胡辛、杜白、華玉坤的突然叛變，就出現了一個假的賈樂山。在此，古龍安排得相當具諷刺性，司空摘星，這位天下易容術第一的偷王之王，驚鴻一瞥地出現，親手布了這個假局，而且，讓真的陸小鳳變成了假的賈樂山——陸小鳳已完全墜入了一個「如真包換」的假局中。

第四個假局是在冰河市集燦爛耀眼的燈光下交織而成的，起初的燈光與冰上映現的「假光」，交雜不一，難分真假，古龍選擇如此場景，顯然別具深意。藍鬍子的四個逃妾：李霞、陳靜靜、冷紅兒、唐可卿，原本情同姐妹，但卻各懷鬼胎。她們之間的關係相當複雜，除了最單純（單純即是真）的冷紅兒，皆有二至三種隱密的「外交」關係。陳靜靜無疑是其中最虛假

羅剎，自始至終，都讓他隱起身形……

很明顯地，羅剎玉牌是權力與財富的象徵，那麼，製造出此面玉牌的玉羅剎呢？古龍寫玉

是剷除一切可能覬覦的人。於是，落於其局的人，一個個顯形，一個個滅亡。

玉羅剎。爲了保有權力與財富，玉羅剎製造出了一個「假兒子」，傳下一面「假玉牌」，爲的

牌，連帶著西方魔教教主的兒子玉天寶，都是假的，真正的操控者，是隱身幕後、從未現身的

死忘生、絕情斷義、爲的就是搶獲玉牌，滿足個人心內蠢蠢欲動的欲望，殊未料及，所謂的玉

第六個假局，是連陸小鳳自己也沒有料到的。假局所有的關鍵，就在羅剎玉牌，局中人廢

於讓真相得以顯現。但是，一切假局中人，一個個也以生命爲此付出代價。

個細微的破綻，讓陸小鳳得以偵知。而陸小鳳則不動聲色，利用趙君武追查到其間的線索，終

玉飛最後身分之所以暴露，假局之所以被揭穿，卻導因於他對陳靜靜的真情，因此，留下了一

富的「羅剎玉牌」，但他算盡機巧、賣弄假局所獲得的，仍然還是個假的玉牌。可笑的是，方

所操縱的，而真的飛天玉虎，居然是方玉飛。方玉飛設局，爲的是西方魔教擁有無上權力及財

第五個假局是陸小鳳設計的，目的是揭穿一切的假局。原來，所有的局，皆是由飛天玉虎

生命代價。

明白楚楚根本對他們無情無義、丁香姨體悟到騙人終究也會被人騙的時候，都付出了最沈重的

事，一旦真相暴露，死亡即隨之來臨。當李神童知曉陳靜靜不過是利用他的感情、華玉坤等人

楚彼此勾結，最後，連「死」都是假的。諷刺的是，當一切俱假的時候，大家都可以相安無

的一個，不但假意服從李霞，又與李霞的弟弟李神童有段秘密但卻虛假的感情，同時，更與楚

霧是灰白色的，他的人也是灰白色的，煙霧迷漫，他的人看來也同樣迷迷濛濛，若有若無。

實際上，玉羅剎也是一個象徵，象徵著人內心對權力與財富的欲望，在此欲望撥弄之下，人人逞心機，各具假相，墮入徵逐循環的圈子，因此，一連串的假局，就在人生中不斷上演。人無能自主，受欲望驅使，這是很可悲的；但是，人豈能毫無欲望？誠如古龍寫的：

在這夢般的迷霧裡，遇見了這麼樣迷霧般的人，又看著他迷夢般消失。

陸小鳳忽然覺得連自己都已迷失在霧裡。

玉羅剎是所有陸小鳳故事中未曾現身，也未曾受到制裁的幕後主使者，原因何在？豈不正因玉羅剎所象徵的欲望，是人人皆有，是一種最「真」的存在？如果，人生真該面對的是自我之「真」，則人不得不廣設假局以使其「成真」；然而，既設假局，人就不得爲「真」；而若在假局中顯露出絲毫之「真」（如另一層次的真實：情感），結局就是失敗與滅亡。陸小鳳故事中，處處假局；人生亦復如此，假局相連。人應該如何安頓這個真實的欲望？人如何於真假之際作一取捨？

陸小鳳歷盡風霜，幾經波折，終於揭露事實，但是，對如何安頓，卻是沒有答案的。不但陸小鳳「分不清楚」，古龍「分不清楚」，就是所有的人，都很難分得清楚。

四　幽靈山莊

《幽靈山莊》是陸小鳳系列中的第五個故事。這個故事的特殊性是一開始就以一個絕大的「懸念」引領：陸小鳳被西門吹雪追殺，因為他與西門吹雪的妻子被「捉姦在床」！

陸小鳳的風流好色，在前面的幾個故事中，讀者已可以察覺到，但是，如果說陸小鳳居然色膽包天，不顧朋友道義，欺友之妻，讀者萬萬不能相信；不但不信，而且預知其中一定有所圖謀或陰謀。只是，在古龍巧妙地以「七個名動天下，譽滿江湖」的人佐證，並「以假亂真」（參見《劍神一笑》的導讀），將陸小鳳的心理狀態也描摹成真的做了這件事一樣後，卻又舉棋不定，未敢遽斷。因此，全書一直籠罩在「陸小鳳是否真的欺友之妻」的懸念中，吸引著讀者一窺究竟的欲望。

全書精彩的部分集中在「幽靈山莊」中。幽靈山莊是「老刀把子」庇護惡人的地方，有點類似《絕代雙驕》中的「惡人谷」。「惡人谷」中的惡人，受嫉惡如仇的燕南天所迫，不敢出谷一步，但實際未必真的做了多少惡事；但老刀把子所庇護的惡人，以書中描述看來，大抵不是通敵賣國，就是賣友求榮者。陸小鳳之所以能進入「幽靈山莊」，與外甥的妻子通姦的「六親不認」獨孤美是引渡者，與陸小鳳之「欺友之妻」，皆屬背叛一類，可以想見此處的藏汙納垢，遠較惡人谷為甚。稱他們為「幽靈」，有三層意涵，一是他們多半經過「假死」的一道手續，人既已死，自然是「幽靈」；一是他們的罪情，簡直不能稱為是人，也不敢見光，與「幽靈」無異；一是這些「幽靈」聚集在一起，集結成一股龐大的勢力，必然有所圖謀，其行事的詭密，也一如「幽靈」。

古龍用了相當多的筆墨瀉染「幽靈」的氣息，勾魂使者、遊魂、生死線、白雲飄緲，如煙如霧的死人世界，以及一些明明已死的「名字」，自然不在話下；但最讓人感到如幽靈般詭譎的氣氛，還是其中許許多多令人無法思議的怪事、怪人與秘密。

幽靈山莊收容了這些見不得光的人，當然不會僅僅出於「商業」考慮，據獨孤美稱，他是花了十萬兩銀子的代價，而陸小鳳倉皇逃避西門吹雪的追殺，身上分文盡無，居然也會受到接納，必然是陸小鳳具有利用價值。然則，老刀把子欲利用陸小鳳和其他幽靈辦成何種大事？自然是陸小鳳與讀者都想查探清楚的。

在幽靈山莊中，陸小鳳整個人的心理狀態、思想及情緒，完全是一副真的犯下江湖最忌諱的罪行的樣子。實際上，這是一個「陰謀」。古龍的陸小鳳系列故事，不乏「陰謀」，藉此考驗陸小鳳的智慧；但此書的「陰謀」，卻別出蹊徑——以前的「陰謀」都是別人設計的，而此處的「陰謀」，從首章七個名人的聚會開始，道出陸小鳳的罪責，就是「陰謀」，而陸小鳳是親自布下此一「陰謀」的人。在此，古龍採取了偵探小說的別支——間諜小說的模式加以經營。陸小鳳一如「間諜」，深入幽靈山莊的虎穴中，刺探敵情。

當間諜的首要條件就是需取信別人，因此，古龍不得不花費一些篇幅，寫陸小鳳接受試探、考驗的過程。但這試驗的過程，古龍採用了多線經營的方式，一方面利用真假莫辨的事件反覆考驗陸小鳳的忠實程度（將軍、鈎子、表哥、管家婆、犬郎君等人物的安排即具此作用）；一方面又藉此過程，逐步預留揭穿老刀把子隱秘的線索（葉靈、葉雪、葉凌風的安排，頗能掌控讀用）。由於採用多線經營，整個故事就不至於平板無奇，而顯得波瀾起伏，頗能掌控讀

者的情緒。在幽靈山莊的諸多人物中，犬郎君、將軍與葉雪最具關鍵作用。

犬郎君武功低微，最拿手的絕技是「易容」，儘管古龍說他的易容術比不上司空摘星的三分之一，但實際上，司空摘星只會假扮成人，而犬郎君能巧扮為「犬」，其間高下之別，讀者可以自行判斷。犬郎君是一舉揭穿老刀把子身分的妙棋，他與司空摘星裡應外合，將「天雷行動」的內情，完全傳遞了出去，使當初參與這個「陰謀」的眾人，可以好整以暇地佈置讓老刀把子現形的陷阱。犬郎君是個不起眼的角色，但古龍最擅長的筆法就是將不起眼的角色，安排為情節的關鍵。

有了犬郎君居間聯擊，將原來幽靈山莊的人「偷天換日」，改成參與「陰謀」的諸人，老刀把子當然無法遁形──但如果情節只是如此設計，未免太過簡單，同時也辜負了作者對老刀把子的設計。老刀把子既然能創設幽靈山莊，自然不會是簡單人物，古龍藉幽靈山莊的詭秘氣氛及對陸小鳳的反覆試探，早已讓讀者產生和陸小鳳一樣的感覺──這是個可怕的人。這麼個可怕的人，當然不會輕易落入陸小鳳的陷阱中。在此，古龍寫陸小鳳，沒有將他寫成萬能的英雄，他也會有失誤，而且，有些失誤，是陸小鳳也無法彌補的。

將軍這一角色，正凸顯出老刀把子的可怕。將軍在幽靈山莊中，與陸小鳳拼「食肉」，受了陸小鳳一拳，即以受傷養病的理由，不再出現，因此，也順理成章地未參與「天雷行動」。

此一角色，似有若無，根本不會引起太多的注意。但他卻是老刀把子派在陸小鳳陣營的「間諜」。陸小鳳諸人懷疑老刀把子是江湖中的名人，因此在挑選成員時，費了一番揀擇的工夫，所有成員都是無可懷疑的。但陸小鳳沒料到，成員之一巴山小顧居然有個師叔，巴山小顧

不得不將計謀向師叔龍猛報告；而此一師叔龍猛，就是將軍。原來老刀把子早已知曉內情，當十個成員輪番演戲，安排香餌釣金龜的時候，老刀把子也陪著演了一齣戲中劇。陸小鳳有此破綻，顯然就技遜一籌，而且敗得無法挽救。雖然明知老刀把子就是木道人，卻沒有絲毫證據，老刀把子總是棋高一著地先消滅了所有的證據。

就計謀而言，陸小鳳是一敗塗地了，眼看著木道人計謀得逞，準備接任武當掌門，而陸小鳳束手無策的時候，葉雪就發揮了最重要的作用。

葉雪在幽靈山莊中有幾場與陸小鳳情感的對手戲，她「看來美麗而柔弱，卻又像豹子般敏捷冷酷」、「複雜而矛盾的性格，造成她一種奇特的魅力」。她敢愛敢恨，為愛可以溫柔多情，為恨也可以冷酷凌厲，不擇手段。她名為葉凌風的女兒，但真正的父親是老刀把子。在表面上，古龍似乎只讓她承擔起陸小鳳在幽靈山莊又一次邂逅的女子，並藉她探查出老刀把子的秘密，但當老刀把子處心積慮地安排了石鶴當替死鬼，而且親手殺了石鶴這「假老刀把子」，而陸小鳳苦無佐證時，葉雪出乎意料地發揮了她的重要性——她披麻戴孝，為「父」報仇，刺殺了木道人！

這真是一場悲劇，古龍寫木道人臨死前的心裡。

他臉上忽然露出一種無法形容的恐懼。那絕不是死的恐懼。

他恐懼，只因天地間所有不可思議、不可解釋的事，在這一瞬間忽然都有了答案，所有他本來不相信的事，在這一瞬間，都已令他不能不信。

就情節看來，葉雪的「殺父」，是一個急轉直下的安排，讓人出乎意料之外；但對讀者而言，卻是一個最好的交代。武俠小說向來著重的「正義必勝」結局，在瀕臨破滅之際，葉雪的刀下，突然起死回生。木道人機關算盡，自以為天衣無縫，可以掩盡天下人耳目，當然不會相信「天道好還」、「善惡有報」的庸俗論調，但是，結果就是如此，木道人不能不信，「他的計劃雖周密，卻想不到還有張更密的天網在等著他」。犧牲了葉雪，換回的是正義與天道，讀者於感慨之餘，自也不無安慰。

可悲的是，木道人費盡心機的安排，不過是為了掩飾他曾經在外娶了妻子、生了女兒這件事，權位，當真具有如此強大的腐蝕力，足以讓人犧牲一切嗎？做了三十年武當名宿，博得了無數江湖好漢崇敬的木道人，只因一念不忘權位，遂落得如此下場，哀哉！

古龍精品集 28

陸小鳳傳奇(四)

幽靈山莊

目·錄

一 第十三個人

一

光澤柔潤的古銅鎮紙下，壓著十二張白紙卡，形式高雅的八仙桌，坐著七個人。

七個名動天下，譽滿江湖的人。

古松居士、木道人、苦瓜和尚、唐二先生、瀟湘劍客、司空摘星、花滿樓。

這七個人的身分都很奇特，來歷更不同，其中有僧道，有隱士，有獨行俠盜，有大內高手，有浪跡天涯的名門弟子，也有遊戲風塵的武林前輩。

他們都是陸小鳳的朋友。

他們相聚在這裡，只因為他們有一點相同之處。

現在他們還有一點相同之處——七個人的表情都很嚴肅，心情都很沉重。

尤其是木道人。

每個人都看著他，等著他開口。

他們都是他找來的，這並不是件容易事，他當然有極重要的理由。

桌上有酒，卻沒有人舉杯，有菜，也沒有人動過。

有風吹過，滿樓花香，在這風光明媚的季節裡，本該是人們心情最歡暢的時候。

他們本都是最灑脫豪放的人，為什麼偏偏會有這許多心事？

花滿樓是瞎子，瞎子本不該燃燈的，但點著桌上那盞六角銅燈的人，卻偏偏就是他。

世上本就有很多事都是這樣子的，不該發生的，卻偏偏發生了。

木道人嘆了口氣，終於開口：「每個人都有做錯事的時候，只要知錯能改，就是好的。」

他雖然盡力在控制自己，聲音還是顯得很激動：「但有些事卻是萬萬錯不得的，你只要做錯了一次，就只有一條路可走！」

「死路？」司空摘星問。

木道人點點頭，拿起了桌上的古銅鎮紙，十二張卡上，有十二個人的名字。

「十二個了不起的名字！」

「他們本都不該死的，無論誰要殺他們，都很不容易，只可惜他們都犯了個致命的錯誤。」

他從這疊紙卡中抽出了四張：「尤其是這四個人，他們的名字，你們想必也聽說過。」

四張紙卡，四個名字。

捕殺者：西門吹雪。

罪名：通敵叛國。

高濤：鳳尾幫內三堂香主。

結果：逃亡十三日，死於沼澤中。

顧雲飛：巴山劍客衣鉢傳人。

罪名：殺友人子，淫友人妻。

捕殺者：西門吹雪。

結果：逃亡十五日，死於鬧市中。

柳青青：淮南大俠女，點蒼劍客謝堅妻。

罪名：通姦，殺夫。

捕殺者：西門吹雪。

結果：逃亡十九日，死於荒漠中。

「獨臂神龍」海奇闊。

罪名：殘殺無辜。

捕殺者：西門吹雪。

結果：逃亡十九日，海上覆舟死。

這四個人的名字，大家當然全都聽說過，但大家最熟悉的，卻還是西門吹雪。

只要是練過武的人，有誰不知道西門吹雪？又有誰敢說他的劍法不是天下第一？

瀟湘劍客忽然道：「我見過西門吹雪。」

經過了紫禁之巔那一戰之後，連這位大內第一高手，都不能不承認他的劍法實在無人能

及：

「但我卻看不出他是個好管閒事的人。」

花滿樓道：「他管的並不是閒事。」

司空摘星立刻接道：「他自己雖然很少交朋友，卻最恨出賣朋友的人。」

瀟湘劍客閉上了嘴，唐二先生卻開了口。

蜀中唐門的毒藥暗器名震天下，唐二先生的不喜歡說話也同樣很有名，現在卻忽然問道：

「你認為他們犯的致命錯誤是出賣朋友？」

司空摘星道：「難道不是？」

唐二先生搖搖頭，沒有再說一個字，因為他知道他的意思一定已有人明白。

果然有人明白：「他們犯的罪雖不同，致命的錯誤卻是相同的。」

「哪一點相同？」

「西門吹雪！」木道人緩緩道：「西門吹雪若要殺人時，沒有人能逃得了的。」

就算逃，也逃不過十九天。

「這十二個人都是死在西門吹雪劍下的。」木道人的表情更沉重：「現在又有個人犯了和

他們同樣致命的錯誤，而且錯得更嚴重。」

「哦？」

「他不但出賣了朋友，而且出賣的就是西門吹雪。」

「這個人是誰？」

「陸小鳳！」

二

一陣沉默，沉默得令人窒息。

首先打破沉默的是瀟湘劍客：「我知道陸小鳳不但是西門吹雪的朋友，還是他的恩人。」

木道人道：「只可惜恩已報過了，仇卻還沒報！」

瀟湘劍客道：「什麼仇？」

木道人道：「奪妻。」

瀟湘劍客聳然動容，道：「有證據？」

木道人道：「有。」

瀟湘劍客道：「什麼證據？」

木道人道：「他親眼看見他們在床上的。」

瀟湘劍客忽然拿起面前的酒杯，一飲而盡，司空摘星喝得比他更快。

唯一還保持鎮靜的是花滿樓，酒杯是滿的，他卻只淺淺啜了一口：「陸小鳳絕不是這種人，這件事其中一定還別有內情。」

司空摘星立刻同意他的話，道：「也許他喝醉了，也許他中了迷藥，也許他們在床上根本

就沒有做什麼事。」

這些理由都不太好，連他自己都不太滿意，所以他又喝了一杯。

下結論的人通常都是最少開口的人。

「我不認得陸小鳳，可是我知道他對唐家有恩。」唐二先生下了結論：「不管這件事是否

別有內情，我們都要找他們當面問清楚。」

木道人卻在搖頭。

司空摘星道：「你不想去找？」

木道人道：「不是不想找，是找不到。」

木道人道：「這件事一發生，陸小鳳就已逃亡，誰也不知道他逃到哪裡去了。

木道人展開那十二張紙卡，道：「所以我請你們來看這些……」

司空摘星打斷了他的話，道：「陸小鳳既不是高濤，也不是獨臂神龍，這些混帳王八蛋的

事，跟我們有什麼關係？」

木道人道：「有一點關係。」

司空摘星道：「哪一點？」

木道人道：「他們逃亡的路線。」

木道人又道：「這些人不但武功很高，而且都是經驗豐富，狡猾機警的老江湖，他們準備

要想找陸小鳳，就一定要先判斷出他是從哪條路上逃的。

逃亡的時候，一定都經過很周密的計劃，他們選擇的路線，一定都相當不錯。」

司空摘星冷冷道：「只可惜他們還是逃不了。」

木道人道：「雖然逃不了，卻還是可以作為我們的參考。」

這十二個人選擇的逃亡路線，大致可以分為四條——

買舟入海。

出關入沙漠。

混跡於鬧市。

流竄於窮山惡水中。

木道人道：「你們都是陸小鳳的老朋友，都很了解他的脾氣，你們想他會選擇哪條路？」

沒有人能回答。

誰也不敢認為自己的判斷絕對正確。

花滿樓緩緩道：「我只能確定一點。」

木道人道：「你說。」

花滿樓道：「他絕不會到海上去，也不會入沙漠。」

沒有人問他怎麼確定這一點的，因為每個人都知道他有種奇異的本能和觸覺。

司空摘星喝乾了第八杯酒，道：「我也能確定一點。」

大家都在聽著。

他的判斷有人懷疑了……「為什麼？」

司空摘星道：「陸小鳳絕不會死。」

司空摘星道：「我知道陸小鳳的武功，也見過西門吹雪的劍法。」

他當然也不能否認西門吹雪的劍法之快速準確：「可是自從他娶妻生子後，他的劍法就變得軟弱了，因為他的心已軟弱。」

因為他已不再是劍之神，已漸漸有了人性。

木道人道：「我本來也認為如此的，現在才知道我們都錯了。」

司空摘星道：「我們沒有錯！」

木道人搖搖頭，道：「在紫禁之巔那一次決戰前，他的劍確實已漸軟弱，因為他對妻子的愛，已超越了他對劍的狂熱。」

蕭湘劍客顯然已了解這句話中的深意：「可是他戰勝了白雲城主後，就不同了。」

無論誰擊敗了白雲城主這種絕世高手後，都難免會覺得意氣風發，想更上層樓。

紫禁之巔那一戰，無疑又激發了他對劍的狂熱，又超越了他對妻子的愛。

——也許就因為他冷落了妻子，引起了陸小鳳的同情，才會發生這件事。

每個人心裡都想到了這一點，卻沒有人願意說出口。

木道人道：「前些時候我見過陸小鳳，他自己告訴我，西門吹雪的劍法，已達到『無劍』的境界。」

什麼叫「無劍」的境界？

——他的掌中雖無劍，可是他的劍仍在，到處都在。

——他的人已與劍融為一體，他的人就是劍，只要他的人在，天地萬物，都是他的劍。

——這種境界幾乎已到達劍術中的巔峰，幾乎已沒有人能超越。

木道人嘆息著，又道：「我見到陸小鳳時，他已醉了，他還告訴我，假如這世上還有一個人能殺他，這個人就是西門吹雪！」

只要西門吹雪追上陸小鳳，陸小鳳就必將死在他的劍下。

又是一陣沉默，大家心裡都有了結論——

現在的問題是——

陸小鳳究竟逃到哪裡去了？能逃多久？

既然他不會到海上去，也不會入沙漠，那麼他不是浪跡在鬧市中，就是流竄在窮山惡水間。

這範圍雖已縮小，可是又有誰知道世上的鬧市有多少？山水有多少？

唐二先生忽然站起來，走出去。

司空摘星引杯在手，大聲問：「你想走？」

唐二先生冷冷道：「我不是來喝酒的。」

司空摘星道：「這件事難道你已不想管？」

唐二先生道：「不是不想管，是管不了。」

古松居士忽然也長長嘆息了一聲，喃喃道：「的確管不了。」

苦瓜大師立刻點頭，道：「的確的確的確……」

他說到第三次「的確」時，他們三個人就都已走了出去。

蕭湘劍客走得也並不比他們慢。

司空摘星看了看杯中的酒，忽然重重的放下酒杯，大聲道：「我也不是來喝酒的，哪個龜孫王八蛋才是來喝酒的。」他居然也大步走了出去。

屋子裡忽然只剩下兩個人，還能保持鎮靜的卻只有花滿樓一個。

「啵」的一聲響，木道人手裡的酒杯已粉碎。

花滿樓卻笑了笑，道：「你知不知道他們到哪裡去了？」

木道人冷冷道：「鬼知道。」

花滿樓道：「我知道。」他還在微笑：「我不是鬼，但是我知道。」

木道人忍不住問：「你說他們到哪裡去了？」

花滿樓道：「現在我們若趕到西門山莊去，就一定可以找到他們，連一個都不會少。」

木道人不懂。

花滿樓又道：「他們到那裡去，只因為他們都想知道一件事——」

——假如我是陸小鳳，要從這裡開始逃亡，我會走哪條路？

花滿樓道：「等他們想通了時，他們就一定會朝那條路上追下去。」

木道人道：「他們為什麼不說？」

花滿樓道：「因為他們生怕自己判斷錯誤，影響了別人。」

木道人道：「你有把握確定？」

花滿樓點點頭，微笑道：「我有把握，因爲我知道他們都是陸小鳳的朋友。」

他的臉上在發光，他的微笑也在發著光，他熱愛生命，對人性中善良的一面，他永遠都充滿了信心。

木道人終於長長嘆息，道：「一個人能有陸小鳳這麼多朋友，實在真不錯，只可惜他自己這一次卻錯了。」

他拍拍花滿樓的肩，道：「我們走，假如這世上還有一個人能找到陸小鳳的，那個人一定就是你。」

花滿樓道：「不是我。」

木道人道：「不是你是誰？」

花滿樓道：「是他自己。」

一個人若已迷失了自己，那麼除了他自己外，還有誰能找得到他呢？

二 逃亡

一

就算陸小鳳已迷失了自己，至少還沒有迷失方向。

他確信這條路是往正西方走的，走過前面的山坳，就可以找到清泉食物。

現在夜已深，山中霧正濃，他還是相信自己的判斷絕對正確。可是這一次他又錯了。

前面既沒有山坳，更沒有泉水，只有一片莽莽密密的原始叢林。

飢餓本是人類最大的痛苦之一，可是和乾渴比起來，飢餓就變成了一種比較容易忍受的事。

他的嘴唇已乾裂，衣履已破碎，胸膛上的傷口已開始紅腫。

他在這連泉水都找不到的窮山惡谷間，逃亡已有整整三天。

現在就算他的朋友看見他，都未必能認得出他就是陸小鳳。

那個風流瀟灑，總是讓女孩子著迷的陸小鳳。

叢林中一片黑暗，黑暗中充滿了各式各樣的危險，每一種危險都足以致命，若是在叢林中迷失了方向，飢渴就足以致命。

他是不是能走得出這片叢林，他自己也完全沒有把握。他對自己的判斷已失去信心。

可是他只有往前走，既沒有別的路讓他選擇，更不能退。

後退只有更危險、更可怕。

因為西門吹雪就在他後面盯著他。

雖然他看不見，卻能感覺到——感覺到那種殺人的劍氣。

他隨時隨地，都會忽然無緣無故的背脊發冷，這時他就知道西門吹雪已離他很近了。

逃亡本身就是種痛苦。

飢渴，疲倦，恐懼，憂慮……就像無數根鞭子，在不停的抽打著他。

這已足夠使他身心崩潰，何況他還受了傷。

劍傷！

每當傷口發疼時，他就會想到那快得令人不可思議的一劍。

掌中本已「無劍」的西門吹雪，畢竟又拔出了他的劍。

——我用那柄劍擊敗了葉孤城，普天之下，還有誰配讓我再用那柄劍？

——陸小鳳，只有陸小鳳！

——為了你，我再用這柄劍，現在我的劍已拔出，不染上你的血，絕不入鞘。

沒有人能形容那一劍的鋒芒和速度，沒有人能想像，也沒有人能閃避。

如果天地間真的有仙佛鬼神，也必定會因這一劍而失色動容。

劍光一閃，鮮血濺出！

沒有人能招架閃避這一劍，連陸小鳳也不能，可是他並沒有死。

能不死已是奇蹟！

天上地下，能在那一劍的鋒芒下逃生的，恐怕也只有陸小鳳。

黑暗，無邊無際的黑暗。黑暗中究竟潛伏著多少危險？

陸小鳳連想都沒有去想，若是多想，他很可能就已崩潰，甚至會發瘋。

他一走入了這片黑暗的叢林，就等於野獸已落入陷阱，已完全身不由主。

還是沒有水，沒有食物。他折下一根樹枝，摸索著一步步往前走，就像是個瞎子。

直到現在，他才真正明瞭瞎子的痛苦，也真正了解了花滿樓的偉大。

一個瞎子還能活得那麼平靜，那麼快樂，他的心裡要有多少愛？

一個活生生的人，竟要倚賴一根沒有生命的木頭——想到這一點，陸小鳳就笑了。

一種充滿了屈辱、悲哀、痛苦，和譏誚的慘笑。

這根樹枝，就是他的明杖。

前面有樹，一棵又高又大的樹。

陸小鳳在這棵樹下停下來，喘息著，現在也許已是唯一可以讓他喘息的機會。

——西門吹雪在追入這片叢林之前，也必定會考慮片刻的。

——可是他一定會追進來。

辱。

天上地下，幾乎已沒有任何事能阻止他，他已決心要陸小鳳死在他的劍下。

黑暗中幾乎完全沒有聲音，可是這種絕對的靜寂，也正是種最可怕的聲音。

陸小鳳的呼吸彷彿也已停頓，突然閃電般出手，用兩根手指一挾。

他什麼都沒有看見，但是他已出手。他的出手很少落空。

若是到了真正危險的時候，人類也會變得像野獸一樣，也有了像野獸般的本能和第六感。

他挾住的是條蛇。他挾住蛇尾，一擲一甩，然後就一口咬在蛇的七寸上。

又腥又苦的蛇血，從他的咽喉，流入他的胃。他忽然覺得自己好像真的已變成野獸。

但是他並沒有停止，蛇血流下時，他立刻就感覺到一種生命的躍動。

只要能給他生命，只要能讓他活下去，無論什麼事他都接受。

他不想死，不能死。如果他現在就死了，他也要化成冤魂厲鬼，重回人間，來洗清他的屈

黑暗已漸漸淡了，變成了一種奇異的死灰色。

這漫漫的長夜他總算已捱了過去，現在總算已到了黎明時候。

可是就算天亮了又如何？縱然黑暗已遠去，死亡還是緊逼著他。

地上有落葉，他抓起一把，擦淨了手上的腥血，就在這時，他忽然聽見了聲音。

人的聲音。

聲音也不知從什麼地方傳過來的，彷彿有人在呻吟喘息。

此時此地，怎麼會有人？若不是已被逼得無路可走，又有誰會走入這片叢林？走上這條死路？

難道是西門吹雪？

陸小鳳突然覺得全身都已冰冷僵硬，停止了呼吸，靜靜的聽著。

微弱的呻吟喘息聲，斷斷續續的傳過來，聲音中充滿了痛苦。

一種充滿了恐懼的痛苦，一種幾乎已接近絕望的痛苦。這種痛苦絕不能偽裝的。

就算這個人真是西門吹雪，現在他所忍受的痛苦也絕不會比陸小鳳少。

難道他也遭受了什麼致命的打擊？否則怎麼會連那種殺人的劍氣都已消失？

陸小鳳決心去找，不管這個人是不是西門吹雪，他都要找到。

他當然找得到。

二

落葉是濕的，泥土也是濕的。一個人倒在落葉濕泥中，全身都已因痛苦而扭曲。

一個兩鬢已斑白的人，衰老，憔悴，疲倦，悲傷而恐懼。

他看見了陸小鳳，彷彿想掙扎著跳起來，卻只不過換來了一陣痛苦的痙攣。

他手裡有劍，形式古雅，鋼質極純，無論誰都看得出這是柄好劍。

可是這柄劍並不可怕，因為這個人並不是西門吹雪。

陸小鳳長長吐出口氣，喃喃道：「不是的，不是他。」

老人的喉結在上下滾動著，那雙充滿了恐懼的眼睛裡露出一絲希望，喘息著道：「你……你是誰？」

陸小鳳笑了笑，道：「我誰都不是，只不過是個過路人。」

老人道：「過路人？」

陸小鳳道：「你是不是在奇怪，這條路上怎麼還會有過路的人？」

老人上上下下的打量著他，眼睛忽然又露出種狐狸般的狡黠，道：「難道你走的也是同我一樣的路？」

陸小鳳道：「很可能。」

老人笑了。他的笑淒涼而苦澀，一笑起來，就開始不停的咳嗽。

陸小鳳發現他也受了傷，傷口也在胸膛上，傷得更重。

老人忽然又道：「你本來以為我是什麼人？」

陸小鳳道：「是另外一個人。」

老人道：「是不是要來殺你的人？」

陸小鳳也笑了，反問道：「你本來以為我是什麼人？是不是來殺你的人？」

老人想否認，又不能否認。

兩個人互相凝視著，眼睛裡的表情，就像是兩頭負了傷的野獸。

沒有人能了解他們這種表情，也沒有人能了解他們心裡的感覺。

也不知過了多久，老人忽然長長嘆了口氣，道：「你走吧。」

陸小鳳道：「你要我走？」

老人道：「就算我不讓你走，你反正也一樣要走的。」他還在笑，笑得更苦澀：「我的情況好像比你更糟，當然幫不了你的忙，你根本不認得我，當然也不會幫我。」

陸小鳳沒有開口，也沒有再笑。

他知道這老人說的是實話，他的情況也很糟，甚至比這老人想像中更糟。

他自己一個人逃，已未必能逃得了，當然不能再加上個包袱。

這老人無疑是個很重的包袱。

又過了很久，陸小鳳也長長嘆了口氣，道：「我的確應該走的。」

老人點點頭，閉上眼睛，連看都不再看他。

陸小鳳道：「假如你只不過是條野狗，現在我一定早就走了，只可惜……」

老人又打斷了他的話，道：「只可惜我不是狗，是人。」

陸小鳳苦笑道：「只可惜我也不是狗，我也是人。」

老人道：「實在可惜。」

他雖然好像閉著眼睛，其實卻在偷偷的瞟著陸小鳳。

他眼睛裡又露出那種狐狸的狡點。

老人又笑了，道：「其實你早已知道我絕不會走的。」

老人道：「哦？」

陸小鳳道：「因為你是人，我也是人，我當然不能看著你爛死在這裡。」

老人的眼睛忽然睜開，睜得很大，看著陸小鳳，道：「你肯帶我走？」

陸小鳳道：「你猜呢？」

老人在眨眼，道：「你當然會帶我走，因為你是人，我也是。」

陸小鳳道：「這理由還不夠。」

老人道：「還不夠？還有什麼理由？」

陸小鳳道：「混蛋也是人。」

他忽然說出這句話，誰都聽不懂，老人也不懂，只有等著他說下去。

陸小鳳道：「我帶你走，只因為我不但是人，還是混蛋，特大號的混蛋。」

三

是春天。

是天地間萬物都在茁發生長的春天。

凋謝了的木葉，又長得密密的，叢林中的木葉莽莽密密，連陽光都照不進來。

樹幹枝葉間，還是一片迷迷濛濛的灰白色，讓你只能看得見一點迷迷濛濛的影子。

看得見，卻看不遠。

陸小鳳讓老人躺下去，自己也躺了下去，現在他就算明知西門吹雪近在咫尺，他也走不動半步了。

他們已走了很遠的一段路，可是他低下頭時，就立刻又看見了自己的足跡。

他拚了命，用盡了所有的力量奔跑，卻又回到了他早已走過的地方。

這已不是諷刺，已經是悲哀，一種人們只有在接近絕望時才會感到的悲哀。

他在喘息，老人也在喘息。

一條蟒蛇從樹葉間滑下來，巨大的蟒蛇，力量當然也同樣巨大，足以絞殺一切生命。

可是他不想動，老人不能動，蟒蛇居然也沒有動他們，居然就悄悄的從他們身旁滑了過去。

陸小鳳笑了，連他自己都不知道自己怎麼還能笑得出來的。

老人側過頭，看著他，忽然道：「我當然不能就叫你混蛋。」

陸小鳳道：「你可以叫我大混蛋。」

他還在笑。

笑有很多種，有種笑比哭更悲哀，他的笑就是這種。

只有笑，沒有笑聲，四下連一點聲音都沒有，時光在靜寂中過得好像特別慢。

過了很久，老人忽又道：「大混蛋。」

陸小鳳道：「嗯。」

老人道：「你為什麼不問我是誰？叫什麼名字？」

陸小鳳道：「我不必問。」

老人道：「不必？」

陸小鳳道：「反正我們現在都已快死了，你幾時聽見過死人問死人的名字？」

老人看著他，又過了很久，想說話，沒有說，再看看他的眉毛和鬍子，終於道：「我忽然想起了一個人。」

陸小鳳道：「什麼人？」

老人道：「陸小鳳，有四條眉毛的陸小鳳。」

陸小鳳又笑了，道：「你早就該想到的，天下唯一特大號的大混蛋，就是陸小鳳。」

老人嘆了口氣，道：「但我卻想不到陸小鳳會變成這樣子。」

陸小鳳道：「你認爲陸小鳳該是什麼樣子的？」

老人道：「很久以前就聽說過，陸小鳳是個很討女人歡喜的花花公子，而且武功極高。」

陸小鳳道：「我也聽說過。」

老人道：「所以我一直以爲陸小鳳一定是個很英俊、很神氣的人，可是你現在看起來卻像是條……」

他沒有說完這句話，陸小鳳卻替他說了下去：「卻像是條被人追得無路可走的野狗。」

老人也笑了，道：「看來你惹的麻煩一定不小。」

陸小鳳道：「很不小。」

老人道：「是不是爲女人惹的麻煩？」

陸小鳳苦笑。

老人道：「那女人的丈夫是誰？聽說你連白雲城主的那一劍『天外飛仙』都能接得住，天

下還有誰能把你逼得無路可走？」

陸小鳳道：「只有一個人。」

老人道：「我想來想去，好像也只有一個人。」

陸小鳳道：「你想的這個人是誰？」

老人道：「是不是西門吹雪？」

陸小鳳又在苦笑，只有苦笑。

老人嘆道：「你惹的麻煩實在不小。

陸小鳳道：「其實我也沒有做什麼，我實在想不通你怎麼會惹下這種麻煩的。」

老人嘆道：「其實我也沒有做什麼，只不過偶爾跟他老婆睡在一張床上，又恰巧被他看見了。」

老人吃驚的看著他，過了很久，才搖頭說道：「原來你的膽子也不小。」

陸小鳳忽然反問：「你呢？你惹了什麼麻煩？」

老人沉默著，也過了很久，才嘆息著道：「我惹的麻煩也不小。」

陸小鳳道：「我看得出。」

老人道：「哦？」

陸小鳳道：「如果一個人身上穿著的是值三百兩銀子一套的衣服，手裡拿著的是值三千兩銀子一柄的好劍，卻也好像是條野狗般被人追得落荒而逃，這個人惹的麻煩當然也很不小。」

老人也不禁苦笑，道：「我惹的麻煩還不止一個。」

陸小鳳道：「有幾個？」

老人伸出兩根手指，道：「一個是葉孤鴻，一個是粉燕子。」

陸小鳳道：「武當小白龍葉孤鴻？」

老人點頭。

陸小鳳道：「萬里踏花粉燕子？」

老人又點頭。

陸小鳳嘆道：「你惹的這兩個麻煩倒實在真不小。」

葉孤鴻是武當的俗家弟子，也是武當門下弟子後起之秀，據說還是白雲城主的遠房堂弟，白雲城主還親目指點過他的劍招。

「萬里踏花」粉燕子在江湖中的名頭更響，輕功暗器黑道中已很少有人能比得上。

陸小鳳道：「只不過葉孤鴻是名門子弟，粉燕子卻是下五門的大盜，你怎麼會同時惹上這兩個人？」

老人道：「你想不通？」

陸小鳳搖頭。

老人道：「其實這道理也簡單得很，葉孤鴻是我外甥，粉燕子恰巧也是的，他們兩個人的妻子當然都很寂寞。

葉孤鴻遊俠江湖，粉燕子萬里踏花，他們的妻子當然都很寂寞。

老人道：「所以我也不能不安慰她們，誰知道也恰巧被他們看見了。」

老婆又恰巧都在我家作客⋯⋯」

陸小鳳吃驚的看著他，過了很久，才苦笑道：「看來你非但膽子不小，而且簡直是六親不

認。」

老人笑了笑，道：「難道你以爲我不是？」

陸小鳳顯得更吃驚，道：「難道你本來就是？」

老人道：「近十來年，江湖中已很少有人知道我這名字，想不到你居然知道。」

二十年前，江湖中有三個名頭最響的獨行大盜，第一個就是「六親不認」獨孤美。

如果一個人的名字就叫做「六親不認」，這個人有多麼心黑手辣，你想想看就可以知道了。

陸小鳳苦笑道：「看來你這名字倒真是一點都沒有錯。」

獨孤美淡淡道：「我六親不認，你重色輕友，你是個大混蛋，我也差不多，我們兩個人本就是志同道合，所以才會走上同一條路。」

陸小鳳道：「幸好我們還有一點不同。」

獨孤美道：「哪一點？」

陸小鳳道：「現在我還可以走，你卻只有躺在這裡等死。」

獨孤美笑了。

陸小鳳道：「你若認爲現在我還硬不起這心腸，你就錯了，你既然可以六親不認，我爲什麼不能？」

獨孤美道：「你當然能。」

陸小鳳已站了起來，說走就走。

獨孤美看著他站著起來，才慢慢的接著道：「可是我保證你走了之後，一定會後悔的。」

陸小鳳忍不住回頭，問道：「爲什麼？」

獨孤美道：「這世上不但有吃人的野獸，還有吃人的人。」

陸小鳳道：「你就是吃人的人，我知道。」

獨孤美道：「你知不知道世上還有種東西也會吃人？」

陸小鳳道：「你說的是什麼？」

獨孤美道：「樹林子，有的樹林子也會吃人的，不認得路的人，只要一走進這種樹林，立刻就會被吃掉，永遠都休想活著走出去。」

現在雖然已將近正午，四面還是一片迷迷濛濛的死灰色。

巨大醜惡的樹木枝葉，腐臭發爛的落葉沼澤間，根本就無路可走。

世上若真有吃人的樹林，這裡一定就是的。

陸小鳳終於轉回身，盯著老人的臉，道：「你認得路？你有把握能走出去？」

獨孤美又笑了笑，悠然道：「我不但能帶你走出去，還能叫西門吹雪一輩子都找不到你。」

陸小鳳冷笑。

獨孤美道：「我可以帶你到一個地方去，就算西門吹雪有天大的本事，也找不到的。」

陸小鳳盯著他，沒有動，沒有開口，遠處卻有人在冷笑。

冷冰冰的笑聲，本來還遠在十丈外，忽然就到了面前。

四

來的人卻不是那以輕功成名的粉燕子，是個蒼白的人——

蒼白的臉，蒼白的手，蒼白的劍，一身白衣如雪。

在這黑暗的沼澤叢林中搜索追捕了二十個時辰後，他的神情還是像冰雪般冷漠鎮定，衣服上也只不過沾染了幾點泥污。

他的人就像是他的劍，鮮血不染，泥污也不染。

就在他出現的這一瞬間，陸小鳳全身忽然僵硬，又忽然放鬆。

獨孤美卻笑了，笑容中充滿譏諷，道：「你以為他是西門吹雪？」

陸小鳳不能否認。

這少年的確像極了西門吹雪——蒼白的臉，冷酷驕傲的表情，雪白的衣服，甚至連站著的姿態都和西門吹雪完全一樣。

雖然他遠比西門吹雪年輕得多，面目輪廓也遠比西門吹雪柔弱，可是他整個人看起來，卻像是西門吹雪的影子。

獨孤美道：「他姓葉，叫葉孤鴻，連他的祖宗八代都跟西門吹雪拉不上一點關係，可是他看起來卻偏偏像是西門吹雪的兒子。」

陸小鳳也不禁笑了：「的確有點像。」

獨孤美道：「你知不知道他怎麼變成這樣子的？」

陸小鳳搖搖頭。

獨孤美冷笑道：「因為他心裡根本就恨不得去做西門吹雪的兒子。」

陸小鳳冷冷道：「也許他只不過想做第二個西門吹雪。」

獨孤美冷冷道：「只可惜西門吹雪的好處他連一點都沒有學會，毛病卻學全了。」

遠山上冰雪般高傲的性格，冬夜裡流星般閃亮的生命，天下無雙的劍……

江湖中學劍的少年們，又有幾個不把西門吹雪當做他心目中的神祇？

陸小鳳目光遙視著遠方，忽然嘆了口氣，道：「西門吹雪至少有一點是別人學不像的。」

獨孤美道：「他的劍？」

陸小鳳道：「不是他的劍，是他的寂寞。」

寂寞。

遠山上冰雪般寒冷的寂寞，冬夜裡流星般孤獨的寂寞。

只有一個真正能體會到這種寂寞，而且甘願忍受這種寂寞的人，才能達到西門吹雪已到達了的那種境界。

葉孤鴻一直在冷冷的盯著陸小鳳，直到這時才開口。

他忽然冷笑，道：「你是什麼東西？也配在我面前談論他！」

陸小鳳只有苦笑。

他知道獨孤美一定會搶著替他回答這句話，他果然沒有猜錯。

獨孤美已笑道：「他也不能算是什麼東西，只不過是個人而已，可是這世界假如還有一個

人夠資格談論西門吹雪，這個人就是他。」

葉孤鴻忍不住問：「為什麼？」

獨孤美悠然道：「因為他有四條眉毛，也因為這世上只有他一個人跟西門吹雪的老婆睡過覺。」

葉孤鴻聳然動容：「陸小鳳，你就是陸小鳳？」

陸小鳳只有承認。

葉孤鴻握劍的手已因他用力而凸出青筋，冷冷道：「我本該先替西門吹雪殺了你的……」

樹梢上忽然有人打斷了他的話：「只可惜我們這次要殺的人並不是他。」

濃密的枝葉間，嘩啦啦一聲響，一個人燕子般飛下來。

粉紅的燕子。

一張少女般嫣紅的臉，一身剪裁極合身的粉紅衣裳，粉紅色的腰帶旁，斜掛著一隻粉紅色的皮囊。

甚至連他眼睛裡都帶著這種粉紅色的表情——就是大多數男人們，看見少女赤裸的大腿時那種表情。

陸小鳳忽然想吐。

要命的是，他看著陸小鳳時，眼睛裡居然也帶著這種表情。

粉燕子對他的反應卻完全不在乎，還是微笑著，看著他，柔聲道：「陸小鳳果然不愧是陸小鳳，果然沒有讓我失望。」

陸小鳳道：「哦？」

粉燕子道：「你現在的樣子看來雖然不太好，可是只要給你一盆熱水，一塊香胰子，讓你好好的洗個澡，你就一定是個很好的男人了。」

他瞇著眼睛，上上下下的打量著陸小鳳：「我現在就可以想像得到。」

陸小鳳忽然又不太想吐了，因為他現在最想做的一件事，是一拳打扁這個人的鼻子。

幸好這時粉燕子已轉過臉去看葉孤鴻，道：「這個人是我的，我不許你碰他。」

葉孤鴻臉上也露出種想嘔吐的表情，冷冷道：「男人女人你都要？」

粉燕子笑了笑，道：「有時候我連你都想要。」

葉孤鴻蒼白的臉已發青。

粉燕子道：「我也知道你一直很討厭我，卻又偏偏少不了我，因為這次假如你沒有我，非但找不到這老狐狸，還休想能活著回去。」

他微笑著，接著道：「像你這種名門正派的少年英雄，在外面雖然耀武揚威，到了這吃人的樹林裡，很可能連兩個時辰都活不下去。」

葉孤鴻居然沒有否認。

粉燕子輕輕吐出口氣，道：「所以現在我若肯把這老狐狸讓給你，你就已該覺得很滿意了。」

葉孤鴻的手又握緊了劍柄，道：「你一定要讓我出手，你知道我已發下重誓，一定要親手殺他的。」

粉燕子道：「陸小鳳呢？」

葉孤鴻咬了咬牙，道：「陸小鳳是你的，只要他⋯⋯」

獨孤美忽然大笑，道：「你們都錯了，陸小鳳既不是他的，也不是你的！」

粉燕子道：「是誰的？」

獨孤美道：「是我的。」

粉燕子也大笑，道：「就算他也有我一樣的毛病，也絕不會看上你。」

獨孤美道：「可是他若想活下去，就不能讓我死在你們手裡。」

粉燕子又轉身面對陸小鳳，柔聲道：「只要你不管我的事，我也一樣可以讓你活下去。」

陸小鳳沒有反應。

粉燕子又吐口氣，道：「葉大少爺，你現在好像已經可以出手了！」

葉孤鴻道：「好。」

「好」字出口，劍已出鞘。

他拔劍的速度也許還比不上西門吹雪，卻絕不比別人慢。

他的出手輕靈、狠毒、辛辣，除了嫡傳的武當心法外，至少還融合了另外兩家劍法的特長。

這一劍已是他劍法中的精粹。

這也是致命的一劍，一擊必中，不留後著。

獨孤美張大了嘴，想呼喊，卻連一點聲音都沒有發出來。

陸小鳳居然真的沒有阻攔。

粉燕子還在笑，笑容卻突然凍結。

一截劍尖忽然從他的心口上露了出來，鮮血飛濺，灑落在他自己眼前。

這是他自己的血？

他不信！

只可惜現在他已不能不信。

他伸手，想去掏他囊中的暗器，可是他的人已倒了下去。

五

劍尖還在滴著血。葉孤鴻凝視著劍尖的血珠，輕輕的吹落了最後一滴。

這本是西門吹雪獨特的習慣，他每一個動作都學得很像。

只可惜他不是西門吹雪，絕不是。

每當殺人後，西門吹雪就會立刻變得說不出的孤獨寂寞，說不出的厭倦。

他吹落他劍尖最後的一滴血，只不過像風雪中的夜歸人抖落衣襟上最後的一片雪花。

他吹的是雪，不是血。

他吹的是血，不是雪。

現在葉孤鴻眼睛裡卻帶著說不出的興奮與激動，就像是正準備衝入風雪中去的征人。

最後一滴血恰巧落在粉燕子的臉上，他臉上的肌肉彷彿還在抽搐，眼珠卻已死魚般凸出，

再也看不見那種粉紅色的表情。

陸小鳳忽然覺得這個人很可憐。

他一直都很憐憫那些至死還不知道自己為何而死的人，他知道這個人一定死不瞑目。

血已乾了，劍已入鞘。

葉孤鴻忽然轉過臉，瞪著獨孤美。

獨孤美也在瞪著他，眼睛裡充滿了懷疑和驚詫。

葉孤鴻冷冷道：「你一定想不到我為什麼要殺他？」

獨孤美的確想不到，無論誰也想不到。

葉孤鴻道：「我殺他，只因為他要殺你。」

獨孤美道：「你不是來殺我的？」

葉孤鴻道：「我不是。」

獨孤美更驚訝，道：「可是你本來……」

葉孤鴻打斷了他的話，道：「我本來的確已決心要你死在我劍下。」

獨孤美道：「現在你為什麼忽然改變了主意？」

葉孤鴻道：「因為我現在已知道你不是活人。」

這句話說得更奇怪，更教人聽不懂，獨孤美卻又反而好像聽懂了，長長吐口氣，道：「難

道你也是山莊裡的人？」

葉孤鴻道：「你想不到？」

獨孤美承認：「我做夢也沒有想到過。」

葉孤鴻眼睛裡忽然又露出種譏誚的笑意，過了很久，才緩緩道：「你當然想不到的，有些

人自己做的事，連他自己都想不到。」

獨孤美也在嘆息，道：「山莊裡的人，好像都是別人永遠想不到的。」

葉孤鴻道：「正因為如此，所以它才能存在。」

獨孤美慢慢的點了點頭，忽然改變話題，問道：「你看見過陸小鳳出手？」

葉孤鴻道：「沒有。」

獨孤美道：「你知不知道他的武功深淺？」

葉孤鴻道：「不知道。」

獨孤美道：「對他這個人你知道些什麼？」

葉孤鴻道：「我知道他曾經接住了白雲城主的一劍『天外飛仙』。」

獨孤美道：「可是他現在卻已傷在西門吹雪劍下。」

葉孤鴻道：「我看得出。」

獨孤美道：「現在我再問你一句話，你一定要多加考慮，才能回答。」

他的表情忽然變得很嚴肅，一字字接著道：「現在你有沒有把握殺了他？」

葉孤鴻沉默著，眼睛裡又露出那種譏誚的笑意，額上青筋一根根凸起，又過了很久，才緩

緩道：「我不是西門吹雪。」

獨孤美看著他，也過了很久，才轉過臉去看陸小鳳。

陸小鳳臉上一點表情也沒有，他們剛才說的，他好像完全聽不懂。

獨孤美忽然又笑了笑，道：「你剛才並沒有出手救我。」

陸小鳳沉默。

獨孤美道：「現在我也不想出手殺你，因為我們沒有把握殺你。」

陸小鳳沉默。

獨孤美道：「我們本來素昧平生，互不相識，現在還是如此。」

陸小鳳終於開口，道：「可是我們剛才走的好像還是同一條路。」

獨孤美淡淡道：「世事如白雲蒼狗，隨時隨刻都可能有千萬種變化，又何況你我？」

陸小鳳道：「有理。」

獨孤美道：「所以現在你還是你，我還是我，你最好還是去走你的路。」

陸小鳳道：「不好。」

獨孤美道：「不好？」

陸小鳳道：「因為我走的一定還是剛才那條路，一條死路。」

獨孤美笑了笑，道：「那就是你的事了。」

陸小鳳道：「你呢？」

獨孤美道：「我當然有我的路可走。」

陸小鳳道：「什麼路？到山莊去的路？」

獨孤美道：「至少他現在還沒有死，還可以在暗中跟著我們去。」

獨孤美道：「他知道的秘密並不多，何況在這種情況下，他很可能真的活不了半個時辰。」

葉孤鴻道：「你不怕他洩露山莊的秘密？」

獨孤美道：「你不怕他洩露山莊的秘密？」

葉孤鴻冷冷道：「他已經走了。」

葉孤鴻才像是忽然警覺，大聲道：「你真的讓他走？」

直到他的人影消失，獨孤美才像是忽然警覺，大聲道：「你真的讓他走？」

他走得居然很灑脫，轉眼間就消失在灰白的叢林中。

陸小鳳笑了：「你們走吧。」他微笑著揮手：「我既不想到死人的山莊去，也不想做死人，只要能活著，多活半個時辰也是好的。」

獨孤美道：「是的。」

陸小鳳道：「你已是死人？」

獨孤美道：「不錯。」

陸小鳳道：「那山莊只有死人才去得？」

獨孤美道：「因為你不是死人。」

陸小鳳道：「為什麼我去不得？」

獨孤美道：「是個你去不得的山莊。」

陸小鳳卻偏偏還是要問：「你要去的是什麼山莊？」

獨孤美沉下臉，冷冷道：「你既然已聽見，又何必再問？」

葉孤鴻道：「我們要到哪裡去？」

獨孤美道：「當然是到山莊去。」

葉孤鴻冷笑道：「你錯了，並不是我們要到山莊去，是你要去，你一個人去！」

獨孤美道：「你不去？」

葉孤鴻淡淡道：「我為什麼要去？」

獨孤美臉色變了。

葉孤鴻道：「我知道你和山莊有了合約，當然不能殺你，但是我也沒有說過要帶你去。」

獨孤美的臉已因憤怒恐懼而變形，顫聲道：「可是你也應該看得出現在我連一步路都不能走。」

葉孤鴻冷冷道：「那就是你的事了，跟我有什麼關係？」

他突又拔劍，削落一大片樹皮，鋪在一塊比較乾燥的泥土上，盤膝坐了下去。

獨孤美恨恨的盯著他，終於忍不住道：「你為什麼還不走？」

葉孤鴻悠然道：「我為什麼要走？」

葉孤鴻道：「你是不是在等著看我死？」

獨孤美道：「你可以慢慢的死，我並不著急。」

他看來不但很悠閒，而且舒服，因為他身上居然還帶著塊用油紙包著的牛肉，甚至還有瓶酒。

對一個已在飢渴中掙扎了三十六個時辰的老人來說，牛肉和酒的香氣，已不再是誘惑，而

是種虐待。

因為他只能看著，一陣陣香氣就像是一根根針，刺激得他全身皮膚都起了戰慄。

淺淺的啜了一口酒，葉孤鴻滿意的嘆了口氣，忽然道：「我知道你現在心裡一定在後悔，剛才不該讓陸小鳳走的，但有件事你卻不知道。」

獨孤美正想以談話分散自己的注意力，立刻問道：「什麼事？」

葉孤鴻道：「我不殺陸小鳳，並不是因為我沒有把握殺他，只不過因為我情願讓他死在西門吹雪的手裡。」

獨孤美道：「哦！」

葉孤鴻傲然道：「現在他若敢再來，我一劍出鞘，就要他血濺五步。」

獨孤美道：「你的意思是不是說，天下已沒有人能救得了我，也沒有人能救得了陸小鳳？」

葉孤鴻道：「絕沒有。」

這三個字剛說完，忽然間，一隻手從樹枝後伸出來，拿走了他手裡的酒。

他的反應並不慢。

這隻手縮回去的時候，他的人也已到了樹後。

樹後卻沒有人。

等他再轉出來，酒瓶已在獨孤美手裡，正將最後一滴酒倒入自己的嘴。

剛才還在樹皮上的油紙包牛肉，現在卻已不見了。

葉孤鴻沒有再動，甚至連呼吸都已停頓，灰白色的叢林，死寂如墳墓。

連風都沒有，樹梢卻忽然有樣東西飄飄落下。

葉孤鴻拔劍，穿透。

獨孤美笑了，大笑，笑得連眼淚都流了出來。

插在他劍尖上的，竟是剛才包著牛肉的那塊油紙。

葉孤鴻好像完全聽不見，臉色卻已發青，慢慢的摘下劍尖上的油紙。

獨孤美笑道：「油紙上沒有血，你吹什麼？」

葉孤鴻還是聽不見，劍光一閃，劍入鞘。

他卻又在那塊樹皮上坐下來，深深的呼吸了兩次，從衣袖裡拿出個紙卷，用一根銀針釘在身後的樹幹上，冷冷道：「這就是出林入山的詳圖，誰有本事，也不妨拿走。」

然後他還是背著樹幹，動也不動的坐在那裡，甚至連眼睛都已閉上，彷彿老僧已入定。

獨孤美笑聲也已停頓，睜大了眼睛，盯著樹幹上的紙卷。

他知道這就是葉孤鴻用來釣魚的餌。

武當本是內家正宗，葉孤鴻四歲時就在武當，內功一定早已登堂入室。

現在他屏息內視，心神合一，雖然閉著眼睛，可是五十丈方圓內的一針一葉，都休想逃過他的耳目。

他的餌已安排好了，魚呢？

魚是不是會上鉤？

獨孤美的呼吸忽然也停頓，他已看見一隻手悄悄的從樹後伸出來。

這隻手的動作很輕快，很靈巧，手一伸出，就摸著了樹幹上的紙卷。

就在這時，劍光又一閃，如閃電驚虹，只聽「奪」的一響，劍尖入木，竟活生生把這隻手釘在樹上。

獨孤美的臉色變了，葉孤鴻的臉色也變了。

他沒有看見血。

手不是油紙，怎麼會沒有血？

獨孤美長長吐出口氣，他已看出這隻手並沒有被劍尖釘住，劍尖卻已被這隻手挾住。

用兩根手指挾住。

葉孤鴻鐵青的臉忽又發紅，滿頭汗珠滾滾而落，他已用盡全身氣力來拔他的劍，這柄劍卻像是已被泰山壓住，連動都不能動。

這是誰的手？誰的手指能有如此奇妙的魔力？

陸小鳳！

當然只有陸小鳳。

笑容又上了獨孤美的臉，他微笑著道：「現在你的劍已出鞘，他好像並沒有血濺五步。」

葉孤鴻咬了咬牙，忽然放開手裡的劍，擦過樹幹掠過去。

陸小鳳果然就在樹後笑嘻嘻的看著他，手裡拿著的正是他的劍——用兩根手指捏著劍尖。

葉孤鴻冷笑道：「我不用劍還是可以殺你。」

力貫指尖。

陸小鳳微笑道：「但劍是你的，我還是要還給你。」

葉孤鴻已出手，用的是武當金絲綿掌，夾帶著空手入白刃七十二路小擒拿手，五指如鈎，

誰知陸小鳳竟真的把他的劍送過來還給他，用手指捏著劍尖，把劍柄送到他手邊。

他不由自主，伸手一把握住，臉色立刻變了，鮮血一滴滴從指縫間流出。

陸小鳳剛剛送過來的明明是劍柄，他一把握住的卻偏偏是劍鋒。

他甚至連陸小鳳用的什麼動作都沒有看出來。

陸小鳳還在笑，道：「這是你的劍，又沒有人會搶你的，你何必這麼用力？」

葉孤鴻臉上已全無血色，忽然問道：「西門吹雪使出了幾招才刺傷你的？」

陸小鳳道：「一招。」

葉孤鴻道：「你連他一招都接不住？」

陸小鳳苦笑。

葉孤鴻道：「當時你是不是已爛醉？」

陸小鳳搖頭。

葉孤鴻又問道：「以你這種身手，竟接不住他一劍？」

陸小鳳嘆了口氣，道：「我知道你看見過他出手，可是在旁邊看著的人，永遠也無法了解

他出手那一劍的速度。」

葉孤鴻垂下頭，看著自己的手。

手上還在流血，並沒有放開劍鋒，劍尖上也還在滴著血，一滴，兩滴……

這是他自己的血。

最後一滴血珠滴下來時，他忽然長嘆了口氣，將劍尖刺入了自己的胸膛。

嘆息聲突然停頓，眼珠突出。

陸小鳳動容道：「我並不想殺你，你這是何苦？」

葉孤鴻蒼白的臉上汗落如雨，喘息也漸漸急促，掙扎著道：「我學劍二十年，自信已無敵

天下，本已約好了西門吹雪，端陽正午決戰於紫金之巔。」

陸小鳳道：「今年的端陽正午？」

葉孤鴻點點頭，道：「我雖無必勝的把握，自信還可以與他一戰，可是今日見到你，我才

知道我就算再學二十年，也絕不是他的敵手……」

說到這裡，他就開始不停的咳嗽，可是他的意思陸小鳳已明白。

到時他若不去，當然無顏再見江湖朋友，若是去了，也是自取其辱。

因為他忽然發現自己的劍法和西門吹雪相差實在太多。

陸小鳳連西門吹雪的一招都接不住，他卻連陸小鳳的出手都看不清楚，這其間的距離，已

無異是種痛苦的羞辱。

在他看來，這種羞辱遠比妻子被侮更大。

陸小鳳目中已露出憐憫之色，道：「你就是為了這一點而死的？」

葉孤鴻點點頭。

六

劍尖已沒有血。

最後一滴血是被風吹乾了的。

人雖已亡，劍卻仍在，劍光仍清澈如秋水。

無論劍上的血是被人吹乾的也好，是被秋風吹乾了的也好，對於這柄劍都完全沒有影響。

劍無情，人有情。

所以人亡劍在。

陸小鳳凝視著這柄無情的劍，忍不住長長嘆息。

——世上為什麼會有如此多情的人，要將自己的一生奉獻給一柄無情的劍？

——這是不是因為劍的本身，就有種令人無法抗拒的魅力？

看著這把清澈如秋水的劍，陸小鳳忽然覺得自己彷彿又將迷失……

陸小鳳輕輕嘆了口氣，忽然走過去，附在他耳邊，說了幾句話。

葉孤鴻的臉忽然扭曲，眼睛裡露出誰都無法了解的表情，盯著陸小鳳。

然後他就倒了下去。

奇怪的是，他倒下去之後，嘴角又彷彿露出了一絲微笑。

三　死亡之約

一

逃亡並沒有終止，黑暗又已來臨。

黑暗中只聽見喘息聲，兩個人的喘息聲，聲音已停下來，人已倒下去。

不管下面是乾土也好，是濕泥也好，他們已完全沒有選擇的餘地。

——一定要躺下去，就算西門吹雪的劍鋒已在咽喉，都得躺下去。

現在就算用盡世上所有的力量，都已無法讓他再往前走一步。

從黑暗中看過去，每隔幾棵樹，就有一點星光般的磷光閃動。

光芒極微弱，就算在絕對的黑暗中，也得很注意才能看得見。

只要有一點點天光，磷光就會消失。

「順著這磷光走，就能走出去？」

「嗯。」

「你有把握？」

「嗯。」獨孤美雖然已累得連話都說不出，卻還是不能不回答，因為他知道陸小鳳一定會

繼續問下去的。

「我絕對有把握。」他喘息著道：「因為你只要跟他們有了合約，他們就絕不會出賣你。」

「他們是誰？」陸小鳳果然又在問：「是不是山莊裡的人？」

「嗯。」

「什麼山莊？在哪裡？」陸小鳳還要問：「你跟他們訂的是什麼合約？」

獨孤美沒有回答，聽他的呼吸，彷彿已睡著。

無論他是不是已睡著，他顯然已決心拒絕再回答這些問題。

陸小鳳好像也覺得自己問得太多，居然也閉上嘴，更想閉上眼睛睡一覺。

可是他偏偏睡不著。

遠處的磷光閃動，忽遠忽近。

他的瞳孔已疲倦得連遠近距離都分不出，為什麼還睡不著？

——只有絕對黑暗中，才能分辨出這些指路的暗記，若是用了火摺子，反而看不出了，白天當然更看不出。

——這一點只怕連西門吹雪都想不到，所以他當然也不會在這種絕對的黑暗中走路。

——看來山莊中那些人實在很聰明，他們的計劃中每一點都想得很絕，又很周到。

——獨孤美是不是真的會帶我到那山莊去？

——他有合約，我卻沒有，我去了之後，他們是不是肯收容我？

——那地方是不是真的完全隱秘？連西門吹雪都找不到？

——為什麼那地方只有死人才能去？

陸小鳳睡不著，因為他心裡實在有太多解不開的結。一個結，一個謎。

要等到什麼時候才能解開這些謎？

絕對的黑暗，就是絕對的安靜。

獨孤美的呼吸也漸漸變得安定而均勻，在黑暗中聽來，甚至有點像是音樂。

「妹妹揹著泥娃娃，

走到花園來看花。

娃娃哭了叫媽媽，

樹上的小鳥笑哈哈……」

也不知為了什麼，陸小鳳竟從六親不認的老人呼吸聲中，憶起了自己童年時的兒歌。

他自己也覺得很好笑，可是他並沒有笑出來，因為就在這時候，黑暗中忽然響起一聲慘

呼。

接著，又是「噗」的一聲，一個人的身子彈起來，又重重的摔在泥沼裡。

「是誰？」陸小鳳失聲問。

沒有人回答。

過了很久，黑暗中才響起了獨孤美的呻吟聲，彷彿受了傷。

是誰在黑暗中突擊他？

陸小鳳只覺得心跳加快，喉嚨發乾，掌心卻濕透了，在這伸手不見五指的黑暗中，他什麼事都看不見。

又過了很久，才聽見獨孤美呻吟著道：「蛇……毒蛇！」

陸小鳳吐出口氣，道：「你怎麼知道是毒蛇？」

獨孤美道：「我被牠咬到的地方，一點都不疼，只發麻。」

陸小鳳道：「傷口在哪裡？」

獨孤美道：「就在我左肩上。」

陸小鳳摸索著，找到他的左肩，撕開他的衣服，指尖感覺到一點腫塊，就低下頭，張開嘴，用力吸吮，直到獨孤美叫起來才停止。

「你已覺得痛了？」

「嗯。」

既然能感覺到疼痛，傷口裡的毒顯然已全都被吸出來。

陸小鳳又吐出口氣，道：「你若還能睡，就睡一下，睡不著就捱一會兒，反正天已快亮了。」

獨孤美道：「哦？」

陸小鳳道：「現在你既然已知道出路，爲什麼還不拋下我一個人走？」

獨孤美呻吟著，良久良久，忽然道：「你本來不必這麼做的！」

陸小鳳也沉默了很久才回答：「也許只因爲你還會笑。」

獨孤美不懂。

陸小鳳慢慢的接著道：「我總覺得，一個人只要還會笑，就不能算是六親不認的人。」

二

天一亮，指路的磷光就看不見了。

現在天已快亮，陸小鳳總算已休息了片刻。

有些人的精力就像是草原中的野火一樣，隨時都可能再被燃起。

陸小鳳就是這種人。

他這一次重新燃起的精力還沒有燃盡，就忽然發現他們終於已脫出了那吃人的樹林。

前面是一片青天，旭日剛剛從青翠的遠山外昇起，微風中帶著遠山新發木葉的芬芳，露珠在陽光下閃亮得就像初戀情人的眼睛。

陸小鳳揉了揉自己的眼睛，幾乎不敢相信這是真的，這簡直就像是夢境。

難道他剛從噩夢中醒來，就到了另一個夢境中？

伏在他背上的獨孤美，呼吸也變得急促了，忽然問道：「前面是不是有棵大松樹？」

是的。

一棵古松，孤零零的矗立在前面的岩石間，遠離著這片莽密的叢林，就好像是不屑與這些俗木為伍。

「松樹下是不是有塊大石塊？」

是的。

是塊大如桌面的青石，石質純美，柔潤如玉。

陸小鳳走過去，在石上坐下，放下他背負著的人，才長長吐出了口氣，嘆道：「我們總算出來了。」

獨孤美喘息著，道：「只可惜這裡還不能算是安全的地方。」

陸小鳳道：「我總算還沒有被那吃人的樹林子吃下去。」

獨孤美道：「只可惜你還是隨時都可能死在西門吹雪劍下！」

陸小鳳嘆了口氣，苦笑道：「你能不能說兩句讓人聽了比較高興的話？」

獨孤美笑了笑，道：「我只不過想告訴你一件事。」

陸小鳳在聽著。

獨孤美道：「這世上本來已沒有人能救得了你，但你卻自己救了自己。」

陸小鳳道：「哦？」

獨孤美道：「你剛才救我的時候，也同時救了你自己。」

陸小鳳道：「你本來並不是真的想帶我到那山莊中去的？」

獨孤美點點頭，道：「可是，我現在已改變了主意，因為我就算是個六親不認的人，總算還是個人。」他凝視著陸小鳳，狡黠鋒利的目光忽然變得很柔和：「你在那種情況下都沒有甩下我，現在我當然也不能甩下你。」

陸小鳳笑了。

人總有人性，人性中總有善良的一面，對這一點他永遠都充滿信心。

樹根下還有塊比較小的青石，獨孤美又道：「去搬開那塊石頭看看，下面是不是有口箱子？」

「是的。」

籐條編成的箱子，裡面有一塊熟肉、一隻風雞、一瓶酒、一包刀傷藥，還有一隻哨子和一封信。

哨子的形式很奇特，信紙和信封的顏色也很奇特，看來就像是死人的皮膚。

信上只寫著十個字：「吹哨子，聽回聲，循聲而行。」

陸小鳳喝了口酒：「好酒。」他滿意的嘆了口氣，道：「看來這些人想得實在周到。」

獨孤美道：「他們做事不但計劃周密，而且信譽卓著，你只要跟他們有了合約，他們就一定會負責送你到山莊去。」

陸小鳳忍不住問道：「什麼合約？」

獨孤美道：「救命的合約。」

這一次他居然沒有逃避陸小鳳的問題，所以陸小鳳立刻又問道：「什麼山莊？」

獨孤美道：「幽靈山莊。」

幽靈山莊！

——那地方只有死人才能去。

陸小鳳只覺得掌心冷冷的，又忍不住問道：「難道那地方全是死人的幽靈？」

獨孤美笑了笑，笑得很神秘，緩緩道：「就因為那地方全都是死人的幽靈，所以沒有一個活人敢闖進去！」

陸小鳳道：「你呢？」

獨孤美得更神秘，悠然道：「我既然已走了死路，當然非死不可。」

陸小鳳道：「你既然已非死不可，當然就已是個死人！」

獨孤美道：「現在你總算明白了。」

陸小鳳苦笑道：「我不明白，一點也不明白。」

哨子就在他手裡。

他忍不住拿起來，輕輕吹了吹，尖銳奇特的哨聲突然響起，連他自己都嚇了一跳。

就在這時，遠處已有同樣的一聲哨子傳了過來，方向在正西。

空山寂寂，要分辨哨子的聲音並不困難。

他們循聲而行，漸行漸高，四面白雲縹緲，他們的人已在白雲中。

喝了大半瓶酒，吃了半隻雞，陸小鳳只覺得精力健旺，無論多遠的路都可以走下去。

獨孤美的情況卻愈來愈糟了，連陸小鳳都已嗅到他傷口裡發出的惡臭。

可是陸小鳳一點也不在乎。

「西門吹雪當然不是聾子。」

「當然不是。」

「他當然也能聽見哨子的聲音。」

「嗯。」

「所以他隨時都可能追上來的。」

「可能。」

「現在你既然已知道入山的法子，還是放下我的好。」獨孤美的臉又因痛苦而扭曲：「你一個人總比較走得快些，何況，我的人已不行了，就算到了那裡，也未必能活多久。」

他說的是真心話，但陸小鳳卻好像連一個字都沒有聽見。

他走得更快，白雲忽然已到了他的腳下，他的眼前豁然開朗。

前面青天如洗，遠山如畫。

陸小鳳的心卻沉了下去，沉得很深。

他前面竟是一道深不見底的萬丈深淵，那圖畫般的遠山雖然就在眼前，卻已無路可走。

他撿起一塊石頭拋下去，竟連一點迴聲都聽不見。

下面白雲繚繞，什麼都看不見，就連死人的幽靈都看不見。

難道那幽靈山莊就在這萬丈深壑下？

陸小鳳苦笑道：「要到幽靈山莊去，看來也並不是什麼困難的事，你只要往下面一跳，保

證立刻就會變成個死人。」

獨孤美喘息著，道：「你再吹一聲哨子試試看？」

尖銳的哨聲，劃破沉寂，也劃破了白雲。

白雲間忽然出現了一個人。

青天上有白雲，絕壑下也有白雲，這個人就在白雲間，就像是凌空站在那裡的。

什麼人能凌空站在白雲裡？

死人？死人的幽靈？

陸小鳳吐出口氣，忽然發現這個人在移動，移動得很快，又像是御風而行，轉眼間就可以分辨出他衣服的顏色，也應該可以分辨出他面目的輪廓。

可是他根本就沒有面目輪廓，他的臉赫然已被人一刀削平了。

沒有親眼見過他的人，絕對無法想像那是張什麼樣的臉。

陸小鳳的膽子並不小，可是他看見這張臉，連腿都軟了，幾乎一跤跌下萬丈絕壑中去。

他可以感覺到背上的獨孤美也在發抖，就在這時，這個人已來到他們面前，來得好快。

雖然已掠上山崖，這個人身子移動時看來還是輕飄飄的，腳底距離地面至少有半尺。

陸小鳳一向認為江湖中輕功最高的三個人是司空摘星、西門吹雪和他自己。

現在他才知道自己錯了。

這個人輕功身法怪異，就和他的臉一樣，除非你親眼看見，否則簡直無法思議。

現在他正在盯著陸小鳳，一雙眼睛看來就像剛剛還噴出過溶岩的火山口，灼熱而危險。

面對著這麼樣一個人，陸小鳳實在不知道該說什麼。

獨孤美卻忽然問：「你就是幽靈山莊的勾魂使者？」他看見這人點了點頭，立刻接著道：

「我叫獨孤美，我的魂已來了。」

這個人終於開口：「我知道，我知道你會來的。」

他說話的聲音緩慢，怪異，而艱澀，因為他沒有嘴唇。

沒有看見過他的人，也永遠無法想像一個沒有嘴唇的人說話是什麼樣子的。

獨孤美看都不敢再多看一眼，他生怕自己會忍不住嘔吐。

這個勾魂帶路的人突又冷笑，道：「你不敢看我？是不是因為我太醜？」

獨孤美立刻否認，勉強笑道：「我不是……」

勾魂使者道：「既然不是，就看著我說話，看著我的臉。」

獨孤美只好看著他的臉，卻沒有開口，因為他的喉嚨和胃都已因恐懼而收縮，連聲音都發不出。

勾魂使者卻笑了。

他好像很喜歡看到別人害怕難受的樣子，喜歡別人怕他。

可是他的笑聲很快的又結束，冷冷道：「你本該一個人來的，現在為什麼有兩個？」

獨孤美還是不能開口，這問題他也回答不出。

勾魂使者道：「你留下，他走！」

獨孤美忽然鼓起勇氣，道：「他也不走。」

勾魂使者道：「他不走，你走。」

獨孤美大聲抗議，道：「我有合約，是你們自己訂的合約。」

勾魂使者道：「你有，他沒有。」

獨孤美道：「他是我的朋友，他的合約金我可以替他付。」

勾魂使者道：「現在就付？」

獨孤美道：「隨時都可以付，我身上帶著有⋯⋯」

勾魂使者突然又打斷他的話，冷冷道：「就算現在付，也已太遲了。」

獨孤美道：「為什麼？」

勾魂使者道：「因為我說的。」

獨孤美道：「可是他既然已來到這裡，就絕不能再活著回去。」

勾魂使者冷冷道：「你若想救他，你就自己走，留下他。」

他沒有嘴唇，說話的聲音就像是來自地獄，已經被魔火煉過，絕無更改。

陸小鳳忽然大聲道：「我走。」

他輕輕的放下獨孤美，拍了拍身上的衣服，居然真的說走就走。

獨孤美喘息著，忽然一把拉著他衣角，道：「你留下，我走。」

陸小鳳笑了笑，道：「你用不著擔心我，我既然能活著來到這裡，就一定有法子活著回去。」

獨孤美居然也笑了笑，大聲道：「我知道你沒有把死活放在心上，我卻很怕死⋯⋯」

陸小鳳搶著替他接了下去：「可是你現在已經不怕了？」

獨孤美點點頭，道：「因為我⋯⋯」

陸小鳳道：「因為你反正也活不長的，不如把機會讓給我。」

獨孤美道：「這是唯一的機會。」

陸小鳳道：「這些話我早就聽你說過，你的意思我也很明白，只不過⋯⋯」

獨孤美道：「你還是不肯？」

陸小鳳笑了笑，道：「能夠跟一個六親不認的人交上朋友，我已經很滿意了，只可惜我一向沒有要朋友替我死的習慣。」

獨孤美道：「你一定要走？」

陸小鳳道：「我走得一定比你快。」

勾魂使者冷冷的看著他們，眼睛裡帶著種說不出的憎惡。

他憎惡友情，憎惡世上所有美好的事，就像是蝙蝠憎惡陽光。

忽然間，遠處有人在呼喚：「帶他們進來，兩個人全都帶進來。」

清脆的聲音，來自白雲間，白雲間忽然又出現了一條淡紅色的人影，彷彿也是凌空站在那裡的，正在向這邊揮手。

「誰說要將他們全都帶進去？」

「老刀把子。」

這四個字竟像是種符咒，忽然間就將陸小鳳帶入了另一個天地。

三

沒有人能凌空站在白雲間，也沒有人能真的御風而行。

勾魂使者也是人，並不是虛無的鬼魂，他是怎麼來的？

陸小鳳走過去之後，才看出白雲裡有條很粗的鋼索，橫貫了兩旁的山崖。

這就是他們的橋。

從塵世通向幽冥之門的橋。

山崖這邊，有個很大的竹籃，用滑輪鐵鈎掛在鋼索上。

這邊的山崖比較高，解開一條繩子，竹籃就會向對面滑過去。

獨孤美已經在竹籃裡。

勾魂使者冷冷的瞅著陸小鳳，冷冷道：「你是不是也想坐進去？」

陸小鳳道：「我有腿。」

勾魂使者道：「若是一跤跌下去，就沒有腿了。」

陸小鳳道：「我看得出。」

勾魂使者道：「非但沒有腿，連屍骨都沒有，一跌下去，人就變成了肉醬。」

陸小鳳道：「我想得到。」

勾魂使者道：「這條鋼索很滑，山裡的風很大，無論輕功多麼好的人，走在上面，隨時都可能會跌下去。」

陸小鳳笑了笑，道：「你跌下去過？」

勾魂使者道：「沒有。」

陸小鳳道：「你喜歡我？」

勾魂使者冷笑。

陸小鳳淡淡道：「既然你沒有跌下去過，又怎麼知道我會跌下去？既然你並不喜歡我，又何必關心我的死活？」

勾魂使者冷笑道：「好，你先走。」

陸小鳳道：「你要在後面等著看我跌下去？」

勾魂使者道：「這種機會很多，我一向不願錯過。」

陸小鳳又笑了笑，道：「可是這一次我保證你一定會失望的。」

鋼索果然很滑，山風果然很大，人走在上面，就像是風中的殘燭。

放眼望過去，四面都是白雲，飄飄緲緲，浮浮動動，整個天地好像都在浮動中，要想平平穩穩的在上面走，實在很不容易。

愈不容易的事，陸小鳳愈喜歡做。

他走得並不快，因為快比慢容易行，他慢慢的走著，就好像在一條平坦的大道上踱方步。

所以陸小鳳覺得更愉快。

那個勾魂的使者，只有在後面跟著。

風從他胯下吹過去，白雲一片片從他眼前飛過，他忽然覺得天地間實在沒有什麼值得他煩

惱的事，就算真的掉了下去，他也不在乎。

他的嗓子一向很糟，而且五音不全，所以九歲就沒有唱過歌。

可是現在他卻忽然有了種放聲高歌的衝動，居然真的唱了起來，唱的是兒歌。

因爲他只會唱兒歌：「妹妹揹著泥娃娃，走到花園來看花……」

忽然間，「呼」的一聲響，一陣風從他頭頂吹過，一個人落在他眼前。

一個沒有臉的人。

陸小鳳笑了：「我唱的歌好不好聽？」

勾魂使者冷冷道：「那不是唱歌，是驢子叫。」

陸小鳳大笑，道：「原來你也有受不了的時候，好，好，好極了。」

他又唱了起來，唱的聲音更大。

「娃娃哭了叫媽媽，樹上的小鳥笑哈哈……」

勾魂使者冷冷的看著他，等他唱完了，忽然問道：「你是陸小鳳？」

陸小鳳道：「怎麼我一唱歌你就認出我來了？難道我的歌聲比我的人還要出名？」

勾魂使者道：「你真的是陸小鳳？」

陸小鳳道：「除了陸小鳳外，還有誰能唱這樣的歌？」

勾魂使者道：「你知道我是誰？」

陸小鳳道：「不知道。」

他又笑了笑：「這世上不要臉的人雖多，卻還沒有一個做得像你這麼徹底的。」

勾魂使者眼睛裡彷彿又有火燄在燃燒，忽然拔下頭髮上的一根烏木簪，向陸小鳳刺了過去。

他的出手看來並不奇突，招式間也沒有什麼變化，但卻實在太快，快得令人無法思議。

陸小鳳來不及退，也不能閃避，只有伸出手，用兩根手指一夾。

這本是天下無雙，萬無一失的絕技，這一次卻偏失手了。

一根平平凡凡的烏木簪，好像忽然變成了兩根，閃電般刺向他的眼睛。

若是在平地上，這一招他也不是不能閃避，但現在他腳下並不是堅實可靠的土地，而是條滑不留足的鋼索。他身子一閃，腳下就站不住了，一個倒栽蔥，人就掉了下去，向那深不可測的萬丈絕壑中掉了下去。

——一跌下去，人就變成了肉醬。

他並沒有變成肉醬。

勾魂使者垂下頭來，就看見一隻腳鈎在鋼索上。陸小鳳的人就像是條掛在釣鈎上的魚，不停的在風中搖來晃去。

他好像還是一點也不在乎，反而覺得很有趣，居然又唱了起來。

「搖呀搖，
搖到外婆橋，
外婆叫我好寶寶……」

他沒有唱下去，只因為下面的歌詞他已忘了。

勾魂使者道：「看來你真的是陸小鳳。」

陸小鳳道：「現在雖然還是陸小鳳，等一下說不定就會變成一堆肉醬了。」

勾魂使者道：「你真的不怕死？」

「呼」的一聲，他的人忽然風車般一轉，又平平穩穩的站在鋼索上，微笑道：「看來你好像也不是真的要我死。」

勾魂使者冷冷道：「我只不過想要你知道一件事。」

陸小鳳道：「什麼事？」

勾魂使者的眼睛又在燃燒，一字字的道：「我要你知道，西門吹雪並不是天下無雙的快劍，我比他更快。」

這一次陸小鳳居然沒有笑，目中忽然露出種很奇怪的表情，盯著他問道：「你究竟是什麼人？」

勾魂使者道：「是個不要臉的人。」

他不要臉，也沒有臉，臉上當然全無表情，可是，他的聲音裡，卻彷彿忽然有了一種說不出的悲哀。

陸小鳳還想再問時，他的人已飛鳥般掠起，轉眼間就消失在白雲裡。

白雲縹緲，陸小鳳癡癡的站在雲裡，也不知在想什麼。

過了很久他才開始往前走，終於到了對岸，只見山崖前面兩根竹竿繫著條紅線，橫擋在他面前，遠處有人正冷冷的對他說：「衝過這條生死線，你已是個死人。」聲音冷如刀鋒：「所以你最好再想一想，是走過來，還是回頭去。」

陸小鳳心裡也在問自己：「是衝過去？還是回頭？」

衝過去是個死人，回頭也恐怕只有一條死路。

他看著面前的紅線，只覺得手心冰冷。

這條紅線雖然一碰就斷，但世上又有幾人能衝得過去？

陸小鳳忽然笑了：「有時候我天天想死都死不成，想不到今天竟死得這麼容易。」

他微笑著，輕輕鬆鬆的就走了過去，走入了一個以前完全沒有夢想過的世界。

走入了一個死人的世界。

放眼四望，一片空濛，什麼都看不見，連那勾魂使者都不知道到哪裡去了。

獨孤美也不知到哪裡去了。

——這裡究竟是什麼地方？

——難道我真的已是個死人？

陸小鳳挺起胸，大步向前走去，嘴裡又唱起了兒歌：「妹妹揹著泥娃娃，走到花園……」

這一句還沒有唱完，突聽旁邊有個人呻吟著道：「求求你，饒了我吧！」

四　一個死人的世界

一

聲音是從一間小木屋裡傳出來的。

一間灰色的小木屋，在這迷霧般的白雲裡，一定要很注意才能看得見。

陸小鳳終於看見了──只看見了這間小木屋，並沒有看見人。

呻吟聲還沒有停，陸小鳳忍不住問：「你受了傷？」

「沒有受傷，卻快要死了。」是少女的聲音：「快要被你唱死了。」

「你既然在這裡，當然也是個死人，再死一次又何妨？」

「你唱的這種歌連活鬼都受不了，何況死人？」

陸小鳳大笑。

木屋裡的聲音又在問：「你知不知道剛才救你的人是誰？」

「是你？」

「一點也不錯，就是我。」她的笑聲很甜：「我姓葉，叫葉靈，別人都叫我小葉。」

「好名字。」

「你的名字也不錯，可是我不懂，一個大男人，為什麼要叫小鳳凰？」

陸小鳳的笑變成了苦笑，道：「我叫陸小鳳，不叫小鳳凰。」

葉靈又問：「這有什麼不同？」

陸小鳳道：「鳳凰是一對，不是一隻，鳳是公的，凰才是母的。」

他慢慢的走過去，屋子裡卻忽然沉默了下來，過了很久，才聽見葉靈輕輕的嘆了口氣，道：「只不過是片小葉子，既然沒有一對，也不知道是公的？還是母的？」

陸小鳳道：「這一點你倒用不著擔心，我保證只要看一眼，就可以看出你是公的，還是母的？」

他忽然推開門，闖進了屋子。

在外面看這屋子已經小得可憐了，走進去之後，更像是走進間鴿子籠。

可是鴿子雖小，五臟俱全，這屋子也一樣，別人家的屋裡有些什麼，這屋子裡幾乎也一樣不缺，甚至還有個金漆馬桶。

陸小鳳並不是個會對馬桶有興趣的人，現在他注意這個馬桶，只因為他走進來的時候，這個穿紅衣裳的小姑娘正坐在馬桶上。

穿得整整齊齊的坐在馬桶上，用一雙烏溜溜的大眼睛瞪著陸小鳳。

陸小鳳的臉有點紅了。

不管怎麼樣，一個女孩子坐在馬桶上的時候，男人總不該闖進來的。

可是既然已闖了進來，再溜出去豈非更不好意思？

惡人先告狀，陸小鳳眼珠子轉了轉，忽然笑道：「你平常都是坐在馬桶上見人的？」

葉靈一本正經的搖了搖頭，道：「只有在兩種情況下我才會坐到馬桶上。」

有一種情況就是任何人都不必問的，另外一種情況呢？

葉靈道：「就是馬桶裡有東西要鑽出來的時候。」

陸小鳳又笑出來了。

馬桶裡還會有什麼東西鑽出來？除了臭氣外還會有什麼別的？

葉靈道：「你想不想看看裡面是什麼？」

陸小鳳立刻搖頭，道：「不想。」

葉靈道：「只可惜你不想看也得看。」

陸小鳳道：「為什麼？」

葉靈道：「因為這裡面的東西都是送給你的。」

陸小鳳道：「我不要也不行？」

葉靈道：「當然不行。」

看著她站起來掀馬桶的蓋子，陸小鳳幾乎已忍不住要奪門而逃。

他沒有逃。馬桶的味道非但一點也不臭，而且香得很。

隨著這陣香氣飛出來的，竟是一雙燕子，一對蝴蝶。

燕子和蝴蝶剛從小窗飛出去，葉靈又像是變戲法一樣，從馬桶裡拿出一套嶄新的衣服、

一雙柔軟的鞋襪、一小罈酒、一對筷子、一個大瓦罐、一個大湯匙、四五個饅頭，還有一束鮮

花。

陸小鳳看呆了。無論誰也想不到一個馬桶裡居然能拿出這麼多東西來。

葉靈道：「燕子和蝴蝶是為了表示我們對你的歡迎，衣服和鞋襪一定合你的身，酒是陳年的竹葉青，瓦罐裡是原汁燉雞，饅頭也是剛出籠的。」

她抬起頭，看著陸小鳳，淡淡的接著道：「這些東西你喜歡不喜歡？」

陸小鳳嘆了口氣，道：「簡直喜歡得要命。」

葉靈道：「你要不要？」

陸小鳳道：「不要的是土狗。」

葉靈笑了，笑得就像是一朵花，一塊糖，一條小狐狸。

可以害得死人，也可以迷得死人的小狐狸。

陸小鳳看著她，忍不住又嘆了口氣，道：「你是母的，鐵定是母的。」

鮮花插入花瓶，酒已到了陸小鳳肚子裡。

葉靈看著他把清冽的竹葉青像倒水一樣往肚子裡倒，好像不但覺得很驚奇，還覺得很可惜，忽然嘆息著道：「只有一點錯了。」

陸小鳳不懂。

葉靈已經在解釋：「有人說你的機智、武功、酒量、臉皮之厚，和好色都是很少有人能比得上你。」

陸小鳳放下空罈，笑著道：「現在你已看過我的酒量。」

葉靈道：「我也看過你的武功，你剛才沒有掉下去，連我都有點佩服你。」

陸小鳳道：「可是我並不好色，所以這一點至少錯了。」

葉靈道：「這一點沒有錯。」

陸小鳳生氣了，道：「我有沒有對你非禮過？」

葉靈道：「沒有，到現在為止還沒有，可是你看著我的時候，那雙眼睛就像……」

陸小鳳趕緊打斷了她的話：「你說是哪點錯了？」

葉靈笑了笑，道：「你的臉皮並不算太厚，你還會臉紅。」

陸小鳳道：「難道你本來認為我一輩子都沒臉紅過？難道那個人說的話你全都相信？」

葉靈眨了眨眼，反問道：「你知不知道這些話是誰說的？」

陸小鳳道：「是誰？」

葉靈道：「老刀把子。」

就是這個人，就是這個名字，為什麼會有這麼大的魔力？

陸小鳳拭探著問道：「他就是你們的老大？」

葉靈道：「不但是我們的老大，也是我們的老闆、我們的老子。」

陸小鳳道：「他究竟是個什麼樣的人？」

葉靈道：「能讓大家心甘情願的認他為老子的人，你說應該是個什麼樣的人？」

陸小鳳道：「我不知道，從來也沒有人願意做我的兒子，我也從來不想做人的兒子。」

葉靈道：「你只不過想知道他的姓名來歷而已。」

陸小鳳不能否認：「我的確想，想得要命。」

葉靈冷冷道：「如果你真的想，只怕就真的會要你的命。」她臉上的表情忽然變得很嚴

肅：「你若想在這裡過得好些，就千萬不要去打聽別人的底細，否則……」

陸小鳳道：「否則怎麼樣？」

葉靈道：「否則就算你的武功再高一百倍，還是隨時都可能失蹤的。」

陸小鳳道：「失蹤？」

葉靈道：「失蹤的意思，就是你這個人忽然不見了，世上絕沒有人知道你去了哪裡。」

陸小鳳道：「這裡常常有人失蹤？」

葉靈道：「常有。」

陸小鳳嘆了口氣，苦笑道：「我本來還以為這裡很安全，很有規矩。」

葉靈道：「這裡本來就很有規矩，三個規矩。」

陸小鳳道：「哪三個？」

葉靈道：「不能打聽別人的過去、不能冒犯老刀把子，更不能違背他的命令。」

陸小鳳道：「他要我幹什麼，我就得幹什麼？」

葉靈點點頭，道：「他要你去吃屎，你就去吃。」

陸小鳳只有苦笑。

葉靈又問道：「你知不知道我為什麼要到這裡來，告訴你這些話？」

陸小鳳的笑忽然又變得很愉快，道：「當然是因為你喜歡我。」

葉靈也笑了：「看來他還是沒有錯，你的臉皮之厚，很可能連槍尖都刺不進去。」

她笑得比花還美，比糖還甜，輕輕的接著道：「可是你如果犯了我的規矩，我就把你臉上

這張厚皮剝下來，做我的皮拖鞋。」

陸小鳳又不禁苦笑，道：「你至少應該先讓我知道你有些什麼規矩。」

葉靈道：「我只有兩個規矩，不要去惹大葉子、不要讓女人進陸公館的門。」

陸小鳳道：「大葉子是個人？」

葉靈道：「大葉子就是小葉子的姐姐，陸公館就是陸小鳳的公館。」

陸小鳳道：「陸公館在哪裡？」

葉靈道：「就在這裡。」

她接著道：「從現在開始，這裡就是你的家，你晚上要睡在這裡，白天最好也老老實實的

耽在這裡，我隨時都會來檢查的。」

陸小鳳又笑了，笑得很奇怪。

葉靈瞪起了眼，道：「你敢笑我？」

陸小鳳道：「我不是笑你，我是在笑我自己。」他笑得不但有點奇怪，還有點悲哀……「我

活了三十年，這還是第一次有個自己的家，自己的房子……」

他沒有再說下去，因為葉靈已封住了他的嘴——用自己的嘴封住了他的嘴。

她的嘴唇冰涼而柔軟。

兩個人的嘴唇只不過輕輕一觸，她忽然又一拳打在陸小鳳肚子上。

她的出手又硬又重。陸小鳳被打得連腰都彎了下去，她卻吃吃的笑著，溜了出去。

「記住，不要讓任何人進門。」她的聲音已到了門外：「尤其不能讓花寡婦進來。」

「花寡婦又是什麼人？」

「她不是人，是條母狗，會吃人的母狗。」

二

陸小鳳有四條眉毛，卻只有兩隻手。

他用左手揉著肚子，用右手撫著嘴唇，臉上的表情也不知是在哭？還是在笑？

就這麼樣，他就糊裡糊塗的由活人變成了死人，糊裡糊塗的有了個家。

他還有兩條腿，卻已連什麼地方都不能去了。

他忽然就已睡著，睡了一下子就開始做夢，夢見自己被一片冰冰冷冷的大葉子包住，又夢見一條全身都生滿了花的母狗在啃他的骨頭，連啃骨頭的聲音他都能聽得清清楚楚。

然後他就發現在屋子裡真的有個人在啃骨頭。不是他的骨頭，是雞骨頭。

坐在那裡啃骨頭的也不是條母狗，是個人。

陸小鳳一醒，這個人立刻就有了警覺，就像是野獸一樣的警覺。

他扭過頭，盯著陸小鳳，眼睛裡充滿了敵意。

可是他嘴裡還在啃著雞骨頭。

陸小鳳從來都沒有看見過對雞骨頭這麼有興趣的人，也沒有看見過這麼瘦的人。

事實上，這個人身上的肉，絕不會比他嘴裡啃著的雞骨頭多很多。

他身上的衣服卻很華麗，絕不像窮得要啃雞骨頭的人。

陸小鳳忍不住試探著問：「你是不是有病？」

著陸小鳳。「你以為我會有什麼病？餓病？」

這個人「噗」的一聲，把嘴裡的雞骨頭吐得滿地都是，露出了一口雪白的牙齒，狠狠的盯

「你才有病！」

「你不餓？」

「我每天吃三頓，有時候還加上一頓宵夜。」

「你吃些什麼？」

「我吃飯，吃麵，吃肉，吃菜，只要能吃的，我什麼都吃。」

「今天你吃些什麼？」

「今天中午我吃的是北方菜，一樣是紅燒蹄膀，一樣是燻羊肉，一樣是三鮮鴨子，一樣是

鍋貼豆腐，一樣是蝦子烏參，一樣是五梅鴿子，另外還有一碗黃瓜川丸子湯。」

陸小鳳笑了。

這個人又瞪起了眼：「你不信？」

「我只不過奇怪，一個好好的人，為什麼要闖進別人家裡來啃雞骨頭。」

「因為我高興。」

陸小鳳又笑了：「只要你高興，只要我這裡有雞骨頭，隨時都歡迎你來。」

這個人眼睛裡反而露出了警戒懷疑的神色：「你歡迎我來？爲什麼？」

陸小鳳道：「因爲我這是第一次有家，因爲你是我的第一個客人，因爲我喜歡朋友。」

這個人的樣子更兇：「我不是你的朋友。」

陸小鳳道：「現在也許還不是，以後一定會是的。」

這個人雖然還在盯著他，神色卻已漸漸平靜了下來。

無論誰都不能不承認，陸小鳳一向都很會交朋友，朋友們也都很喜歡他。

無論男朋友、女朋友都一樣。

陸小鳳已坐下來，忽又嘆了口氣，道：「只可惜這裡沒有酒了，否則我一定跟你喝兩杯。」

這個人眼睛立刻發了光，道：「這裡沒有酒，你難道不能到外面去找？」

陸小鳳道：「我剛來還不到半天，這地方我還不熟，可是我保證，不出三天，你無論要喝什麼我都能找得到。」

這個人又盯著他看了半天，終於吐出口氣，全身的警戒也立刻鬆弛：「我是個遊魂，說不定隨時都會闖來的，你真的不在乎？」

陸小鳳道：「我不在乎。」

他真的不在乎。他經常在三更半夜裡，把朋友從熱被窩中拖出來陪他喝酒，朋友們也不在乎。

因為大家都知道，若有人半夜三更去找他，他非但不會生氣，反而高興得要命。

夜色已籠罩大地，晚風中忽然傳來了鐘聲。

「這是晚食鐘。」

陸小鳳不懂，遊魂又解釋：「晚食鐘就是叫大家到廳裡去吃晚飯的鐘聲。」

「天天都要去？」

「一個月最多只有四五天。」

「都是在什麼時候？」

「初一十五，逢年過節，有名人第一天到這裡來的時候。」他上上下下的打量陸小鳳：

「你一定也是個名人，難道你就是那個長著四條眉毛的陸小鳳？」

陸小鳳苦笑：「只可惜現在的陸小鳳，已經不是從前那個陸小鳳了。」

遊魂想說，又忍住，忽然站起來：「馬上就會有人帶你去吃飯的，我非走不可，你最好不要告訴別人，我到這裡來過。」

陸小鳳並沒有問什麼。

別人若有事求他，他只要肯答應，就從不問別人是為了什麼。

就因為這一點，他已應該有很多朋友。

遊魂顯然也對這一點很滿意，忽又壓低聲音，道：「今天你到了大廳，他們一定會給你個下馬威。」

陸小鳳道：「哦？」

遊魂道：「因為這裡的人至少有一半是瘋子，他們唯一的嗜好，就是虐待別人，看別人受苦，其中還有六七個人瘋得更可怕。」

陸小鳳道：「是哪七個人？」

遊魂道：「一個叫管家婆，一個叫大將軍，一個叫表哥，一個叫鉤子……」

他只說出四個人的名字，身子就忽然掠起。

屋裡的窗子很小，可是他的手往上面一搭，人就已鑽了出去。

看來他不但輕功很高，還會縮骨。

這兩種功夫本是司空摘星的獨門絕技，他和司空摘星有什麼關係？

陸小鳳沒有想下去，因為他也聽見了外面的腳步聲。

很輕很輕的腳步聲，只有腳底長著肉掌的那種野獸腳步才會這麼輕。

只有輕功極高的老江湖，走路時才會像這種野獸。

幽靈山莊中，哪裡來的這麼多輕功高手？

陸小鳳正在吃驚，就聽見了敲門的聲音。

他實在想看看來的這個人是誰？長得是什麼樣子？他立刻就去開門。

開了門之後，他更吃驚。

敲門的居然不是人，居然真的是隻腳底長著肉掌的野獸。

是一條狗！

一條全身漆黑，黑得發亮的大狗，在夜色中看來簡直就像是隻豹子。

可是牠對人並不兇惡，一種極嚴格而長久的訓練，已消除了牠本性中對人類的敵意。

牠也沒有叫，因為牠嘴裡唧著一張紙。

紙上只有四個字：「請隨我來。」

這條狗是來帶陸小鳳去吃晚飯的。

陸小鳳笑了。

不管怎麼樣，有飯吃總是件令人愉快的事，尤其是現在，他實在很需要一頓豐富而可口的晚飯。

「紅燒蹄膀、三鮮鴨子、蝦子烏參……」

聽見那位遊魂說起這些好菜時，他的口水就已差點流了出來。

狗在對他搖尾巴，他也拍了拍狗的頭，微笑著道：「你知不知道我寧願讓你帶路？因為這裡的狗實在比人可愛得多。」

三

夜已深，霧還沒有散，冷霧間雖然也有幾十點寒星般的燈火，卻襯得四下更黑暗。

黑狗在前面走，陸小鳳在後面跟著，等他的眼睛已習慣於黑暗時，他才發現自己正走在一條很彎曲的小路上。

路的兩旁，有各式各樣的樹木，還有些不知名的花草。

在陽光普照的時候，這山谷一定很美。

可是山谷裡是不是也有陽光普照的時候？

陸小鳳忽然發覺自己真正最渴望見到的，並不是一隻紅得發亮的紅燒蹄膀，而是陽光。

那種照在人身上，可以令人完全都熱起來的陽光。

他也像別人一樣，也曾詛咒過陽光。

每當他在驕陽如火的夏日，被曬得滿臉大汗，氣喘如牛時，就忍不住要詛咒陽光。

可是現在他最渴望的，也正是這種陽光。

世界上有很多事都是這樣子，只有當你失去它的時候，才知道它的珍貴。

陸小鳳在心裡嘆了口氣，忽然聽見附近也有人在嘆氣。

不但有人嘆氣，而且有人說話：「陸小鳳，我知道你會來的，我早就在這裡等著你。」

這裡是幽靈山莊，黑暗中本就不知有多少幽靈躲藏，這個人說話的聲音也縹緲陰森如鬼魂。

陸小鳳掌心捏把冷汗。他明明聽見說話的聲音在附近，附近卻偏偏連個人影都看不見。

「你看不見我的。」聲音又響起：「一個真正的鬼要向人索命時，是絕不會讓人看見的。」

「我欠了你一條命？」陸小鳳試探著問。

「嗯。」

「誰的命?」

「我的命。」

「你是誰?」

陸小鳳笑了,大笑。

「我就是死在你手上的藍鬍子。」

一個人正在緊張恐懼時,往往也會莫名其妙的笑起來。

他的笑聲雖然大,卻很短。

他忽然發現說話的既不是人,也不是鬼,而是那條狗。

本來走在他前面的黑狗,已轉過頭,用一雙死魚般的眼睛瞪著他。

「我就是死在你手上的藍鬍子。」這句話的確是從狗嘴裡說出來的,每個字都是。

狗怎麼會說人話?

難道藍鬍子的鬼魂已附在這條狗的身上?

陸小鳳的膽子再大,也不禁打了個寒噤,就在此時,這條狗已狂吼著向他撲了過來。

他剛想去捉狗的前爪,誰知狗的肚子裡竟然伸出了一隻手。

一隻人的手,手上拿著一把刀,手一揚,刀飛出,直打陸小鳳的小腹。

這一著更是意外中的意外,世上能躲過這一刀的人能有幾個?

至少有一個。

陸小鳳的小腹突然收縮,伸出兩根手指一挾,果然挾住了刀鋒。

那條狗卻已凌空翻身，倒掠三丈，轉眼間就已沒入黑暗中。

黑暗中什麼都看不見了。

陸小鳳抬起頭看著遠方的黑暗，低下頭看著自己手裡的尖刀，只有自己對自己苦笑。

這本來明明應該是場噩夢，卻又偏偏不是夢。

在這夢境般的幽靈山莊中，一件事究竟是真是夢？本來就很難分得清楚。

只不過他總算明白了一件事……「這地方的狗並不是比人可愛。」

黑暗中忽然又有人聲傳來：「現在你是不是已經願意讓人來帶路了？」

這次他看見的居然真是個人。

他又看見了葉靈。

霧一般的燈光，昏燈般的迷霧，葉靈還是笑得那麼甜。

「現在你總明白，這地方究竟是人可愛，還是狗可愛了？」

「我不明白。」

「你還不明白？」

「我只明白一件事。」陸小鳳道：「有時這地方的狗就是人，人就是狗。」

花寡婦未必真的是條狗，這條黑狗卻是個人。

陸小鳳道：「江湖中寧願做狗的人雖然不少，能做得這麼徹底的卻只有一個。」

葉靈道：「你知道他是誰？」

陸小鳳道：「狗郎君。」

葉靈道：「你早已知道？」

陸小鳳笑了笑，道：「我至少知道藍鬍子並不是死在我手上的，他自己當然也應該知道，

所以他就算真的變成了惡鬼，也不該來找我。」

葉靈笑了，眨眼笑道：「就算惡鬼不找你，餓鬼卻一定會來找你。」

陸小鳳道：「餓鬼？」

葉靈道：「餓鬼的意思，就是爲了等你吃飯等得餓死的，你若還不趕緊去，今天晚上就要

多出三十七個餓鬼來。」

陸小鳳道：「就算我還不去，真正的餓鬼也只有一個。」

葉靈道：「誰？」

陸小鳳道：「我。」

五　將軍吃肉

一

昨天是鈎子七十歲生日，今天他醒來時，宿醉仍未醒，只覺得頭疼如裂，性慾衝動。

第一個現象就表示他已老了。

昨天他只不過喝了四十多斤黃酒，今天頭就痛得恨不得一刀把腦袋砍下來。

十年前他還曾經有過一夜痛飲八十斤黃酒的紀錄，睡了兩個時辰後，就已精神抖擻，只用一隻手，就握斷了太行三十六友中二十三個人的咽喉。

想到這一點，他就覺得痛恨，恨天恨地，也恨自己——像我這樣的人，為什麼也會老？

可是發覺了第二個現象後，他又不禁覺得很安慰，他身體的某一部份，簡直就硬得像是裝在他右腕上的鐵鈎一樣。

七十歲的老人，有幾個能像他這麼強壯？

只可惜這地方的女人太少，能被他看得上眼的女人更少。

事實上，他看得上眼的女人一共只有三個，這三個該死的女人又偏偏總是要吊他的胃口。

尤其是那又精又靈的小狐狸，已經答應過他三次，要到他房裡來，害得他白白空等了三夜。

想到這一點，他心裡更恨，恨不得現在就把那小狐狸抓過來，按在床上。

這種想法使得他更脹得難受，今天若再不發洩一下，說不定真的會被憋死。

他心裡正在幻想著那滿臉甜笑的小狐狸，和她那冷若冰霜的姐姐，還有那已熟得爛透的花寡婦。

他正想伸出他的手，外面忽然有人在敲門，敲得很響。

只有兩三個人敢這麼樣敲他的門，來的不是管家婆，就是表哥。

這兩人雖然都是他的死黨，他還是忍不住有點怒氣上湧。

情慾被打斷時，通常立刻就會變成憤怒。

他拉過條薄被蓋住自己，低聲怒吼：「進來！」

表哥背負著雙手，站在門外，光滑白淨的臉，看來就像是個剛剝了殼的雞蛋。

看到這張臉，沒有人能猜出他的年紀。

對於這一點，他自己一向覺得很滿意，有時甚至連他自己也會忘記了自己的年紀。

聽見鈎子的怒吼聲，他就知道這老色鬼今天又動了春情。

他帶著笑推開門走進去，看著那一點在薄被裡凸起的部份，微笑著道：「看來你今天的情況還不錯，要不要我替你摘兩把葉子回來？」

鈎子又在怒吼：「快閉上你的賊眼和臭嘴，老子要找女人，自己會去找。」

表哥道：「你找到幾個？」

鈎子更憤怒，一下子跳起來，衝到他面前，用右手的鐵鈎抵住他肚子，咬著牙道：「你敢再說一個字，老子就把你心肝五臟一起勾出來。」

表哥非但一點也不害怕，反而笑得更愉快：「我並不是在氣你，只不過在替你治病，你看你現在是不是已經軟了？」

鈎子狠狠的盯著他，忽然大笑，大笑著鬆開手：「你也用不著神氣，若不是因為這地方的男人比女人好找，你的病保證比我還厲害。」

表哥施施然走過去，在靠窗的椅子上坐下，悠聲道：「只可惜這地方真正的男人已愈來愈少了，我真正看得起的也許只有一個。」

鈎子道：「是不是將軍？」

表哥冷笑搖頭，道：「他太老。」

鈎子道：「是小清？」

表哥道：「他只不過是個繡花枕頭。」

鈎子道：「難道是管家婆？」

表哥又笑了，道：「他自己就是老太婆，他不來找我，我已經謝天謝地了。」

鈎子道：「你說的究竟是誰？」

表哥道：「陸小鳳。」

鈎子叫起來：「陸小鳳！就是那個長著四條眉毛的陸小鳳？」

表哥瞇起眼笑道：「除了他之外，還有誰能讓我動心？」

鈎子道：「他怎麼會到這兒來的？」

表哥道：「據說是因為玩了西門吹雪的老婆。」

鈎子道：「你已見過他？」

表哥：「只偷看了兩眼。」

鈎子道：「他是個什麼樣的人？」

表哥又瞇起了眼，道：「當然是個真正的男人，男人中的男人。」

鈎子剛坐下，又站起來，赤著腳走到窗口。

窗外霧色淒迷。

他忽然回頭，盯著表哥，道：「我要殺了他！」

表哥也跳起來：「你說什麼？」

鈎子道：「我說我要殺了他。」

表哥道：「你沒有女人就要殺人？」

鈎子握緊拳頭，緩緩道：「他今年只不過三十左右，我卻已七十了，但我卻還是一定能殺死他的，我有把握。」

看到他臉上的表情，無論誰都看得出他殺人不僅為了要發洩，也是為了證明自己還年輕。

——有很多老人想找年輕的女孩子，豈非也是因為同樣的理由？

——他們只忘了一點，青春雖然美妙，老年也有老年的樂趣。

有位西方的智者曾經說過一段話，一段老年人都應該聽聽的話。

——年華老去，並不是一個逐漸衰退的過程，而是從一個平原落到另外一個平原，這雖然使人哀傷，可是當我們站起來時，發現骨頭並未折斷，眼前又是一片繁花如錦的新天地，還不知有多少樂趣有待我們去探查，這豈非也是美妙的事？

鈎子當然沒有聽過這些話，表哥也沒有。

他看著鈎子臉上的表情，終於嘆了口氣，道：「好，我幫你殺他，可是你也得幫我先做了他。」

鈎子道：「好！」

突聽門外一個人冷笑道：「好雖然好，只可惜你們都已遲了一步。」

隨著笑聲走進來的，是個又瘦又高，駝背鷹鼻的老人。

表哥嘆了口氣，道：「我就知道你這管家婆一定會來管我們的閒事的。」

管家婆道：「我只不過告訴你們一個消息。」

鈎子搶著道：「什麼消息？」

管家婆道：「那條黑狗已經先去找陸小鳳，就算他不能得手，還有將軍。」

鈎子動容道：「將軍準備怎麼樣？」

管家婆道：「他已在前面擺下了鴻門宴，正在等著陸小鳳。」

二

夜還是同樣的夜，霧還是同樣的霧，山谷還是同樣的山谷。

可是陸小鳳心裡的感覺已不同。

和一個又甜又美的聰明女孩子並肩漫步，當然比跟在一條黑狗後面走愉快得多。

葉靈用眼瞟著陸小鳳：「看樣子你好像很愉快？」

陸小鳳道：「我至少比剛才愉快。」

葉靈道：「因為你知道我不會咬你？」

陸小鳳道：「你也比剛才那條狗漂亮，比任何一條狗都漂亮。」

葉靈笑了，笑得真甜：「難道我只比牠強這麼一點點？」

陸小鳳道：「當然還有別的。」

葉靈道：「還有什麼？」

陸小鳳道：「你會說話，我喜歡聽你說話。」

葉靈眨著眼，道：「你喜歡聽我說些什麼？是不是喜歡聽我說說這地方的秘密？」

陸小鳳笑了。他的笑也許有很多種意思，卻絕對連一點否認的意思都沒有。

葉靈道：「你要我從哪裡開始說起？」

陸小鳳道：「就從鈎子開始如何？」

葉靈睜大了眼睛，吃驚的看著他，道：「你也知道鈎子？你怎麼會知道的？」

陸小鳳悠然道：「我不但知道鈎子，還知道將軍、表哥，和管家婆。」

葉靈走過去，摘下片樹葉，又走回來，忽然嘆了口氣，道：「你知道的已經太多了，只不過，你若一定要問，我還是可以告訴你。」

陸小鳳道：「那麼你最好還是先從鉤子開始。」

葉靈道：「他是個殺人的鉤子，也是條好色的公狼，現在他最想做的一件事，就是把我的褲子撕爛，把我按到床上去。」

陸小鳳嘆了口氣，道：「其實你用不著說得這麼坦白的。」

葉靈又睜大她那純真無邪的眼睛，道：「我本來就是坦白的女人，又恰巧是個最了解男人的女人。」

陸小鳳又嘆了口氣，苦笑道：「真是巧得很，只可惜我並不想聽有多少男人要脫你的褲子。」

葉靈眨了眨眼，道：「假如有人要脫你褲子，你想不想聽？」

陸小鳳笑道：「這種事也平常得很，我也不是第一次遇到。」

葉靈道：「假如要脫你褲子的是個男人呢？」

陸小鳳叫了起來：「是個男人？」

葉靈嫣然道：「我說錯了，不是一個男人，是兩個。」

陸小鳳連叫都叫不出了，過了很久，才試探著問道：「是不是表哥和管家婆？」

葉靈苦笑道：「你怎麼知道的？」

陸小鳳道：「這兩個人名字聽起來就有點邪氣。」

葉靈道：「可是最可怕的一個並不是他們。」

陸小鳳道：「哦？」

葉靈道：「你有沒有見過可以用一雙空手活活把一條野牛撕成兩半的人？」

陸小鳳立刻搖頭，道：「沒有。」

葉靈道：「你有沒有見過只用一根手指就可以把別人腦袋敲得稀爛的人？」

陸小鳳道：「沒有。」

葉靈道：「現在你就快見到了。」

陸小鳳嚥下嘴裡一口苦水，道：「你說的是將軍？」

葉靈道：「一點也不錯。」

陸小鳳道：「他也在等我？」

葉靈道：「不但在等你，而且已經等得很不耐煩了，所以你最好先去找個大鐵鍋來。」

陸小鳳道：「要鐵鍋幹什麼？」

葉靈道：「蓋住你的腦袋。」

三

將軍站在高台上。

他身高八尺八寸，重一百七十三斤，寬肩，厚胸，雙腿粗如樹幹，手掌伸開時大如蒲扇，掌心的老繭厚達一寸，無論多鋒利的刀劍，被他的手一握，立刻拗斷。

他面前居然真的有口大鐵鍋。

鐵鍋擺在火爐上，火爐擺在高台前，高台就在大廳裡。

大廳高四丈，石台高七尺，鐵鍋也有三尺多高。

爐火正旺，鍋裡煮著熱氣騰騰的一鍋肉，香得簡直可以把十里之內的人和狗都引來。

陸小鳳進來的時候，將軍正用一支大木杓在攪動鍋裡的肉。

看見陸小鳳，他立刻放下木杓，瞪起了眼，大喝一聲：「陸小鳳？」

喝聲如晴空霹靂，陸小鳳連眼睛都沒有眨一眨，也喝了一聲：「將軍？」

將軍道：「你來不來？」

陸小鳳道：「我來。」

他真的走過去，步子邁得比平常還要大得多。

將軍瞪著他，道：「鍋裡是肉。」

陸小鳳道：「是肉。」

將軍道：「你吃肉？」

陸小鳳道：「吃。」

將軍道：「吃得很多？」

陸小鳳道：「多。」

將軍道：「好，你吃！」

他將手裡的大木杓交給陸小鳳，陸小鳳接過來就滿滿盛了一杓。

一杓肉就有一碗，滾燙的肉。

陸小鳳不怕燙，吃得快，一杓肉吃完，他才吐一口氣，道：「好肉。」

將軍道：「本就是好肉。」

陸小鳳道：「你也吃肉？」

將軍道：「吃。」

陸小鳳道：「也吃得多？」

將軍一把奪過他手裡的木杓，也滿滿的吃了一杓，仰面長噓：「好肉。」

陸小鳳道：「是好肉。」

將軍道：「你知道這是什麼肉？」

陸小鳳道：「不知道。」

將軍道：「你不怕這是人肉？」

陸小鳳道：「怕。」

將軍道：「怕也要吃？」

陸小鳳道：「吃人總比被人吃好。」

將軍又瞪著他看了很久，道：「好，你吃！」

一杓肉就是一碗肉，一碗肉就有一斤，陸小鳳又吃了一杓。

將軍也吃了一杓，他再吃一杓。

片刻之間，至少有五斤滾燙的肉下了他的肚。

吃到第六杓時，將軍才問：「你還能吃？」

陸小鳳不開口，卻忽然翻起跟斗來，一口氣翻了三百六十個跟斗，站起來回答：「我還能

吃。」

將軍道：「好，再吃。」

再吃就再吃，吃一杓，翻三百六十個跟斗，兩千個跟斗翻過，陸小鳳還是面不改色。

將軍卻不禁動容，道：「好跟斗。」

三個字剛出口，「噗」的一聲響，他肚子的皮帶已斷成兩截。

陸小鳳道：「你還能吃？」

將軍也不答話，卻跳下高台，一把抄住了火爐的腳。

火爐是生銅打成的，再加上爐上的鐵鍋，少說也有五七百斤。

他用一隻手就舉起來，再放下，又舉起，一口氣做了三百六十次，才放下火爐，奪過木杓，厲聲道：「你看著。」

這次他吃了兩杓。

陸小鳳看著他手裡的木杓，連眼睛都似已看得發直，忽然也抄起火爐，舉高放下，一口氣做了三百六十次，奪過木杓，吃了兩杓。

將軍的眼睛也已看得發直。

陸小鳳喘著氣，道：「再吃？」

將軍咬了咬牙，道：「再吃！」

他接過木杓，一杓子勾下去，只聽又是「噗」的一響。這次並不是皮帶斷了，而是木杓已碰到鍋底。

一杓肉就是一斤，一鍋肉總有三五十杓，完全都被他們吃得乾乾淨淨。

陸小鳳長長吐出口氣，摸著已凸起來的肚子，道：「好肉。」

將軍道：「本就是好肉。」

陸小鳳道：「只不過沒有肉比有肉還好。」

將軍瞪著他，忽然大笑，道：「好得多了。」

兩個人一起大笑，忽然又一起倒了下去，躺在石台上，躺著還在笑。

台下當然還有人，所有的人早已全都瞪大了眼睛，張大了嘴，面面相覷，說不出話來。

將軍忽然又道：「你的肚子還沒有破？」

陸小鳳道：「沒有。」

將軍道：「倒看不出你這小小的肚子裡，能裝得下如此多肉。」

陸小鳳道：「我還比你多吃了一杓。」

將軍道：「我每杓肉都比你多。」

陸小鳳道：「未必。」

將軍突又跳起來，瞪著他。

陸小鳳卻還是四平八穩的躺著。

將軍道：「站起來，再煮一鍋肉來比過。」

陸小鳳道：「不比了。」

將軍道：「你認輸？」

陸小鳳道：「我本來已勝了，爲什麼還要比？我本來已贏了，爲什麼要認輸？」

將軍瞪著他，額上青筋一根根凸起，每根筋都比別人的手指還粗。

陸小鳳淡淡道：「原來你不但肚子發脹，頭也在發脹。」

將軍雙拳忽然握緊，全身骨節立刻發出一連串爆竹的聲音，本來已有八尺八寸高的身材，好像又增長了半尺。

看來這個人不但天生神力，一身硬功，也已練到巔峰。

陸小鳳卻笑了：「你想打架？」

將軍閉著嘴。

現在他已將全身力量集中，一開口說話，氣力就分散了。

陸小鳳道：「吃肉我雖然已沒有興趣，打架我倒可以奉陪。」

將軍突然大喝，吐氣開聲，一拳擊出。

他蓄勢已久，正如強弓引滿，這一拳之威，幾乎已令人無法想像。

只聽「嘩啦啦，叮叮噹」一片響，鐵鍋銅爐翻倒，連一丈外的桌椅也被震倒，桌上的杯盤碗盞，有的掉在地上跌碎，有的在桌上已被震碎。

陸小鳳的人居然也被拳風打得飛了出去，飄飄蕩蕩的飛過三四張長桌，飛過十來個人的頭頂，飛過十多丈長的大廳，就像是隻斷了線的風箏。

大廳裡立刻響起一陣喝采聲，將軍獨立高台，看來更威風凜凜，不可一世。

誰知就在這時，只聽「呼」的一聲風聲，陸小鳳忽然又回到了他的面前，臉上居然還帶著

微笑，道：「你這一拳打得我好涼快，再來一拳如何？」

將軍怒吼，連擊三拳。

他的拳法絕無花俏，但每一拳擊出，都確實而有效。

這三拳的力量雖然已不如第一拳威猛，卻遠比第一拳快得多。

陸小鳳又被打得飛起，只不過這一次並沒有飛出去，突然凌空翻身，落到將軍身後。

將軍身子雖魁偉，反應卻極靈活，動作更快，坐馬撐腰，霸王卸甲，將軍脫袍，回弓射月，連消帶打，又是三招擊出。

他身子一閃，突然從將軍脅下鑽過去，突然伸手，托住了將軍的肘，一頭撞在將軍的肋骨上。

這本是拳法中最基本普通的招式，可是在他手上使出來，就絕不是普通人能招架抵擋的。

幸好陸小鳳不是普通人，這世上根本就再也找不出第二個陸小鳳。

將軍一百七十三斤重的身子，竟被他撞得踉蹌後退，幾乎跌下高台。

可是陸小鳳更吃驚。

他忽然發現這個人竟有一身橫練功夫，他一頭撞上去，就像撞在石頭牆上，撞得頭都發了暈。

就因為心驚頭暈，所以他笑的聲音更大，大笑道：「你又輸了。」

將軍怒道：「放屁！」

陸小鳳道：「我一拳就幾乎把你打倒，你還不認輸？」

將軍道：「你用的什麼拳？」

陸小鳳道：「頭拳。」

將軍道：「這算是哪門功夫？」

陸小鳳道：「這就是打架的功夫，只要能把對方打倒，隨便什麼都可以用。」

將軍笑道：「我倒要看看你還能用什麼？」

他沉腰坐馬，再次出手，拳式更密，出手更快，存心要先立於不敗之地。

這一次他拳法施展開，才看得出他的真功夫。

陸小鳳根本攻不進去。

這趟拳法展開，天下絕沒有任何人能攻進去。

陸小鳳好像也想通了這一點，索性放棄了攻勢，遠遠的退到石台的角落上，忽然彎下腰，抱起了肚子：「不行，我的肚子痛得要命。」

其實他自己當然也知道，就算他肚子痛死，也沒有人管的。

將軍一個箭步竄過來，陸小鳳已游魚般貼著石台，從將軍腳底滑過，突然雙手按地，一個鯉魚打挺，一屁股撞在將軍的屁股上。

將軍本就在全力進擊，哪裡能收得住勢？這一次竟真的被他撞下石台，幾乎一跤跌倒。

陸小鳳拍掌大笑，道：「你又輸了！」

將軍的臉發青，嘴唇發抖。

陸小鳳道：「這一次你為何不問我用的是什麼拳？」

將軍不問，不開口。

陸小鳳道：「我用的是股拳。」他微笑著，又道：「下次你若再見到連屁股都能打人的角色，最好躲得遠些，因為你一定不是他的敵手。」

將軍突又大吼，一拳擊出，這次他打的不是人，是石台。

用青石砌成的高台，竟被他打塌了一角，碎石亂箭般飛出。

他身子也跟著飛躍而起，人還在空中，就已擊出了第二拳。

凌空下擊的招式，威勢雖猛，卻最易暴露自己的弱點，本來只能用於以強擊弱。

陸小鳳絕不比他弱，他這一招實在用得極險，因為他早已算準了陸小鳳站不穩。

他這一招用得雖險，卻正是「置之死地而後生」的殺手。

無論誰都沒法子在崩裂的石台上，亂箭般的碎石中站穩的。

站不穩就無法還擊，不能還擊就只有退讓閃避，無論怎麼閃避，都難免要被他拳風掃及。

陸小鳳的傷還沒有好，身子還很弱，以將軍拳風之強，他絕對挨不起。

他沒有挨。

他居然還能反擊，在絕對不可能反擊的情況下出手反擊。

將軍身經百戰，決勝於瞬息之間，他本已算無遺策。

只可惜這次他算錯了一著。

陸小鳳做的事，本就有很多都是別人認為絕不可能做到的。

這一次他用的既不是頭拳，也不是股拳，而是他的手，他的手指。

獨一無二的陸小鳳，獨一無二的「靈犀指」。

他身子忽然斜斜飛起，伸出兩根手指來輕輕一彈，食指彈中了將軍的拳頭，中指彈著了將軍的胸膛。

一擊就可以擊碎石台的鐵拳，連鋼刀都砍不開的胸膛，他兩根手指彈上去，有什麼用？

有用！

沒有人能想像他這兩指一彈的力量。

將軍狂吼，飛出，跌下，重重的跌在碎石堆上。

陸小鳳在苦笑。

大廳裡還有三十六個人，都在瞪著陸小鳳，眼睛裡都帶著種奇怪的表情。

三十六個人的眼睛，卻沒有一點聲音，甚至連呼吸的聲音都沒有。

他只有苦笑，因為他知道這些人縱然不是將軍的朋友，現在也已變成了他的對頭。

一個人剛到了一個陌生的地方，忽然間就結下了三十六個對頭，無論對誰說來，都絕不是件很愉快的事。

他只希望將軍傷得不太重。

等他轉頭去看時，本來倒在碎石堆上的將軍，竟已不見了。

他再回頭，就看見一個灰衣人慢慢的在往門外走，將軍就在這個人的懷抱裡。

以陸小鳳耳目之靈，居然沒有發覺這個人是從哪裡來的？更沒有發覺他怎麼能抱走將軍，

忽然間就已到了門口。

陸小鳳怔住。

灰衣人已走出了門。

大廳裡三十六個人也全都站起來，跟著他慢慢的走了出去，沒有一個人回頭再看陸小鳳一眼，就好像已經將陸小鳳當做個死人。

無論多好看的死人，也沒有人願意多看一眼的。

陸小鳳自己也忽然覺得自己好像站在一座墳墓裡，沒有人、沒有聲音，燈光雖然還亮著，卻彷彿已變得比黑暗還黑暗。

如果你什麼都看不見，連一點希望都看不見，燈光對你又有什麼用？

也不知過了多久，他還是呆呆的站在那裡，動都沒有動。

這裡本就是個完全陌生的地方，他能到哪裡去？

他本已走入了絕路，還能往哪裡走？

就在這時，他看見了一雙眼睛，一隻手。

一隻又白又小的手，一雙帶著笑的眼睛，葉靈正在門外向他招手。

陸小鳳立刻走過去。

就算門外有一百個陷阱，一萬種埋伏在等著他，他也會毫不遲疑的走出去

因為他忽然發覺，那種絕望而無助的孤獨，遠比死還可怕得多。

四

門外什麼都沒有，只有一個人，一片黑暗。

葉靈的眼睛縱然在黑暗中看來，還是亮得像秋夜中升起的第一顆星。

她看著陸小鳳，微笑著，道：「恭喜你。」

陸小鳳不懂：「為什麼恭喜我？」

葉靈道：「因為你還沒有死，一個人只要能活著，就是件可賀可喜的事。」

陸小鳳道：「本來我已該死了？」

葉靈點點頭。

陸小鳳道：「現在呢？」

葉靈道：「現在你至少還在幽靈山莊裡活下去。」

陸小鳳吐出口氣，忍不住又問道：「剛才那灰衣人是誰？」

葉靈道：「你猜不出？」

陸小鳳道：「是老刀把子？」

葉靈眼波轉了轉，反問道：「你認為他是個什麼樣的人？」

陸小鳳道：「是個可怕的人。」

葉靈道：「你認為他的武功怎麼樣？」

陸小鳳道：「我看不出。」

葉靈道：「連你都看不出？」

陸小鳳嘆道：「就因爲連我都看不出，所以才可怕。」

葉靈道：「你認爲老刀把子應該是個什麼樣的人？」

陸小鳳道：「那麼他當然就是老刀把子，你根本就不必問的。」

葉靈笑了笑，道：「當然是個很可怕的人！」

陸小鳳也在笑，笑容看來卻一點也不愉快。

葉靈忽然沉下臉，冷冷道：「你第一天來就打架闖禍，他本想殺了你的，若不是有人替你

求情，現在你已死了兩次。」

陸小鳳道：「是誰替我求情的？」

葉靈指著自己的鼻子，道：「是我。」

陸小鳳道：「當然是你，我早就知道一定是你。」

葉靈瞪著他，忽然跳起來，道：「滾，滾回你的狗窩裡去，鐘聲不響，就不許出來。」

陸小鳳微笑著道：「我準備咬你一口，咬你的鼻子。」

葉靈忽又嫣然一笑，道：「你既然知道，準備怎麼樣報答我？」

陸小鳳道：「這也是老刀把子說的？」

葉靈道：「哼。」

陸小鳳道：「現在我能不能見見他？」

葉靈道：「不能。」她板著臉，又道：「可是他要見你的時候，你想不見他都不行。」

一個像他這樣的高手，忽然發現有人的武功遠比他更高，心裡的滋味總是不太好受的。

陸小鳳嘆了口氣，道：「其實一個人在屋裡休養幾天倒也不壞，只不過沒飯吃就有點難受而已。」

葉靈道：「你有飯吃，每天三頓，六菜一湯，隨便你點。」

陸小鳳道：「現在我就可以點明天的菜？」

葉靈道：「可以。」

陸小鳳道：「我要吃紅燒蹄膀、燻羊肉、三鮮鴨子、鍋貼豆腐、蝦子烏參、五梅乳鴿，再加一碗黃瓜片川丸子湯。」

葉靈道：「哦？」

陸小鳳道：「我只奇怪一點。」

葉靈道：「哦？」

陸小鳳道：「我是個吃客，這些菜都是好菜，吃客點好菜，有什麼好奇怪的？」

葉靈看著他，眼睛裡忽然露出種很奇怪的表情，好像覺得很奇怪。

葉靈道：「我只奇怪你為什麼不想吃我的鼻子？」

五

燈已滅了。

陸小鳳在黑暗中躺下來，這是他在幽靈山莊中度過的第一夜。

到這裡只不過才半天，他已見到了許多件奇怪而可怕的事，許多個奇怪而可怕的人。

尤其是那勾魂使者和老刀把子，這兩人武功之高，連他都覺得不可思議。

現在他雖然還活著，以後呢？

以後還不知要有多少個黑暗、孤獨而可怕的長夜，要等他慢慢的去捱。

他不想再想下去。

他忽然覺得有一種說不出的恐懼……

六 元老會的組織

一

第二天早上，山谷還是濃霧迷漫，小木屋就好像飄浮在雲堆裡，推開門看出去，連自己的人都覺得飄飄浮浮的，又像是水上的一片浮萍。

這世上豈非本就有很多人像浮萍一樣，沒有寄託，也沒有根？

陸小鳳嘆了口氣，重重的關上門，情緒低落得簡直就像是個剛看見自己情人上了別家花轎的男孩子。

這天早上唯一令他覺得有點愉快的聲音，就是送飯的敲門聲。

送飯來的是個麻子，面目呆板，滿嘴黃牙，全身上下唯一令人覺得有點愉快的地方，就是他手裡提著的一個大食盒。

食盒裡果然有六菜一湯，外帶白飯。六個大碟子裡裝著的，果然全是陸小鳳昨天晚上點的菜。

可是每樣菜都只有一塊，小小的一塊，眼睛不好的人，連看都看不見，風若大些，立刻就會被吹走。

最絕的是那樣三鮮鴨子，只有一根骨頭、一塊鴨皮、一根鴨毛。

陸小鳳叫了起來：「這就是三鮮鴨子？」

麻子居然瞪起了眼，道：「這不是鴨子是什麼？難道是人？」

陸小鳳道：「就算這是鴨子，三鮮呢？」

麻子道：「鴨毛是剛拔下來，鴨皮是剛剝下來，鴨骨頭也新鮮得很，你說這不是三鮮是什麼？」

陸小鳳只有閉上嘴。

麻子已「砰」的一聲關上門，揚長而去。

陸小鳳看著面前的六樣菜，再看看碗裡的一顆飯，也不知是該大哭三聲，還是大笑三聲。

直到現在他總算才明白，那位遊魂先生為什麼會對雞骨頭那樣有興趣了。

他拿起筷子，又放下，忽然聽見後面的小窗外有人在嘆氣：「你這塊紅燒肉蹄膀，比我昨天吃的還大些，至少大一倍。」

陸小鳳用不著回頭，就知道那位遊魂先生又來了，忍不住問道：「這種伙食你已經吃了多久？」

遊魂道：「三個月。」

他一下子就從窗外鑽進來，一雙眼睛直勾勾的看著桌上的六樣菜，又道：「吃這種伙食有個秘訣。」

陸小鳳道：「什麼秘訣？」

遊魂道：「每樣菜都一定要慢慢的吃，最好是用門牙去慢慢的磨，再用舌尖去舐，才可以

嚐出其中的滋味來。

陸小鳳道：「什麼滋味？」

游魂終於嘆了口氣，苦笑道：「叫人只恨不得一頭撞死的滋味。」

陸小鳳道：「可是你還沒有死。」

游魂道：「因為我還不想死，別人愈想要我死，我就愈要活下去，活給他們看。」

陸小鳳也不禁嘆了口氣，道：「你能活到現在，一定很不容易。」

游魂慢慢的點了點頭，眼角忽然有兩滴眼淚流了下來。

陸小鳳不忍再看，一頭倒在床上，用枕頭蓋住了臉。

游魂道：「飯已送來了，你還不吃？」

陸小鳳道：「你吃吧，我不餓。」

游魂道：「不餓也得吃，非吃不可。」

陸小鳳道：「為什麼？」

游魂道：「因為你也得活下去！」

他忽然一把掀起陸小鳳臉上的枕頭，大聲道：「你若想死，倒不如現在就讓我一拳把你打死，因為你現在身上還有肉，還可以讓我痛痛快快的吃幾頓。」

陸小鳳看著他，看著他那張已只剩下一層皮包著骨頭的臉，忽然道：「我姓陸，叫陸小鳳。」

游魂道：「我知道。」

陸小鳳道：「你呢？你是誰？怎麼會到這裡來的？」

這一次遊魂居然並沒有顯得很激動，只是用一雙已骷髏般深凹下去的眼睛盯著陸小鳳，反問道：「你又是怎麼會到這裡來的？」

陸小鳳道：「因為……」

遊魂搶著道：「因為你做錯了事，已被人逼得無路可走，只能走上這條死路。」

陸小鳳承認。

遊魂道：「現在江湖中人一定都認為你已死了，西門吹雪一定也認為你已死了，所以你才能在這裡活下去。」

陸小鳳道：「你呢？」

遊魂道：「我也一樣。」他又補充著道：「將軍、表哥、鈎子、管家婆……這些人的情況也全都一樣。」

陸小鳳道：「可是我不怕讓他們知道我的來歷底細。」

遊魂道：「他們卻怕你。」

陸小鳳道：「為什麼？」

遊魂道：「因為他們還不信任你，他們絕不能讓任何人知道他們還活著，否則……」

陸小鳳道：「否則他們的仇家很可能就會追蹤到這裡。」

遊魂道：「不錯。」

陸小鳳道：「你呢？你也不信任我？」

游魂道：「我就算信任你，也不能把我的來歷告訴你。」

陸小鳳道：「為什麼？」

游魂眼睛裡忽然露出種很奇怪的表情，也不知是恐懼？還是痛苦？

「我不能說，絕不能……」

他嘴裡喃喃自語，彷彿在警告自己，他的身子又已幽靈般飄起。

可是這一次陸小鳳已決心不讓他走了，閃電般握住他的手，再問一遍：「為什麼？」

「因為……」游魂終於下了決心，咬著牙道：「因為我若說出來，我們就絕不會再是朋友。」

陸小鳳還是不懂，還是要問，誰知游魂那隻枯瘦乾硬的手竟然變得柔軟如絲棉，竟突然從他掌握中掙脫。

從沒有任何人的手能從陸小鳳掌握中掙脫。

他再出手時，游魂已鑽出了窗戶，真的就像是一縷遊盪的魂魄。

陸小鳳怔住。

他從沒有見過任何人的軟功練到這一步，也許他聽說過，他好像聽司空摘星提起過，可是連這種記憶都已很模糊。

所有的記憶都漸漸模糊，陸小鳳被關在這木屋裡已有兩三天。

究竟是兩天？三天？還是四天，他也已記不清了。

原來饑餓不但能使人體力衰退，還能損傷人的腦力，讓人只能想起一些不該想的事，卻將所有應該去想的事全都忘記。

一個人孤孤單單的躺在個鴿子籠般的小木屋裡挨餓，這種痛苦誰能忍受？

陸小鳳能。

別人都能忍受的事，他也許會忽然爆發，別人都沒法子忍受的事，他卻偏偏能忍受。

可是聽到外面有鐘聲響起的時候，他還是忍不住高興得跳了起來。

「鐘聲不響，不許出來。」

現在鐘聲已響了，他跳起來，衝出去，連靴子都來不及套上就衝了出去。

外面仍有霧，此刻正黃昏。

夕陽在迷霧中映成一環七色光圈。

這世界畢竟還是美麗的，能活著畢竟是件很愉快的事。

大廳裡還是只有三十六個人，陸小鳳連一個都不認得。

他見過的人全部不在這裡，勾魂使者、將軍、遊魂、葉靈，他們為什麼都沒有來？還有獨孤美為什麼一進了這山谷就不見蹤影？

陸小鳳在角落裡找了個位子坐下來，沒有人理他，甚至連多看一眼的人都沒有，每個人的臉色都很嚴肅，心情好像都很沉重。

生活在這地方的人，也許本來就是這樣子的。

陸小鳳在心裡嘆了口氣，抬起頭往前看，才發現本來擺著肉鍋爐的高台上，現在擺著的竟是口棺材。

嶄新的棺材，還沒有釘上蓋。

死的是什麼人？是不是將軍？他們找陸小鳳，是不是為了要替將軍復仇？

陸小鳳心裡正有點忐忑不安，就看見葉靈從外面衝了進來。

這個愛穿紅衣裳又愛笑的小女孩，現在穿的竟是件白麻孝服，而且居然哭了，哭得很傷心。

她一衝進來，就撲倒在棺材上哭個不停。

陸小鳳從來也沒有想到過她會為別人哭得這麼傷心，她還年輕，活潑而美麗，那些悲傷不幸的事好像永遠都不會降臨到她身上的。

死的是什麼人？怎麼會死的？

陸小鳳正準備以後找個機會去安慰安慰她，誰知她已經在呼喚：「陸小鳳，你過來！」

陸小鳳只有過去。

他猜不到葉靈為什麼忽然叫他過去，他不想走得太近。

可是葉靈卻在不停的催促，叫他走快些，走近些，走到石台上去。

他抬起頭，才發現她用一雙含淚的眼睛在狠狠的盯著他，眼睛裡充滿敵意。

陸小鳳忍不住問：「你要我上去？」

葉靈在點頭。

陸小鳳又問：「上去幹什麼？」

葉靈道：「上來看看他！」

「他」當然就是躺在棺材裡的人，一個人若已進了棺材，還有什麼好看的？

可是她的態度卻很堅決，好像非要陸小鳳上去看看不可。

陸小鳳只有上去。

葉靈竟掀起了棺蓋，一陣混合著濃香和惡臭的氣味立刻撲鼻而來，棺材裡的人幾乎已完全浮腫腐爛，她為什麼一定要陸小鳳來看？

陸小鳳只看了一眼，就已忍不住要嘔吐。

這個人赫然竟是葉孤鴻，死在那吃人叢林中的葉孤鴻。

葉靈咬著牙，狠狠的盯著陸小鳳，道：「你知道他是誰？」

陸小鳳點點頭。

葉靈道：「他是我的哥哥，嫡親的哥哥，若不是因為他照顧我，我早已死在陰溝裡。」

她眼睛裡充滿悲傷和仇恨：「現在他死了，你說我該不該為他復仇？」

陸小鳳又點點頭。

他從不和女人爭辯，何況這件事本就沒有爭辯的餘地。

葉靈道：「你知不知道他是怎麼死的？」

陸小鳳既不能點頭，又不能搖頭，既不能解釋，又不能否認，只恨不得旁邊忽然多出一口棺材來，好讓他也躲進去。

葉靈冷笑道：「其實你就算不說，我也知道。」

陸小鳳忍不住問：「知道什麼？」

葉靈道：「他是死在外面那樹林裡的，死了三天，這三天只有你到那樹林裡去過。」

陸小鳳苦笑道：「難道你認為是我殺了他？」

葉靈道：「不錯！」

陸小鳳還沒有開口，忽然聽見後面有個人搶著道：「錯了。」

站出來替陸小鳳說話的人，竟是那個始終毫無消息的獨孤美，他道：「至少我也去過，我也是從那裡來的。」

「錯了？」

「這三天到那樹林裡去過的人，絕不止他一個。」

葉靈叫了起來：「你也能算是個人？你能殺得了我哥哥？」

獨孤美嘆了口氣，道：「就算我不是人，也還有別人。」

葉靈道：「還有別人？」

獨孤美點點頭，道：「就算我不是你哥哥的對手，這個人要殺你哥哥卻不太困難。」

葉靈怒道：「你說的是誰？」

獨孤美道：「西門吹雪！」

他的眼睛在笑，笑得就像是條老狐狸：「這名字你是不是也聽說過？」

葉靈臉色變了，這名字她當然聽說過。

西門吹雪！

劍中的神劍，人中的劍神。

這名字無論誰只要聽說一次，就再也不會忘記。

獨孤美用眼角瞟著她，道：「何況，陸小鳳那時也傷得很重，最多只能算半個陸小鳳，半

個陸小鳳怎麼能對付一個武當小白龍？」

葉靈又叫起來：「你說謊！」

獨孤美又嘆口氣，道：「一個六親不認的老頭子，怎麼會替別人說謊？」

二

霧夜，窄路。

他們並肩走在窄路上，他們已並肩走過一段很長的路。

那條路遠比這條更窄，那本是條死路。

陸小鳳終於開口：「一個六親不認的老頭子，為什麼要替我說謊？」

獨孤美笑了笑，道：「因為老頭子喜歡你。」他搶著又道：「幸好這老頭子並沒有粉燕子

那種毛病，所以你一點也用不著擔心。」

陸小鳳也笑了，大笑：「這老頭子有沒有酒？」

獨孤美道：「不但有酒，還有肉。」

陸小鳳連眼睛都笑了：「真的？」

獨孤美道：「不但有肉，還有朋友。」

陸小鳳道：「是你的朋友？還是我的？」

獨孤美道：「我的朋友，就是你的。」

這位朋友不但喝酒痛快，說話也痛快，幾杯酒下肚後，他忽然問：「我知道你是陸小鳳，你知道我是誰？」

對一個喜歡喝酒的人來說，好朋友的意思，通常就是酒量很好的朋友。

酒是好酒，朋友也是好朋友。

「不知道。」

「你為什麼不問？」

陸小鳳笑了，苦笑：「因為我已得過教訓。」

「你問過別人，別人都不肯說？」

「嗯。」

「但我卻不是別人，我就是我。」他將左手拿著的酒一口氣喝下去，用右手鉤起了一塊肉。

肉是被鉤起來的，因為他的右手不是手，是個鉤子，鐵鉤子。

「你就是鉤子？」陸小鳳終於想起。

鉤子承認！

「我知道你一定聽人說起過我，但有件事你卻一定不知道。」

「什麼事？」

「從你來的那一天，我就想跟你交個朋友。」他拍了拍獨孤美的肩：「因為你的朋友，就是我的朋友，你的對頭，也是我的對頭。」

「我們的朋友是他，我們的對頭是誰？」

「西門吹雪！」

陸小鳳聳然動容：「你是……」

鈎子道：「我就是海奇闊！」

陸小鳳更吃驚：「就是昔年那威震七海的『獨臂神龍』海奇闊？」

海奇闊仰面大笑：「想不到陸小鳳居然也知道海某人的名字。」

陸小鳳看著他，目中的驚訝又變爲懷疑，忽然搖頭道：「你不是，海奇闊已在海上覆舟而死。」

海奇闊笑得更愉快：「死的是另外一個人，一個穿著我的滾龍袍，帶著我的滾龍刀，長像也跟我差不多的替死鬼。」他又解釋著道：「在這裡的人，每個都已在外面死過一次，你豈非也一樣？」

陸小鳳終於明白：「這裡本就是幽靈山莊，只有死人才能來。」

海奇闊大笑道：「西門吹雪若是知道我們還在這裡飲酒吃肉，只怕要活活氣死。」

陸小鳳微笑道：「看來在這裡我一定還有不少朋友。」

海奇闊道：「一點也不錯，這裡至少有十六個人是被西門吹雪逼來的。」

陸小鳳目光閃動，道：「是不是也有幾個被我逼來的？」

海奇闊道：「就算有，你也用不著擔心。」

陸小鳳道：「因為我已有了你們這些朋友。」

海奇闊道：「一點也不錯。」

他大笑舉杯，忽又壓低聲音，道：「這裡只有一個人你要特別留意。」

陸小鳳道：「誰？」

海奇闊道：「其實他根本不能算是人，只不過是條遊魂而已。」

陸小鳳失聲道：「遊魂？」

海奇闊反問道：「你見過他？」

陸小鳳沒有否認。

海奇闊道：「你知道他是什麼人？」

陸小鳳道：「我很想知道。」

海奇闊道：「這裡有個很奇怪的組織，叫元老會，老刀把子不在的時候，這裡所有的事，都由元老會負責。」

陸小鳳道：「元老會裡的人，當然都是元老，閣下當然也是其中之一。」

海奇闊道：「除了我之外，元老會還有八個，其實真正的元老，卻只有兩個。」

陸小鳳道：「哪兩個？」

海奇闊道：「一個是遊魂，一個是勾魂，他們和葉家兄妹的老子，都是昔年跟老刀把子一起開創這局面的人，現在老葉已死了，這地方的人已沒有一個比他們資格更老的。」

陸小鳳道：「只因為這一點，我就該特別留意他？」

海奇闊道：「還有一點。」

陸小鳳拿起酒杯，等著他說下去。

海奇闊道：「他是這裡的元老，他若想殺你，隨時都可以找到機會，你卻連碰都不能碰他！」

陸小鳳道：「他有理由要殺我？」

海奇闊道：「有。」

陸小鳳道：「什麼理由？」

海奇闊道：「你殺了他的兒子。」

陸小鳳道：「他兒子是誰？」

海奇闊道：「飛天玉虎。」

陸小鳳深深吸了口氣，忽然覺得剛喝下去的酒都變成了酸水。

海奇闊道：「黑虎幫本是他一手創立的，等到黑虎幫的根基將要穩固時，他卻跟著老刀把子到這裡來了，因為他也得罪了一個絕不該得罪的人，也已被逼得無路可走。」

陸小鳳道：「他得罪了誰？」

海奇闊道：「木道人，武當的第一名宿木道人。」

陸小鳳又不禁深深吸了口氣，直到現在他才明白，爲什麼遊魂一直不肯說出自己的來歷。

海奇闊道：「黑虎幫是毀在你手裡的，他兒子是死在你手裡的，木道人卻恰巧又是你的好朋友，你說他是不是已有足夠的理由殺你？」

陸小鳳苦笑道：「他有。」

海奇闊道：「最要命的是，你雖然明知他要殺你，也不能動他。」

陸小鳳道：「因爲他是元老中的元老。」

海奇闊點點頭，道：「除了他之外，元老會還有八個人，你若殺了他，這八個人就絕不會放過你。」他嘆了口氣，接著道：「我可以保證，這八個人絕沒有一個是好對付的。」

陸小鳳也嘆了口氣，道：「所以我只有等他出手。」

海奇闊道：「不到一擊必中時，他是絕不會出手，現在他還沒有出手，也許就因爲他還在等機會。」

陸小鳳雖然不再說話，卻沒有閉上嘴。

他的嘴正在忙著喝酒。

海奇闊又嘆了口氣，道：「你若喝醉了，他的機會就來了。」

陸小鳳道：「我知道。」

海奇闊道：「但是你還要喝？」

陸小鳳忽然笑了笑，道：「既然他是元老，反正總會等到這個機會的，我爲什麼還不乘著沒有死的時候多喝幾杯？」

三

喝酒和吃飯不同。

平時只吃三碗飯，絕對吃不下三十碗，可是平時千杯不醉的人，有時只喝幾杯就已醉了。

陸小鳳是不是已醉了？

「我還沒有醉。」他推開獨孤美和海奇闊：「我還認得路回去，你們不必送我。」

他果然沒有走錯路。

有時一個人縱然已喝得人事不知，還是一樣能認得路回家，回到家之後，才會倒下去。

你若也是個喝酒的人，你一定也有過這種經驗。

陸小鳳有過這種經驗，常常有。

「這是我的家，
我們都愛它，
前面養著魚，
後面種著花。」

雖然這小木屋前面沒有養魚，後面也沒有種花，畢竟總算是他的家。

一個沒有根的浪子，在大醉之後，忽然發現居然已有個家可以回去──

這是種多麼愉快的感覺？除了他們這些浪子，又有誰知道？

陸小鳳又唱起兒歌，唱的聲音很大，因為他忽然發現自己的歌喉愈來愈好聽了。

屋子裡沒有燈，可是他一推開門，就感覺到裡面有個人。

「我知道你是誰，你不出聲我也知道。」

陸小鳳不僅在笑，笑的聲音也很大：「你是遊魂，是這裡的元老，你在這裡等著我，是不是真的想殺我？」

屋子裡的人還是不出聲。

陸小鳳大笑道：「你就算想殺我，也不會暗算我的，對不對？因為你是武當俗家弟子中的第一位名人，因為你就是鍾先生，鍾無骨。」

他走進去，關上門，開始找火摺子：「其實你本來也是木道人的老朋友，但你卻不該偷偷摸摸在外面組織黑虎幫的，否則木道人又怎麼會對付你？」

還是沒有回聲，卻有了火光。

火摺子亮起，照著一個人的臉，一張只剩下皮包著骨頭的臉，那雙已骷髏般深陷下去的眼睛，正瞬也不瞬的盯著陸小鳳。

陸小鳳道：「現在我們既然都已是死人，又何必再計較以前的恩怨，何況⋯⋯」

他沒有說下去。

他的聲音突然中斷，手裡的火摺子也突然熄滅。

他忽然發現這位鍾先生已真的是個死人！

屋子裡一片漆黑，陸小鳳動也不動的站在黑暗裡，只覺得手腳冰冷，全身都已冰冷，就好像一下子跌入了冰窖裡。

這不是冰窖，這是個陷阱。

他已看出來，可是他已逃不出去。

他根本已無路可逃！

於是他索性坐下來，剛坐下來，就聽見外面傳來一陣腳步聲，接著就有人在敲門。

「你睡了沒有？我有話跟你說！」語音輕柔，是葉靈的聲音。

陸小鳳閉著嘴。

「我知道你沒有睡，你為什麼不開門？」葉靈的聲音變兇了：「是不是你屋子裡藏著女人？」

陸小鳳終於嘆了口氣，道：「這屋子裡連半個女人都沒有，卻有一個半死人。」

葉靈的聲音更兇：「我說過，你若敢讓女人進你的屋子，我就殺了你，無論死活都不行！」

「砰」的一聲，門被撞開了。

「這裡的女人，本就都是死女人。」

「這個死人卻恰巧是男的。」

火摺子又亮起，葉靈終於看見了這個死人……「還有半個呢？」

陸小鳳苦笑道：「還有半個人就是我！」

葉靈看著他，又看看死人，忽然跳起來：「你殺了他？你怎麼能殺他？你知不知道他是誰？」

陸小鳳沒有開口，也不必開口，外面已有人替他回答：「他知道。」

屋子很小，窗子也很小，葉靈擋在門口，外面的人根本走不進來。

但是他們有別的法子。

忽然間，又是「砰」的一聲響，木屋的四壁突然崩散，連屋頂都塌下，本來坐在屋裡的人，忽然就已到了露天裡。

陸小鳳沒有動。

屋頂倒塌，打在他身上，他既沒有伸手去擋，也沒有閃避，只不過嘆了口氣。

這是他第一次有家，很可能也是最後一次。

「原來這世上不但有倒楣的人，也有倒楣的屋子。」陸小鳳嘆息著道：「屋子倒楣，是因為選錯了主人，人倒楣是因為交錯了朋友。」

「你倒楣卻是因為做錯了事。」

「你什麼都可以做，為什麼偏偏要殺他？」

「我早就告訴過你，就算你明知他要殺你，也不能動他的，否則連我都不會放過你。」

最後一個說話的是海奇闊，另外的兩個人，一個是白面無鬚，服飾華麗；一個又高又瘦，

鷹鼻駝背，前者臉上總是帶著笑，連自己都對自己很欣賞的；後者總是愁眉苦臉，連自己都不欣賞自己。

陸小鳳忽然問：「誰是表哥？」

表哥光滑白淨的臉上雖然還帶著笑，卻故意嘆了口氣：「幸好我不是你的表哥，否則豈非連我都要被你連累？」

陸小鳳也故意嘆了口氣，道：「幸好你不是我表哥，否則我簡直要一頭撞死！」

表哥笑道：「我保證你不必自己一頭撞死，我們一定可以想出很多別的法子讓你死。」

他笑得更愉快，他對自己說出的每句話都很欣賞、很滿意。

另一人忽然道：「我本來就是個管家婆，這件事我更非管不可。」

他愁眉苦臉的嘆息道：「其實我根本一點也不喜歡管閒事，我已經有幾個月沒有好好睡過一覺了，最近又老是腰痠背疼，牙齒更痛得要命……」

他嘮嘮叨叨，不停的訴苦，非但對自己的生活很不滿意，對自己的人也不滿意。

陸小鳳苦笑道：「想不到元老會的人一下子就來了三位。」

葉靈忽然道：「四位。」

陸小鳳很吃驚：「你也是？」

葉靈板著臉，冷冷道：「元老的意思是資格老，不是年紀老。」

表哥微笑道：「說得好。」

管家婆道：「老刀把子不在，只要元老會中多數人同意，就可以決定一件事。」

陸小鳳道：「什麼事？」

表哥道：「任何事。」

陸小鳳道：「多數人是幾個人？」

管家婆道：「元老會有九個人，多數人就是五個人。」

陸小鳳鬆了口氣，道：「現在你們好像只到了四位。」

管家婆道：「五位。」

陸小鳳道：「死的也算？」

表哥道：「這裡的人本就全都是死人，鍾先生只不過多死了一次而已。」

陸小鳳道：「所以你們現在已經可以決定一件事了。」

表哥悠然道：「你很聰明，你當然應該知道我們要決定的是什麼事。」

管家婆道：「我要決定你是不是該死。」

陸小鳳道：「難道我就完全沒有辯白的機會？」

管家婆道：「沒有。」

陸小鳳只有苦笑。

海奇闊道：「你們看他是不是該死？」

管家婆道：「當然該死。」

表哥道：「鐵定該死。」

海奇闊嘆了口氣，道：「我想鍾先生的意思也跟你們一樣。」

表哥道：「現在只看小葉姑娘的意思了。」

葉靈咬著嘴唇，用眼角瞟著陸小鳳，那眼色就像是條已經把老鼠抓在手裡的貓。

就在這時，後面暗林中忽然有人道：「你們為什麼不問問我的意思？」

暗林中忽然有了燈光閃動，一雙宮鬢麗服的少女，手提著紗燈走出來，一個頭髮很長很長的女人，懶洋洋的跟在她們身後。

她長得並不美，顴骨太高了些，嘴也太大了些，一雙迷迷濛濛的眼睛，總像是還沒有睡醒。

她穿著很隨便，身上一件很寬大的黑睡袍，好像還是男人用的，只用一根布帶隨隨便便的繫住，長髮披散，赤著雙白生生的腳，連鞋子都沒有。

但她卻無疑是個很特別的女人，大多數男人只要看她一眼，立刻就會被吸引住。

看見她走過來，表哥卻皺起了眉，葉靈在撇嘴，管家婆勉強笑道：「你看他是不是該死？」

她的回答很乾脆：「不該。」

葉靈本來並沒有表示意見的，現在卻一下子跳了起來：「為什麼不該？」

這女人懶洋洋的笑了笑，道：「要判人死罪，至少總得有點證據，你們有什麼證據？」

管家婆道：「鍾先生的屍體就是證據。」

穿黑袍的女人道：「你殺了人後，還會不會把他的屍體藏在自己屋裡？」

管家婆看看表哥，表哥看看海奇闊，三個人都沒有開口。

葉靈卻又跳了起來，道：「他們沒有證據，我有。」

穿黑袍的女人道：「你有什麼？」

葉靈道：「我親眼看見他出手的。」

這句話說出來，不但陸小鳳嚇了一跳，連表哥他們都好像覺得很意外。

穿黑袍的女人臉上卻連一點表情都沒有，淡淡道：「就算你真的看見了也沒有用。」

葉靈道：「誰說沒有用？」

這女人道：「我說的。」

她懶洋洋的走到陸小鳳面前，用一隻手勾住腰帶，一隻手攏了攏頭髮：「你們若有人不服氣，不妨先來動動我。」

海奇闊嘆了口氣，道：「你一定要這麼樣做？為的是什麼？」

穿黑袍的女人道：「因為我高興，因為你管不著。」

海奇闊瞪眼道：「你一定要逼我們動手？」

這女人道：「你敢？」

海奇闊瞪著她，眼睛裡好像要噴出火來，卻連一根手指都不敢動。

表哥臉上的笑容已經看不見了，臉上鐵青：「花寡婦，你最好放明白些，姓海的對你有意思，我可沒有。」

花寡婦用眼角瞟了他一眼，冷冷道：「你能怎麼樣？就憑你從巴山老道那裡學來的幾手劍

法，也敢在我面前放肆？」

表哥鐵青的臉突又脹得通紅，突然大喝，拔劍，一柄可以繫在腰上的軟劍。

軟劍迎風一抖，伸得筆直，劍光閃動間，他已撲了過來。

連陸小鳳都想不到這個陰沉做作的人，脾氣一發作，竟會變得如此暴躁衝動。

花寡婦卻早已想到了，勾在衣帶上的手一抖，這條軟軟的布竟也被她迎風抖得筆直，毒蛇

般一捲，已捲住了表哥的劍。

只有最好的鐵，才能打造軟劍，誰知他的劍鋒竟連衣帶都割不斷。

花寡婦的手再一抖，衣帶又飛出，「啪」的一聲，打在表哥臉上。

表哥的臉紅了，陸小鳳的臉也有點發紅。

他忽然發現花寡婦的寬袍下什麼都沒有。

衣帶飛出，衣襟散開，她身上最重要的部份幾乎全露了出來。

可是她自己一點也不在乎，還是懶洋洋的站在那裡，道：「你是不是還想試試？」

表哥的確還想試試，可惜管家婆和海奇闊已擋住了他。

海奇闊喉結滾動，想把目光從花寡婦衣襟裡移開，但連一寸都移不動。

花寡婦的年紀算來已經不小，可是她的軀體看來還是像少女一樣，只不過遠比少女更誘

人，更成熟。

海奇闊又嘆了口氣，苦笑道：「你能不能先把衣服繫上再說話？」

花寡婦的回答還是那麼乾脆：「不能。」

海奇闊道：「爲什麼？」

花寡婦道：「因爲我高興，也因爲你管不著。」

管家婆搶著道：「你的意思究竟想怎麼樣？」

花寡婦道：「我也不想怎麼樣，只不過陸小鳳是老刀把子自己放進來的人，無論誰要殺他，都得等等老刀把子回來再說。」

管家婆道：「現在呢？」

花寡婦道：「現在當然由我把他帶走。」

葉靈又跳起來，跳得更高：「憑什麼你要把他帶走？」

花寡婦淡淡道：「只憑我這條帶子。」

葉靈道：「這條帶子怎麼樣？」

花寡婦悠然道：「這條帶子也不能怎麼樣，最多只不過能綁住你，剝光你的衣裳，讓鈎子騎在你身上去。」

葉靈的臉色已脹得通紅，拳頭也已握緊，卻偏偏不敢打出去，只有踩著腳，恨恨道：「我姐姐若是回來了，看你還敢不敢這麼放肆。」

花寡婦笑了笑，道：「只可惜你姐姐沒有回來，所以只有看著我把他帶走。」

她拉起了陸小鳳的手，回眸笑道：「我那裡有張特別大的床，足夠讓我們兩個人都睡得很舒服，你還不趕快跟我走？」

她居然真的帶著陸小鳳走了，大家居然真的只有眼睜睜的看著。

手?」

海奇闊道：「因爲我想想要她陪我睡覺。」

葉靈道：「你真的這麼想女人？」

海奇闊道：「想得要命。」

葉靈道：「好，你若殺了她，我就陪你睡覺，睡三天。」

海奇闊笑了：「你在吃醋？你也喜歡陸小鳳？」

葉靈咬著牙，恨恨道：「不管我是不是吃醋，反正我這次說的話一定算數，我還年輕，那母狗卻已是老太婆了，至少這一點我總比她強。」

海奇闊道：「可是……」

葉靈道：「你是不是想先看看貨？好！」

她忽然撕開自己的褲腳，露出一雙光滑圓潤的腿。

海奇闊的眼睛又發直了：「我只能看這麼多？」

葉靈道：「你若還想看別的，先去宰了那母狗再說。」

也不知過了多久，葉靈忽然道：「老鈎子，你是不是東西？」

海奇闊道：「我不是東西，我是人。」

葉靈冷笑道：「你他媽的也能算是個人？這裡明明只有你能對付那母狗，你爲什麼不敢出

七　同是天涯淪落人

一

床果然很大，床單雪白，被褥嶄新，一走進來，花寡婦就懶洋洋的倒在床上。

花寡婦用一雙迷迷濛濛的眼睛，上上下下的打量著他，忽然道：「現在你想必已知道我就是那個可怕的花寡婦。」

陸小鳳站著，站在床頭。

陸小鳳點點頭。

花寡婦道：「你當然也聽人說過我是條母狗，會吃人的母狗。」

陸小鳳又點點頭。

花寡婦道：「你知不知道這裡每個人都認為我隨時可以陪他上床睡覺？」

陸小鳳還是在點頭。

花寡婦眼睛裡彷彿有霧：「那末你為什麼還不上來？」

陸小鳳連動都沒有動。

花寡婦道：「你不敢？」

陸小鳳不再點頭，也沒有搖頭。

花寡婦嘆了口氣，道：「你當然還不敢，因為我究竟是什麼人，你還不知道！」

陸小鳳忽然笑了笑，道：「能將淮南柳家的獨門真氣，和點蒼秘傳『流雲劍法』融而為一的人並不多，所以……」

花寡婦道：「所以怎麼樣？」

陸小鳳道：「所以你一定是淮南大俠的女人，點蒼劍客的妻子柳青青。」

花寡婦道：「你也知道我跟謝堅四個最好的朋友都上過床？」

陸小鳳承認，這本就是件很轟動的醜聞。

花寡婦道：「既然你什麼都知道了，為什麼還不上來？」

陸小鳳又笑了笑，道：「因為我不高興，也因為你管不著。」

花寡婦也笑了：「看來你這個人果然跟別的男人有點不同。」

她忽又從床上一躍而起，道：「來，我請你喝酒。」

酒意漸濃，她眼裡的霧也更濃。就因為這山谷裡總是有霧，所以永遠能保持它的神秘。

她的人是不是也一樣？要看到她赤裸的軀體也許並不困難，要看到她的心也許就很不容易了。

又喝了杯酒，她忽然問：「你知不知道海奇闊為什麼總想要我陪他上床？」

陸小鳳道：「因為他認為你跟這地方別的男人都上過床。」

花寡婦笑了：「每個人都這麼想，其實……我真正陪過幾個男人上床，只怕連你都想不

到。」

陸小鳳道：「在這裡一個都沒有？」

花寡婦道：「只有一個。」

陸小鳳開始喝酒。

花寡婦的眼波卻似已到了遠方，遠方有一條縹緲的人影，她眼睛裡充滿了愛慕。

過了很久，她才從夢中驚醒：「你為什麼不問我這個人是誰？」

陸小鳳道：「我為什麼要問？」

花寡婦又笑了：「你這人果然很特別，我喜歡特別的男人。」她的笑容忽又消失：「謝堅本來也是很特別的男人，我嫁給他，只因為那時我真的喜歡他。」

陸小鳳道：「可是後來你變了。」

花寡婦道：「變的不是我，是他。」

她眼睛裡的霧忽然被劃開了一線，被一柄充滿了仇恨和悲痛的利劍劃開的：「你永遠不會想到他變成了個什麼樣的人，更不會想到他做的事有多麼可怕。」

陸小鳳道：「可怕？」

花寡婦道：「你知不知道我為什麼會跟他的好朋友上床的？」她的手握緊，眼中有淚珠滾下：「因為……因為他要我這麼樣做，他喜歡看……他甚至不惜跪下來求我，甚至用他的劍來逼我……」

陸小鳳忽然扭過頭，飲盡了杯中的酒，他忽然覺得胃部抽縮，幾乎忍不住要嘔吐。

等他回頭來時，花寡婦已悄悄的將面上淚痕擦乾了。

她也喝乾了杯中的酒：「你一定很奇怪，我為什麼要告訴你這些事。」

陸小鳳並不奇怪，一點也不奇怪。

一個人心裡的痛苦和悲傷，若是已被隱藏抑制得太久，總是要找個人傾訴的。

花寡婦的痛苦雖然有了發洩，酒意卻更濃：「他雖然已是個老人，卻是個真正的男人，與眾不同的男人，也許我並不喜歡他，可是我佩服他，只要能讓他愉快，我願意為他做任何事。」

她抬頭，盯著陸小鳳：「等你見過他之後，一定也會喜歡他這個人的。」

陸小鳳終於忍不住道：「你說的是……」

花寡婦道：「我說的是老刀把子。」

陸小鳳吃了一驚：「老刀把子？」

花寡婦點點頭，道：「他就是我在這裡唯一的男人，我知道你一定想不到的。」她笑了笑，笑得很淒涼：「我本來總認為這世界上已沒有人會了解我，同情我，可是他了解我，同情我，而且出自真心。」

陸小鳳道：「所以你獻身給他？」

花寡婦道：「我甚至可以為他犧牲一切，就算他叫我去死，我也會去死的，可是……可是……」她很快的又喝了杯酒：「可是我並不喜歡他，我……我……」

……」她沒有說下去，這種情感本就是無法敘說的，她知道陸小鳳一定能了解。

陸小鳳的確能了解，不但能了解這種感情，也了解老刀把子這個人。

「我若是你，我也會這麼樣做的。」他柔聲道：「我想他一定是個很不平凡的人。」

花寡婦長長吐出口氣，就好像剛放下副很重的擔子。

——知道這世上還有個人能了解自己的悲痛和苦惱，無論對誰說來，都是件很不錯的事。

她看著陸小鳳，眼睛裡充滿了欣慰和感激：「自從到這裡來了之後，我從來也沒有像今天這麼樣開心過，來，我敬你三杯。」

「再喝只怕就要醉了。」

「醉了又何妨？」她再舉杯：「假如真的能醉，我更感激你。」

陸小鳳大笑：「老實告訴你，我也早就想痛痛快快的大醉一次。」

於是他們都醉了，醉倒在床上。

他們互相擁抱，說些別人永遠都聽不懂的醉話，因為他們心裡都太寂寞，都有太多解不開的結。

他們雖然擁抱得很緊，一顆心卻純潔得像是個孩子，也許在他們這一生中都沒有這麼純潔坦然過。

這又是種什麼樣的感情？

青春已將逝去，往事不堪回首，一個受盡了唾罵侮辱的女人、一個沒有根的浪子，這世上又有誰能了解他們的感情？他們既然同是淪落在天涯的人，他們既然已相逢相識，又何必別人來了解他們的感情？

窗外夜深沉，霧也深沉。窗子居然沒有關緊，冷霧中忽然出現了一條人影，眼睛裡充滿怨毒和嫉恨。

然後窗隙裡又出現了一根吹管。烏黑的吹管，暗紫色的煙。

煙霧散開，不醉的人也要醉了，非醉不可。

這個人有把握，因為他用的是最有效的一種「銷魂蝕骨散」，他已用過十三次，從未有一次失手。

二

陸小鳳和花寡婦醒來時，已不在那張寬大而柔軟的床上。

地窖裡寒冷而潮濕，他們就躺在這地窖的角落裡，有誰知道他們是怎麼會到這裡來的？

只有一個人知道。

地窖裡只有一張椅子，表哥就坐在這張椅子上，冷冷的看著他們，眼睛裡充滿了怨毒和嫉恨。

看見了他，花寡婦就忍不住叫了起來：「是你！」

「你想不到？」

「我的確想不到。」花寡婦冷笑道：「巴山劍客門下的子弟，居然也會用這種下五門的迷香暗器。」

「你想不到的還有很多。」表哥在微笑。

「可是現在我總算已都想通了。」

「到這裡來的人，都是有合約的，老刀把子的合約一向安全可靠。」

「但是近來幽靈山莊裡也有很多人無緣無故的失蹤了，誰也不知道是什麼人下的毒手。」

「是你！」花寡婦下了結論：「現在我才知道是你！」

表哥並不否認。

「只可惜誰也想不到竟然是我。」他微微笑著：「這一次我殺了你們，還是不會有人懷疑到我的。」他有把握：「因為這筆賬一定會算到老鉤子身上去。」

花寡婦也不能否認。

幽靈山莊的人，幾乎已全都知道鉤子對她有野心，也知道鉤子要殺陸小鳳。

男人爲了嫉妒而殺人，這絕不是第一次，也絕不會是最後一次。

花寡婦道：「其實我也知道你恨我。」

表哥道：「哦？」

花寡婦道：「因爲你喜歡男人，男人喜歡的卻是我。」

表哥笑了：「也許我還有別的理由。」

花寡婦問：「什麼理由？」

表哥笑得很奇怪：「也許我是爲了要替老鉤子出氣。」

他在笑，地窖上也有人在笑：「也許你只不過是因爲忽然發現老鉤子已到了你頭頂上，隨時都可以一下鉤住你的腦袋。」

來的還有管家婆。就好像所有的管家婆一樣，他無論在什麼時候出現，總是一副愁眉苦臉的樣子。

鈎子卻笑得很愉快。

表哥也在笑，笑得很不愉快。

海奇闊雖然沒有一下鈎住他腦袋，卻鈎住了他的肩，就好像屠夫用鈎子鈎起塊死肉一樣。

這種感覺當然很不愉快。

世界上偏偏就有種人喜歡把自己的愉快建築在別人的不愉快之上，海奇闊恰巧就是這種人。

他帶著笑道：「你剛才是不是說要把這筆賬推到我頭上來？」

表哥沒有否認，他不能否認。

海奇闊道：「因為你想殺他們，又怕老刀把子不答應。」

表哥也不能否認。

海奇闊道：「其實我也一樣。」

表哥不懂：「你也一樣？」

海奇闊道：「我也想殺了陸小鳳，我也怕老刀把子不答應，我們只有一點不同。」

表哥又忍不住問：「哪一點？」

海奇闊道：「我比你運氣好，我找到了一個替我揹黑鍋的人。」

表哥其實早就懂了，卻故意問：「誰？」

海奇闊道：「你。」

表哥道：「你要我替你去殺了陸小鳳？」

海奇闊道：「你不肯？」

表哥道：「我為什麼不肯？我本就想殺了他的，否則我為什麼要綁他來？」

海奇闊道：「那時你殺不肯，可以要我替你揹黑鍋，現在呢？」

表哥苦笑，道：「現在我若不肯去殺他，你就會殺了我。」

海奇闊大笑，道：「你果然是個明白人，所以我一直都很喜歡你。」

表哥道：「我若去殺了他，你就肯放了我？」

海奇闊道：「我現在就放了你，反正你總逃不過我的手掌心。」他拿開了他的鈎子。

表哥鬆了口氣，回頭看著他，臉上又露出了微笑，忽然問道：「你看我像不像是很衝動、很沉不住氣的人？」

海奇闊道：「你不像。」

表哥道：「我知不知道花寡婦是個很厲害、很不好惹的女人？」

海奇闊道：「你知道。」

表哥道：「那末我剛才為什麼要對她出手？」

海奇闊道：「你為什麼？」

表哥的笑容又變得很奇怪：「因為我要你們認為我的武功很差勁。」

海奇闊不笑了：「其實呢？」

表哥道：「其實我一招就可以殺了你。」

這句話有十一個字，說到第七個字他才出手，說到最後一個字時，他已經殺了海奇闊。

他的出手迅速而有效，事實上，根本就沒有人能看清他是怎麼出手的，只聽見兩響沉重而令人作嘔的聲音，也正像是屠夫的刀砍在塊死肉上，然後海奇闊就像是塊死肉般軟癱了下去。

陸小鳳和花寡婦都吃了一驚，管家婆當然更吃驚。

表哥拍了拍手，微笑道：「我早就聽說鳳尾幫內三堂的香主都是很了不起的人，尤其是大總管高濤更了不起了，只可惜一直到現在，我都沒有見過你那幾手威鎮江湖的絕技。」

本來已愁眉苦臉的管家婆，現在更好像隨時都要哭出來的樣子：「我哪有什麼絕技？我唯一的本事只不過是會替人打雜管家而已。」

表哥道：「你不會殺人？」

管家婆立刻搖頭，道：「我不會。」

表哥也嘆了口氣，道：「那麼你就不如趕快讓我殺了你。」

管家婆也嘆了口氣，身子突然凌空一轉，就在這一剎那時，至少已有四五十件暗器飛出，滿天寒光閃動，全都往表哥打了過去。

原來這個人全身上下都帶著致命的暗器，而且隨時都可以發出來。

能在一剎那間發出這麼多暗器的人，天下絕不超過十個。

能在一剎那間躲過這麼多暗器的人當然更少。

付的法子。

表哥卻偏偏就是這少數人其中之一，他不但早已算準了管家婆這一手，而且早已準備好對

暗器發出，他的劍已經在等著。劍光發起，化作了一片璇光，捲碎了所有的暗器，劍光再

一閃，管家婆也倒下，倒在地上後，鮮血才開始濺出來。

鮮血濺出來的時候，陸小鳳才吐出口氣，道：「這就是巴山七七四十九手迴風舞柳劍？」

表哥道：「不錯。」

陸小鳳道：「你就是巴山劍客唯一的衣鉢傳人顧飛雲？」

表哥道：「我就是。」

陸小鳳嘆道：「巴山神劍，果然是好劍法。」

表哥道：「本來就是的。」

陸小鳳道：「但我卻想不通，像你這樣的人，怎麼也會被西門吹雪逼得無路可走。」

表哥道：「你當然也想不通，我為什麼要殺了他們，卻不殺你？」

陸小鳳的確想不通。

表哥笑了笑，道：「這道理其實簡單得很，只因為我本來就不想殺你。」

陸小鳳更不懂。

表哥道：「老刀把子總認為這組織很秘密，其實江湖中早已有三個人知道了，第一個就是

家師。」

陸小鳳動容道：「那麼你……」

表哥道：「我就是他們特地派到這裡來臥底的，因為他們雖然知道江湖中有個幽靈山莊，對於這組織中的虛實秘密知道得並不多。」

陸小鳳道：「所以他們故意要你被西門吹雪逼得無路可走？」

表哥道：「那件事本來就是個圈套，他們早已算準了西門吹雪一定會來管這件事，也早已算準了幽靈山莊會派人來跟我接頭訂合約的。」

陸小鳳道：「為什麼？」

表哥道：「因為我剛繼承了一筆很可觀的遺產，隨時都可以付得出十萬兩銀子。」

陸小鳳道：「這裡的合約金要十萬兩？」

表哥道：「為了買回自己的一條命，十萬兩並不算多。」

陸小鳳承認：「的確不多。」

陸小鳳道：「你呢？」

表哥道：「他們要我來，最重要的使命，就是為了要我查明老刀把子這個人。」

陸小鳳道：「連他們都不知道老刀把子的來歷和底細？」

表哥道：「沒有人知道。」

陸小鳳道：「你呢？」

表哥苦笑道：「我來了雖已有不少時候，卻連他的真面目都沒有見過，所以我急著要找出那個人。」

陸小鳳道：「那個人是什麼人？」

表哥道：「來接應我的人。」他又解釋：「他們本來答應，儘快派人來接應我，可是新來

的人行動都不能自由，也很難發現顧飛雲就是表哥。

陸小鳳道：「你等得著急，就只好先去找他們？」

表哥道：「我已找過十二個人。」

陸小鳳道：「你全都找錯了。」

表哥道：「所以我只好殺了他們滅口。」

陸小鳳道：「這一次你認為我就是來接應你的人？」

表哥盯著他，一字字道：「我只希望這一次沒有錯。」

陸小鳳嘆了口氣，道：「我也希望你這一次沒有錯。」

表哥還在盯著他，目光已變得冷如刀鋒，忽然問道：「除了家師巴山劍客外，還有兩個人是誰？是誰要你來的？你的代號是什麼？」

陸小鳳道：「我不能說。」

表哥道：「因為你根本就不知道？」

陸小鳳點點頭，苦笑道：「實在抱歉得很，這一次你好像又找錯了。」

　　三

地窖裡有燈，現在是暮春，本來並不會令人覺得太冷。

陸小鳳卻突然覺得毛骨聳然──這並不是因為表哥的手又握住了劍柄，而是因為地窖裡忽然多了一個人，一個穿著灰袍，戴著竹笠的人。

表哥的手剛握著劍柄，這個人就到了他身後。

陸小鳳看見了這個人，花寡婦也看見了這個人，表哥自己卻連一點感覺都沒有。

這個人就像是有形而無實的鬼魂。

一頂形式奇特的竹笠，遮住了他的臉，陸小鳳完全看不見他的面目，卻已猜出他是誰了。

花寡婦臉上沒有表情，眼睛裡卻已忍不住露出了喜色。

這個人正好向她招手。

表哥慢慢的坐下，然後道：「你們看起來都不怕死。」

表哥好像也覺得有點不對了，霍然回身。後面沒有人，連人影都沒有。

這個人就像影子般貼在他身後，又向花寡婦擺了擺手。

等到表哥回頭去看時，她已沉下了臉，冷冷道：「你是想先殺陸小鳳？還是想先殺我？」

表哥道：「只不過你不想死得太糊塗而已。」

花寡婦道：「既然已非死不可，害怕又有什麼用？只不過……」

表哥道：「所以你也想問問我，除了我師父巴山劍客外，知道這秘密的還有誰？」

花寡婦道：「既然我們已非死不可，你說出來又有何妨？」

花寡婦承認，這句話的確說中了她的心意。

表哥盯著她，忽然笑了，大笑。

花寡婦道：「你笑什麼？」

表哥道：「我在笑你，你明明知道的，又何必來問我？」

花寡婦道：「我知道什麼？」

表哥道：「除了我師父外，另外兩個人，一個是木道人，還有一個就是你老子，你明明也跟我一樣，也是到這裡來臥底的，又何必裝蒜？」

花寡婦的臉色變了。

表哥道：「我想你一定知道老刀把子是個什麼樣的人，因為你是個女人，你可以陪他上床去睡覺。」

花寡婦道：「你想拖我下水？」

表哥道：「其實我早就知道你的秘密了，我這麼樣做，只不過是個圈套，想誘你自己說出這秘密來，我寧可殺錯一百個人，也不能容一個奸細存在。」

花寡婦看著他，忽然嘆了口氣，道：「原來你並不是想拖我下水，而是想找個替死鬼。」

表哥道：「我為什麼要找替死鬼？」

花寡婦道：「因為你雖然沒有看見老刀把子，卻知道他已經來了。」她又嘆了口氣，接著道：「你的確可以算是個人才，只可惜有件事你還不明白。」

表哥道：「什麼事？」

花寡婦道：「這的確是個圈套，被套進去的人卻不是我，是你。」

表哥道：「哦？」

花寡婦道：「我和老刀把子早已懷疑到你，所以才會設下圈套來讓你上當，你若以為我真的中了你的銷魂散，你就錯了。」她拍了拍衣襟，慢慢的站了起來──

中了銷魂散的人，一個對時中無藥可解，可是她現在已經站了起來。

表哥卻還是動也不動的坐在那裡，忽然轉向陸小鳳，道：「你看怎麼樣？」

陸小鳳嘆了口氣，苦笑道：「你們都是人才，我佩服你們。」

表哥忽然又大笑：「能夠讓陸小鳳這樣的人佩服，我顧飛雲死而無憾。」

他居然真的說死就死，死得真快，甚至比他去殺別人的時候更快。

劍鋒一轉，鮮血飛濺，他的人已倒下去。他絕不能留下自己的活口，讓別人來逼問他的口

供。

——你若想去刺探別人的秘密，就得先準備隨時犧牲自己。

花寡婦皺眉道：「想不到他真的一點也不怕死。」

老刀把子道：「怕死的人根本不能做這種事，太聰明的人也不能做。」

陸小鳳道：「還有種人更不能做！」

老刀把子道：「哦？」

陸小鳳道：「有種人無論走到哪裡好像都會有麻煩，就算他不想去惹麻煩，麻煩也會找上

他。」

花寡婦皺眉道：「想不到他真的一點也不怕死。」

老刀把子道：「你替我惹的麻煩的確不少……」

陸小鳳打斷了他的話，道：「但是你絕不能殺我。」

老刀把子道：「你就是這種人。」

陸小鳳苦笑道：「我一向很有自知之明。」

老刀把子道：「爲什麼？」

陸小鳳道：「因爲我並不想到這裡來，是你自己要我來的，所以別人都能殺我，只有你不能，因爲我是你的客人。」

陸小鳳道：「什麼事？」

老刀把子沉默著，緩緩道：「我可以不殺你，只要你答應我一件事。」

陸小鳳立刻道：「我答應。」

老刀把子道：「守口如瓶，永不洩露這裡的秘密。」

陸小鳳怔住：「你要我走？」

老刀把子道：「好，我信任你，你走吧！」

陸小鳳道：「可是外面……」

老刀把子冷冷道：「不管外面有什麼人在等著你，至少總比現在就死在這裡的好。」

陸小鳳不說話了，他看得出現在無論再說什麼都已沒有用，他只有走。

老刀把子卻又叫他回來，道：「可是你總算做過我的客人，而且總算沒有出賣我，所以你需要什麼，我都可以讓你帶走。」

陸小鳳道：「無論我要什麼都行？」

老刀把子道：「只要你能帶走的。」

陸小鳳道：「我要帶她走。」他要帶走的竟是花寡婦。

老刀把子閉上了嘴，過了很久才緩緩道：「你可以帶她走，可是以後最好永遠莫要再讓我看見你！」

四

山谷間還是雲霧淒迷，要找到那條若有若無的鐵索橋已經很不容易，要走過去更不容易。

走過去之後呢？山谷裡是幽靈的世界，山谷外是什麼？有多少殺人的陷阱？

陸小鳳長長吐出了口氣，忽然笑了。

花寡婦看著他，忍不住問道：「你不怕？」

陸小鳳道：「怕什麼？」

花寡婦道：「死。」她輕輕握著他的手：「你不怕一走出這山谷，就死在別人的劍下？」

陸小鳳微笑道：「我反正已死過一次，再死一次又何妨？」

花寡婦也笑了，不管怎麼樣，他們總算已走出了幽靈山莊，走出了這死人的世界。

花寡婦柔聲道：「我時常在想，只要能讓我再真正活一天，我就應該心滿意足了。」

八 又見山莊

一

這片山巖上沒有車，崢嶸的山石，利如刀鋒。

花寡婦忽然停下來，低頭看自己的腳，她的腳纖秀柔美，卻有一絲鮮血正從腳底流出。

「你沒有穿鞋？」

「沒有。」花寡婦還在笑：「我一向很少走路。」

她連鞋都沒有穿就跟著他走了，她走的時候什麼都沒有帶。

「你什麼都不要，只要我跟你走，我還要什麼？」她的臉雖然已因痛楚而發白，笑得卻還是很溫柔：「這世上還有什麼能比真情更可貴？」

陸小鳳看著她，只覺得一股柔情已如春水般湧上他心頭。

他抱起了她，走過了這片山巖。

她在他耳邊低語：「現在西門吹雪一定也認為你已死了，只要你願意，我們一定可以找個安靜的地方好好活下去，絕不止活一天。」

「本來我已決心要為老刀把子死的，可是，我遇見了你。」她又接著道：「他也沒有一定要留下我，所以我希望你以後永遠忘了花寡婦這個人，我姓柳，叫柳青青。」

前面草色青青，木葉也青青。

陸小鳳並沒有直接走進去，他並沒有忘記這是片吃人的樹林。

他們在林外的山坡上坐下來，青青的草地上，有片片落葉。

還是春天，怎麼會有落葉？

陸小鳳拾起了一片，只看了兩眼，掌心忽然冒出了冷汗。

柳青青立刻發覺他異樣的表情，立刻問道：「你在看什麼？」

陸小鳳指了指落葉的根蒂，道：「這不是被風吹落的。」

葉蒂上的切口平滑和整齊。

柳青青皺起了眉，道：「不是風，難道是劍鋒？」

陸小鳳道：「也不是劍鋒，是劍氣！」

柳青青的臉色變了——誰手上的劍能發出如此鋒銳的劍氣？

陸小鳳從地上拾起了一根羽毛，也是被劍氣摧落的。

林外有飛鳥，飛鳥可充飢。

可是天下又有幾人能用劍氣擊落飛鳥？除了西門吹雪外還有誰？

柳青青已不再笑，道：「他還沒有走？」

陸小鳳苦笑道：「他一向是個不容易死心的人。」

柳青青垂下頭，道：「我知道他是個怎麼樣的人，我見過他。」

她忽又抬起頭：「可是我們用不著怕他，以我們兩個人之力，難道對付不了他一個？」

陸小鳳搖搖頭。

柳青青道：「你還怕他？為什麼？」

陸小鳳也垂下頭，黯然道：「因為我心裡有愧。」

柳青青道：「你真的做過那種事？」

陸小鳳道：「每個人都有做錯事的時候。」

柳青青道：「但你卻不是個糊塗人。」

陸小鳳道：「不糊塗的人也難免一時糊塗。」

柳青青的臉色更黯淡，道：「你認為我們一定走不出這片樹林？」

陸小鳳道：「所以現在我們只有一條路可走。」

柳青青道：「哪條路？」

陸小鳳道：「回頭的路。」

柳青青吃驚的看著他，道：「再回幽靈山莊去？」

陸小鳳苦笑道：「無論那裡面有什麼在等著我，總比死在這樹林裡好。」

二

山谷裡還是雲霧淒迷，走回去也和走出來同樣不容易。

對面的山巖上，一個人彷彿正待乘風而去，正是那勾魂使者。

他雖然沒有臉，沒有名姓，可是他有手，有劍。

劍已在手，劍已出鞘。

他冷冷的看著陸小鳳，道：「你既然已出去，爲什麼又回來？」

陸小鳳笑了笑，道：「因爲我想家。」

勾魂使者道：「這裡不是你的家。」

陸小鳳道：「本來不是，現在卻是，因爲我已沒有別的地方可去。」

勾魂使者道：「你看看我手裡握著的是什麼？」

陸小鳳道：「好像是把劍。」

勾魂使者道：「你能勝得了我手中這柄劍，我就放你過去。」

陸小鳳道：「我勸你最好不要試！」

勾魂使者冷冷笑道：「你有把握能戰勝我？」

陸小鳳道：「我沒有把握，連一分把握都沒有，可是我至少有把握能接得住你十招。」

勾魂使者道：「能接住我十招又如何？」

陸小鳳道：「我有把握在十招之中看出你的武功來歷。」他又笑了笑，接著道：「我想你

一定不願讓人知道你的來歷？」

勾魂使者閉上了嘴，握劍的手背上，青筋毒蛇般凸起。

陸小鳳連看都不再看他一眼，就施施然從他劍下走了過去，柳青青也只有跟著。

他手上青筋毒蛇般扭動，劍尖也有寒光顫動。

陸小鳳沒有回頭，柳青青卻連衣領都濕了。

她看得出陸小鳳全身上下連一點警戒都沒有，這一劍若是刺出，就憑劍尖那一道顫動的寒光，已足以致他的死命。

可是勾魂使者居然也就這麼樣看著他走過去，直等他走出很遠，劍才落下。

只聽一聲龍吟，一塊岩石已在他劍下裂成四瓣。

柳青青偷偷的回頭瞧了一眼，連背心都濕透了。

這山谷裡的岩石每一塊都堅逾精鋼，就算用鐵鎚利斧，也未必能砍得動分毫，這一劍的鋒銳和力量，實在太可怕。

又走出很遠後，她才輕輕吐出口氣，道：「你看到那一劍沒有？」

陸小鳳淡淡道：「那也沒什麼了不起。」

柳青青忍不住道：「要怎麼樣的劍法才算了不起？」

陸小鳳道：「那一劍能從容容的收回去，才算了不起。」

剛才勾魂使者盛怒之下，真力發動，聚在劍尖，就好像弓已引滿，不得不發，所以那一劍擊出，威勢自然驚人。

可是這也證明了他還不能控制自己的火氣，真力還不能收發自如，若是能將這一劍從容收回，才真正是爐火純青的境界。

柳青青是名門之後，當然懂得這道理，卻還是忍不住道：「就算那一劍沒什麼了不起，如果用來對付你，你有把握能避開？」

陸小鳳道：「沒有。」

柳青青道：「你有把握確定他不會殺你？」

陸小鳳道：「也沒有。」

柳青青道：「但你卻好像一點也不在乎？」

陸小鳳笑了笑，道：「一個已無路可走的人，做事總是不能不冒一點險的。」

柳青青嘆了口氣，還沒有開口，就看見一個頭戴竹笠的灰衣人，背負著雙手，施施然然在前面走著。

「老刀把子！」

陸小鳳喊了一聲，沒有回應，想追上去，這灰衣人走路雖然像是在踱方步，他卻偏偏追不上。

等到他準備放棄時，前面的灰衣人卻忽然道：「你絕不是隨隨便便就會拿性命去冒險的那種人，你知道他絕不會殺你，你有把握？」

陸小鳳沒有否認，也不能否認，他忽然發現無論任何事都很難瞞過老把刀子。

老刀把子又道：「你憑什麼有這種把握？」

陸小鳳只有說實話：「我看得出他的臉是被劍鋒削掉的，以他的劍法，世上只有一個人能一劍削去他的臉。」

老刀把子道：「誰？」

陸小鳳道：「他自己。」

老刀把子冷笑。

陸小鳳道：「他寧可毀掉自己的臉，也不願讓人認出他，當然也不願讓我看出他的來歷，所以我確定他絕不會出手的。」

老刀把子霍然回頭，盯著他，目光在竹笠中看來還是銳如刀鋒：「你如此有把握，是不是因為你早已猜出他是誰了？」

陸小鳳勉強笑了笑，道：「我只不過偶爾想起了一件事。」

老刀把子道：「說！」

陸小鳳道：「二十年前，武當最負盛名的劍客本是石鶴，最有希望繼承武當道統的也是他，可是就在他已將接掌門戶的前夕，江湖中卻突然傳出他已暴斃的消息──」

那時他正當盛年，一個內外兼修的中年人，怎麼會突然暴斃？

陸小鳳又道：「所以江湖中人對他的死，都難免有些懷疑，當時謠言紛紛，有人甚至說他是因為不守清規，被逐出門戶，才憤而自盡，我卻懷疑他一直都活在世上，只不過無顏見人而已。」

老刀把子靜靜的聽著，等他說完了，才冷冷道：「你也不該再來見我的。」

陸小鳳道：「可是我也知道你絕不會殺我。」

老刀把子厲聲道：「你憑什麼？」

陸小鳳道：「我知道你現在正是要用人的時候，你也應該知道我是個很有用的人。」

老刀把子道：「我為什麼要用你？」

陸小鳳道：「要做大事，就一定要用有用的人。」

老刀把子道：「你知道我要做大事？」

陸小鳳道：「要創立這片基業已不知耗盡多少人力物力，要維持下去更不容易，就算你訂的合約每人都要收費十萬兩，也未必能應付你的開支，就算能賺一點，以你的為人，也絕不會為這區區一點錢財而花費這麼多苦心。」

老刀把子道：「說下去。」

陸小鳳道：「所以我斷定你這麼樣做一定是別有所圖的，以你的才智，所圖謀的當然是一件大事。」

老刀把子冷冷的看著他，目光更銳利，忽又轉身，道：「跟我來。」

三

曲折蜿蜒的小路盡頭，是一棟形式古老拙樸的石屋，裡面的陳設也同樣古樸，甚至帶著種陰森森的感覺，顯見不常有人居住。

可是現在屋子裡卻已有三個人在等著，三個本已該死的人。

鈎子、表哥、管家婆，三個人正站在一張黃幔低垂的神案旁，臉上帶著種不懷好意的詭笑，用眼角瞟著陸小鳳。

陸小鳳雖然盡力控制著自己，還是難免覺得很吃驚。

老刀把子道：「現在你總算已明白了吧？」

陸小鳳苦笑道：「我不明白，一點都不明白。」

老刀把子道：「這件事從頭到尾，根本就是個圈套。」

陸小鳳還是不明白。

老刀把子道：「他們做的事，都是我安排的，為的只不過是要試探你。」

陸小鳳道：「你懷疑我是來臥底的奸細？」

老刀把子道：「無論誰我都懷疑，這裡每個人都是經過了考驗的，顧飛雲殺的就是那些經不起考驗的人。」

陸小鳳終於明白了，道：「你故意放我走，也是為了要試探我，是不是真的已被西門吹雪逼得無路可走。」

老刀把子道：「你若不回頭，此刻一定已死在那吃人的樹林裡。」

陸小鳳嘆了口氣，道：「你也算準了我會把柳青青帶走的，正好要她來殺我。」

老刀把子道：「那倒是個意外，你若不回頭，她也得陪你死！」

陸小鳳忍不住轉過頭，柳青青也正在盯著他。

兩個人都沒有開口，不管要說什麼，都已在這眼波一觸間說完了。

所以她既沒有埋怨，他也沒有歉疚。

這世上本就有種奇妙的感情，是不必埋怨，也無需歉疚的。

老刀把子看著他們，直等陸小鳳再回轉臉，才緩緩道：「現在你是不是已明白我為什麼要這樣做？」

陸小鳳點點頭，道：「你要看看我是不是個值得被你用的人？」

老刀把子道：「你很不錯。」

他的語聲忽然變得很和緩：「你的武功機智都不錯，最重要的是，你沒有在我面前說謊。」

陸小鳳苦笑道：「既然明明知道騙不過你，又何必說謊？」

老刀把子道：「你是個聰明人，我喜歡聰明人，所以從今以後，你就是我的伙伴了，只要不走出這山莊，隨便你要幹什麼都行，我相信你這麼聰明的人，絕不會做傻事的。」

他回頭吩咐管家婆：「傳話下去，今天晚上擺宴為他接風！」

管家婆退下，表哥和鈎子也隨著退下。

老刀把子忽然道：「你的家已被人拆了，從今天起，你可以搬到青青那裡去。」

陸小鳳遲疑著，勉強笑了笑，道：「你……」

老刀把子不讓他說下去，又道：「我已是個老人，老人總是容易忘記很多事的。」他站起來，轉過身，面對著那黃幔低垂的神龕，緩緩的道：「只有一件事我還不能忘記，時候到了，我一定會告訴你。」

陸小鳳沒有再問，他知道老刀把子說的話就是命令。

四

酒菜豐富而精美，酒的種類就有十二種，宴席的形式是古風的，十八張長桌擺成半個

「口」字，老刀把子坐在正中，他的左邊就是陸小鳳。

大家對陸小鳳的看法當然已和前兩天大不同，不但因為他是這宴會的主賓，而且忽然變成了老刀把子的親信。

第一個站起來向他敬酒致賀的是「鈎子」海奇闊，然後是表哥，管家婆，獨孤美。

只有葉靈始終連看都沒有看陸小鳳一眼，因為他旁邊坐著的就是柳青青，這個吃人的寡婦好像也變了，變得安靜而溫柔。

老刀把子還是戴著那形式奇特的竹笠，就連他身旁的陸小鳳都完全看不見他的面目。

他吃得極少，喝得更少，話也說得不多，可是無論誰看著他時，目中都帶著絕對的服從和尊敬。

到席的人比往日多，一共有五十九個，陸小鳳雖然大多不認得，卻可以想像得到，這些人昔日一定都有段輝煌的歷史，不是家財鉅萬的世家子弟，就是雄霸一方的武林豪傑，不但身分都很高，武功也一定都不錯，否則就根本沒有資格到這幽靈山莊來。

「是不是人都到齊了？」陸小鳳悄悄的問。

「只有兩個人沒有來。」柳青青悄悄回答：「一個是勾魂使者，他從不和別人相處。」

「還有一個是誰？」

「葉靈的姐姐，葉雪。」柳青青道：「她喜歡打獵，經常一出去就是十來天。」

「她為什麼可以自由出入？」

「那是老刀把子特許的。」柳青青在冷笑：「這女人是個怪物，她要做的事，從來也沒有人能攔得住她，就算她在這裡的時候，也從來不跟別人說話。」

「爲什麼？」

「因爲她總覺得自己比別人強得多。」柳青青顯然很不願意談論這個人，更不願和陸小鳳談論這個人，事實上，他們也無法再說下去，因爲他們剛說到曹操，曹操就已到了。

忽然間，一隻豹子從門外飛進來，重重的落到他們桌子面前。

葉雪就是跟著這豹子一起進來的，豹子落下，陸小鳳就看見了她的人。

她的人也像豹子一樣，敏捷、冷靜、殘酷，唯一不同的是這豹子已死了，死在她手裡。

死在她手裡的豹子這已是第十三條，附近山谷裡的豹子幾乎已全都死在她手裡。

她喜歡打獵，更喜歡獵豹。

人們爲什麼總是喜歡獵殺自己的同類？

所有的野獸中，最兇悍敏捷、最難對付的就是豹子。

就算是經驗極豐富的獵人，也絕不敢單身去追捕一頭豹子，幾乎沒有人敢去做這種愚蠢而危險的事。

她不但敢做，而且做到了。

她是個沉靜內向的女人，可是她能獵豹，她看來美麗而柔弱，卻又像豹子般敏捷冷酷。

這許多種複雜而矛盾的性格，造成她一種奇特的魅力。

就連陸小鳳都從未看見過這種女人，他看著她，幾乎忘了身旁的柳青青。

葉雪卻始終在盯著老刀把子，蒼白的臉，蒼白的唇，忽然道：「你知道我哥哥死了？」

老刀把子點點頭。

葉雪道：「你知道是誰殺了他？」

老刀把子又點點頭。

葉雪道：「是誰？」

陸小鳳一顆心忽然提起，一個獵豹的女人，為了復仇，是不惜做任何事的。

他不想做被捕殺的豹子。

可是老刀把子的回答卻令他很意外：「是西門吹雪！」

葉雪的臉色更蒼白，一雙手突然握緊。

老刀把子緩緩道：「你總記得，你哥哥以前就說過，若是死在西門吹雪手下，絕不許任何人為他復仇，因為那一定是場公平的決鬥。」

——也因為他不願為他去復仇的人再死於西門吹雪劍下。

葉雪的嘴唇在發抖，握緊的手也在發抖，忽然坐下來，坐到地上，道：「拿酒來。」

為她送酒去的是管家婆，剛開封的一罈酒。

葉雪連眼角都沒有看他，冷冷道：「你最好走遠點，愈遠愈好！」

管家婆居然真的走了，走得很遠。

葉雪道：「誰來陪我喝酒？」

海奇闊搶著道：「我。」

葉雪道：「你不配。」

老刀把子忽然拍了拍陸小鳳，陸小鳳慢慢的站起來，走過去。

葉雪終於看了他一眼：「你就是陸小鳳？」

陸小鳳點點頭。

葉雪道：「你能喝？」

陸小鳳道：「能。」

葉雪道：「好，拿碗來，大碗。」

碗很大，她喝一碗，陸小鳳喝一碗，她不說話，陸小鳳也不開口，她不再看陸小鳳，陸小鳳也沒有再看她。

兩個人就這麼樣面對面的坐在地上，你一碗，我一碗。

一碗酒至少有八兩。十來碗喝下去，她居然還是面不改色。

等到酒罈的酒喝光，她就站起來，頭也不回的走了出去，沒有再說一句話，一個字。

陸小鳳站起來時，頭已有些暈了。

老刀把子道：「怎麼樣？」

陸小鳳苦笑，道：「我想不到她有這麼好的酒量，實在想不到。」

老刀把子忽然嘆了口氣，道：「我也想不到，我從來沒有看見過她喝酒。」

陸小鳳吃驚：「你也沒有見過？」

老刀把子道：「無論誰都沒有見過，這是她平生第一次喝酒。」

五

對一個已喝得頭暈腦脹的人來說，世上絕沒有任何事能比一張床看來更動人了，何況這張床本就很寬大、很舒服。

只可惜有個人偏偏就是不肯讓他舒舒服服的躺到床上。

一進屋子，柳青青就找了罈酒，坐到地上，道：「誰來陪我喝酒？」

陸小鳳前看看，後看看，左看看，右看看，苦笑道：「這屋子裡好像只有一個人。」

柳青青道：「你能喝？」

陸小鳳道：「我能不能不喝？」

柳青青道：「不能。」

陸小鳳只有坐下去陪她喝，他坐下去的時候，就已經準備醉了。

他真的醉了。

等到他醒來時，柳青青已在屋裡，他一個人躺在床上，連靴子都沒有脫，頭疼得就好像隨時都會裂開來。

他不想起來，他起不來，可是窗子外面卻偏偏有人在叫他。

窗子是開著的，人是獨孤美：「我已經來過三次了，看你睡得好熟，也不敢吵醒你。」

「你找我有事？」

「也沒有什麼事，只不過好久不見了，想跟你聊聊。」

「不管怎麼樣，他總是個朋友，有朋友來找陸小鳳聊天，他就算頭真的已疼得裂開，也是不會拒絕的。

「我們最好出去聊，我怕看見那位花寡婦。」

外面還是有霧，冷而潮濕的霧，對一個宿醉未醒的人卻很有益。

獨孤美傷勢雖然好得很快，看來卻好像有點心事：「其實我早就想來找你，只怕你生我的氣。」

「我爲什麼要生氣？」

「因爲鈎子他們是我介紹給你的，我真的不知道他們會害你。」

陸小鳳笑了：「你當然不知道，你是我的朋友，你一直都在幫我的忙。」

獨孤美遲疑著，終於鼓起勇氣，道：「可是昨天晚上我又做錯了一件事。」

陸小鳳道：「什麼事？」

獨孤美道：「昨天晚上我也醉了，糊裡糊塗的把秘密洩露了出去，現在他們三個人都已知道葉孤鴻是死在你手上的。」

他們三個人，當然就是表哥、鈎子、管家婆。

陸小鳳笑不出了。

雖然只見面一次，他已很了解葉雪這個人，他當然更了解了葉靈。

「據說這裡最難惹的就是她們姐妹兩個，她們若知道這件事，一定會來找你拚命。」獨孤

美說得很婉轉：「你雖然不怕，可是明槍易躲，暗箭難防，所以……」

「所以怎麼樣？」

「所以你最好想法子堵住他們的嘴。」

陸小鳳又笑了，他已明白獨孤美的意思：「你是要我對他們友善一點，不要跟他們作對，假如他們有事找我，我最好也不要拒絕？」

獨孤美看著他，忽然用力握了握他的手，道：「我對不起你。」

只說了五個字，他就走了，看著他佝僂的背影消失，陸小鳳實在猜不透這個人究竟是他的朋友？還是件什麼樣的事？他連想都不敢想，也沒空去想了，因為就在這時候，已有一道劍光閃電般向他刺了過來。

現在他只能確定一件事——鉤子他們一定很快就會有事找他的。

會是件什麼樣的事？他連想都不敢想，也沒空去想了，因為就在這時候，已有一道劍光閃

這時獨孤美已走了很久，他也已走了一段路，已經快走回柳青青住的那棟平房。

劍光就是從屋簷後刺下來的，不但迅速，而且準確。

不但準確，而且毒辣。

他想不到這地方還有人要暗算他，他幾乎已完全沒有招架閃避的餘地。

幸好他是陸小鳳，幸好他還有手。

他突然伸出兩根手指來一挾——

世上有千千萬萬個人，每個人都有手，每雙手都有手指。

可是他這兩根手指，卻無疑是最有價值的，因為這兩根手指已救過他無數次。

這一次也不例外。

手指一挾，劍鋒已在手指間。

冰冷的劍鋒，強而有力，卻掙不脫他兩根手指，他抬起頭，就看見了一雙冷酷而美麗的眼睛。

葉雪正在看著他。

陸小鳳在心裡嘆了口氣，苦笑道：「你已經知道了？」

葉雪又盯著他看了很久，才慢慢的點了點頭，道：「現在我才知道，陸小鳳果然不愧是陸小鳳，我總算沒有找錯人。」

她的聲音裡並沒有仇恨，陸小鳳立刻試探著問：「你是來找我的？還是來殺我的？」

葉雪道：「我只不過想來看看你這一招名聞天下的絕技而已，你若能接得住我這一劍，就是我要找的人。」

陸小鳳道：「我若死在你的劍下呢？」

葉雪道：「你活該。」

陸小鳳又不禁苦笑。

他既然還沒有死，當然忍不住要問：「現在我已是你要找的人？」

葉雪點點頭，道：「你跟我來。」

走完曲折的小路，穿過幽秘的叢林，再走一段山坡，就可以聽見流水聲。

水流並不急，在這裡匯集成一個小湖，四面山色翠綠，連霧都淡了，一個人如果能靜靜的

在湖畔坐上半天，一定能忘記很多煩惱。

「想不到幽靈山莊裡，也有這麼安靜美麗的地方。」

孩子們通常都有個屬於他們自己的秘密小天地，這地方顯然是屬於葉雪的。

她為什麼帶陸小鳳來？

「你究竟要我做什麼？」陸小鳳忍不住問。

葉雪站在湖畔，眺望著遠山，讓一頭柔髮泉水般披散下來。

她的聲音也像泉水般輕柔而平淡，可是她說出來的話卻讓陸小鳳大吃一驚，她說：「我要

你做我的丈夫。」

陸小鳳只覺得自己呼吸已忽然停頓。

她轉過身，凝視著他，眼波清澈而明亮，就像是湖心的水波一樣。

「我還是個處女。」她接著說：「從來也沒有男人碰過我。」

陸小鳳深深吸了口氣，道：「我相信。」

她又保證：「我嫁給你之後，也絕不會讓任何人碰我。」

葉雪道：「你答應？」

陸小鳳勉強笑了笑，道：「你當然還有別的條件也要我答應。」

葉雪道：「我要你做的事，對你也同樣有好處。」

陸小鳳道：「你至少應該讓我知道是什麼事。」

葉雪溫柔的眼波裡忽然露出道刀鋒般的光，只有仇恨的光才會如此銳利：「我要你幫我去殺了西門吹雪。」

陸小鳳沒有反應，這要求他並不意外。

葉雪道：「我們若能找到他，他一定會立刻出手殺你，因為他絕不會讓你再有第二次脫逃的機會。」

陸小鳳苦笑道：「你們根本不用去找他，只要我走出這山谷，他立刻就會找我。」

葉雪道：「我知道，如果我要去找他一定很困難，要他來找，只有讓他來找你，所以我才選中你。」

陸小鳳道：「你要我去轉移他的注意，你才有機會殺他？」

葉雪並不否認，道：「他一定不會注意我，因為他恨你，也因為他根本不知道我是誰，只要你能將他的劍鋒挾住，我一定能殺了他。」

陸小鳳道：「我若失手了呢？」

葉雪道：「要對付西門吹雪，本來就是件很危險的事，可是我已經想了很久，只要你答應，我們至少有七成機會。」

陸小鳳道：「也許你的機會還不止七成，因為我就算失手，你也可以乘他劍鋒還留在我胸膛裡的時候殺了他。」他笑了笑，笑得很艱澀：「這一點你當然也早就想到過，所以你才會向

我保證，以後絕不讓別的男人碰你，因為你要我死得安心。」

葉雪也不否認：「我的確想到過，你的機會實在並不大，我也知道你一向是個賭徒，只要值得賭的，你一定會下注。」她的眼波更深沉，就像是海洋般吸引住陸小鳳的目光。

過了很久很久，他才能將目光移開，他立刻就發現她已完全赤裸。

山峰青翠，湖水澄清，她靜靜的站在那裡，帶著種說不出的驕傲和美麗。

她值得驕傲，因為她這處女的軀體確實完全無瑕的。

她看著陸小鳳，又過了很久，才緩緩道：「只要你答應，我現在就是你的。」

她的聲音裡也充滿自信，她相信世上絕沒有任何男人能拒絕她。

陸小鳳的呼吸已停頓，過了很久才能開口：「我若拒絕了你，一定有很多人會認為我是個瘋子，可是我……」

葉雪的瞳孔收縮：「可是你拒絕？」

陸小鳳道：「我只不過想要你知道一件事。」

葉雪道：「你說。」

陸小鳳道：「你哥哥並不是死在西門吹雪劍下的。」

葉雪動容道：「你怎麼會知道？」

陸小鳳道：「他死的時候，我就站在他面前，從劍上濺出來的血，幾乎濺到我身上。」

葉雪道：「是誰的劍？」

陸小鳳道：「是他自己的。」

葉雪忽然瘋狂大叫：「你說謊，你說謊……」

直等到山谷間的迴聲消寂，陸小鳳才說：「你是我見到女人中最美的，我本來立刻就可以

得到你，我為什麼要說謊？」他的話冷靜而尖銳，一下子就刺入了問題的中心。

然後他就走了，走出很遠很遠之後才回過頭，從扶疏的枝葉間還可以看到她。

她還是動也不動的站在那裡，整個人都彷彿已和這一片神秘而美麗的大自然融為一體。

可是，又有誰知道她心裡的感覺？

陸小鳳忽然覺得心裡也有種說不出的刺痛──你刺傷別人時，自己也會同樣受到傷害。

所以他只看了一眼，就沒有再回頭。

九　畸人、畸情

一

幽祕寧靜的綠色山谷，完美無瑕的處女軀體，溫柔如水波的眼波⋯⋯

陸小鳳盡力控制著自己，不要再去想，但是他自己也知道這些回憶必將永留在他心底。

他走得很快，走了很遠，本該已走回那條小路了，可是他停下來的時候，卻發現入山已更深。

然後他立刻又發現了一件可怕的事——他又迷了路。

更可怕的是，四面的霧又漸濃，甚至比幽靈山莊那邊更濃，無論眼力多好的人，都很難看得到兩丈外去，而且無論從哪個方向走，都可能離山莊更遠。

陸小鳳卻還是要試試，他絕不是那種能坐下來等雲開霧散的人。

又走了很遠，還是找不到路，在這陌生的山林，要命的濃霧中，要走到什麼時候才能走上歸途？正在他開始覺得饑餓疲倦，開始擔心的時候，他忽然嗅到了一股救命的香氣。

香氣雖然極淡，可是他立刻就能分辨出那是烤野兔的味道。

遠在童年時，他就已是個能幹的獵人，長大後對野味的興趣也一直都很濃。

兔子絕不會自己烤的，烤兔子的地方當然一定有人，附近唯一有人住的地方就是幽靈山

莊。

他嚥下口口水，雖然覺得更餓，心神卻振奮了起來，屏住呼吸片刻，再深深吸了口氣，立刻就判斷出香氣是從他偏西方傳來的。

他的判斷顯然正確，因為走出一段路後，香氣已愈來愈濃。

前面的山勢彷彿更險，地勢卻彷彿在往下陷落，烤兔子的香氣裡彷彿混合了一種沼澤中獨有的腐朽惡臭。

就算這裡有人，這地方也絕不是幽靈山莊。

陸小鳳的心又沉了下去，是怎麼樣的人會住在這種地方？他簡直無法想像。

就在這時，前面忽然響起一種怪異的聲音，他加緊腳步趕過去，就看見濃霧中出現一條怪異的影子。

他看得出那絕不是人的影子，卻又偏偏不像是野獸，他甚至無法形容這影子的形狀。

可是他一看見這影子，心裡立刻覺得有種說不出的恐懼和噁心，幾乎忍不住要嘔吐。

對面的影子似乎也不安的扭動著，等到陸小鳳鼓起勇氣衝過去時，這影子忽然消失了，徹底消失，就好像從來都沒有出現過。

陸小鳳竟忍不住機伶伶的打了個寒噤，站在那裡怔了很久，忽然感覺到風中還有種燒焦木炭的味道。

這裡一定就是烤兔子的地方。

他相信自己的判斷一定正確無誤，可是附近偏偏又沒有一點痕跡留下。

如果是別人，一定早已走過去，甚至已逃走。

但是他絕不放棄。

他先將這地方十丈方圓用一根看不見的繩子圍住，然後就展開地毯式的搜索。

地上的泥土落葉都帶著潮濕，正是接近沼澤地區的象徵。

只有一塊地特別乾燥，上面的落葉顯然是剛移過來的。

他伏下身，扒開落葉，像獵犬般用鼻子去嗅泥土，甚至還撮起一點泥土來嚐了嚐。

泥中果然有燒炭的味道，彷彿還混合著野兔身上的油脂。

他再往下挖掘，就找到一些枯枝，幾根啃過的碎骨頭，一根用樹枝做成的烤叉，叉上還帶

塊吃剩下的兔肉，皮毛剝得很乾淨。只有人的手，才能做得出這種烤叉，只有人的牙齒，才會

將骨頭啃得這麼乾淨，而且也只有人是熟食的動物。

這地方一定有人。

這個人不但有一雙很靈敏的手，而且做事極仔細，若不是陸小鳳，任何人都很難找得出一

點他曾經在這裡烤過東西的痕跡。

這個人是誰？為什麼會到這裡來？是不是也在逃避別人的追蹤？

剛才那扭曲而怪異的影子又是個什麼東西？

陸小鳳完全想不通，就因為想不通，所以更好奇。

現在對他說來，能不能找到歸路已變成不太重要了，因為他已決心要找出這些問題的答

案。

答案一定就在這附近，可是附近偏偏又沒有任何足跡。

陸小鳳坐下來，先將那塊兔肉上的泥土擦乾淨，再撕成一條條的，慢慢咀嚼。

沒有鹽，已經被燒焦，又被埋在土裡的兔肉，吃起來不但淡而無味，簡直無法下嚥。

可是他勉強自己全都吃了下去。

無論要做什麼事，都得要有體力，饑餓卻是它的致命傷。

肚子裡有了東西後，果然就舒服些了，他躺下來，準備在這柔軟的落葉上小憩片刻再開始搜索，他當然絕對想不到，這一躺下去，就幾乎永遠站不起來。

二

煙一般的濃霧在木葉間浮動，陸小鳳剛躺下去，立刻就覺得這些煙霧遙遠得就像是天上的浮雲，所有的一切也都距離他愈來愈遠。

他整個人就像是忽然沉入了一個又軟又甜蜜的無底深洞裡，世界上每件事都彷彿變得遙遠了，最重要的事也變得無足輕重，所有的痛苦都已得到解脫。

這種輕鬆而甜美的感覺，正是每個人都在尋求的，可是陸小鳳卻覺得有種說不出的恐懼。

他知道自己絕不會有這種感覺，也不該有，他身負重擔，他的擔子絕不能在這時放下。

更大的恐懼是，他再想站起來的時候，就發現自己全身的肌肉骨節都已鬆散脫力。

就在這時，他又看見了那怪異的影子。

扭曲的影子，在濃霧中看來就像是被頑皮孩子擰壞了的布娃娃，卻絕不像人。

因為「他」全身都是軟的，每個地方都可以隨意扭曲。

人有骨頭，有關節。

人絕不是這樣子的，絕不是。

陸小鳳正想把擴散了的瞳孔集中注意，看得更清楚些，就聽見影子在說話。

「你是陸小鳳？」

聲音怪異，艱澀而遲鈍，但卻絕對是人的聲音。

這影子不但是人，而且還是個認得陸小鳳的人。

幸好這時陸小鳳的觀念中，已完全沒有驚奇和恐懼存在，否則他說不定會嚇得發瘋。

影子居然還在笑，吃吃的笑著道：「據說陸小鳳是從來不會中毒的，現在怎麼也中了毒？」

這一點陸小鳳就想不通。

飲食中只要有一點毒，無論是哪一種，他都能立刻警覺。

影子又笑道：「告訴你，這是大麻的葉子，我喜歡用它來烤肉吃，我吃了，就會覺得像神仙般快活，你吃了卻會變得像條死狗。」他又解釋：「剛才你嗅到烤肉的時候，已經把它的毒吸進去一點，所以等到你再吃那塊肉時，就絕不會有警覺。」

陸小鳳道：「你是故意引我來的？」

影子搖搖頭，道：「那塊肉卻是我故意留下來的，否則就算是一匹馬我也能吃下去。」

他好像對自己這句話覺得很欣賞——只有孤獨已久的人才會有喃喃自語的習慣，只有這種人才會欣賞自己的說話。

他吃吃的笑了半天，才接著道：「你若找不到那塊肉，我也許會放你走的，不幸你找到了。」

陸小鳳道：「不幸？」

影子道：「因為我不能讓任何人知道我在這裡。」

他忽然用一種無法形容的怪異身法跳過來，落到陸小鳳身旁，點了陸小鳳的幾處穴道。

他的手看來就像是一隻腐爛了的蛇皮手套，但是他的出手卻絕對準確而有效。

比起他身上別的部份來，這隻手還算是比較容易忍受的。

沒有人能形容他的模樣，不能、不敢，也不忍形容。

陸小鳳的心神雖然完全處於一種虛無迷幻的情況中，可是看見了他這個人，還是忍不住要戰慄嘔吐。

影子冷笑道：「現在你看見我了，你是不是覺得我很醜？」

陸小鳳不能否認。

影子道：「你若被人從幾百丈高的山崖上推下來，又在爛泥裡泡了幾十天，你也會變成這個樣子的。」他笑的聲音比哭還悲哀：「我以前非但不比你醜，而且還是個美男子。」

陸小鳳並沒有注意他後面的這句話，只問：「你被人從高崖上推下來，又在爛泥泡了幾十天，可是你還沒有死？」

影子慘笑道：「我也不知道我怎麼會活下來，就好像是老天在幫我的忙，可是老天又好像是在故意要我受折磨。」

這個人能活到現在，的確是奇蹟，這奇蹟卻只不過是些爛樹葉造的。

沼澤中腐爛的樹葉生出奇異的黴菌，就好像奇蹟般能治療人們的潰爛傷痛。

影子道：「我就靠爛泥中一些還沒有完全腐爛的東西填肚子，過了幾十天之後才能爬出來，以後我才發覺，那些爛泥好像對我的傷很有用，所以每到我的傷又開始要流膿的時候，我就到爛泥裡去泡一泡，這麼多年來，居然成了習慣。」

陸小鳳終於明白，這個人的身子為什麼能像蛇一樣隨意蠕動扭曲。

影子道：「可是這種習慣實在不是人受的，幸好後來我又在無意中發現，大麻的葉子可以讓我忘記很多痛苦，所以直到現在我還活著！」

生命的奇妙韌力，萬物的奇妙配合，又豈是人類所能想像？

陸小鳳長長吐出口氣，眼前的事物已漸漸回復了原形。

他一直在集中自己的意志，只可惜現在藥力雖已逐漸消失，穴道卻又被制住。

他忽然問：「你知道我叫陸小鳳，你認得我？」

影子道：「不認得，可是我見過你。」

陸小鳳道：「幾時見過的？」

影子道：「剛才。」

陸小鳳動容道：「你剛才見過我？」

影子道：「你知道了我的秘密，我本該殺了你滅口，就因爲我剛才見過你，所以你還活著。」

陸小鳳更不懂：「爲什麼？」

影子道：「因爲你總算還不是個壞人，並沒有乘機欺負阿雪。」他的聲音裡忽然充滿感情：「阿雪一直是個乖孩子，我不要她被人欺負。」

陸小鳳吃驚的看著他，道：「你是她的什麼人？」

影子不肯回答這句話，卻反問道：「西門吹雪爲什麼要殺你？你跟他有什麼仇？」

陸小鳳遲疑著，終於決定說實話：「他看見我跟他老婆睡在一張床上。」

影子閉上嘴，盯著他看了很久，忽然發出了奇怪的笑聲，道：「現在我總算明白你是爲什麼到幽靈山莊來的了。」

陸小鳳道：「我是爲了避禍來的。」

影子道：「你不是。」

陸小鳳道：「我不是？」

影子道：「你也不怕死，你到這裡來，只不過爲了要發掘出這地方的秘密。」

他說得很有把握：「連阿雪那樣的女人你都不動心，怎麼會去偷西門吹雪的老婆？」

陸小鳳嘆了口氣，道：「我只問你一句話。」

影子道：「問。」

陸小鳳道：「我若是奸細，老刀把子怎麼會讓我活到現在，他是個多麼厲害的角色，你總該知道得比我清楚。」

影子忽然發抖，身子突然縮成了一團，眼睛裡立刻充滿悲憤、仇恨和恐懼。

陸小鳳緩緩道：「你當然知道，因為從高崖上把你推下來的人就是他！」

影子抖得更厲害。

陸小鳳嘆了口氣，道：「但是你可以放心，我絕不會把這秘密說出去的。」

影子忍不住問：「為什麼？」

陸小鳳道：「因為我真的很喜歡葉雪，我絕不會害她的父親。」

影子又往後退縮了一步，聲音已嘶啞，道：「誰是她的父親？」

陸小鳳道：「你。」

影子忽然倒了下去，躺在地上，連呼吸都已停頓。

可是他還沒有死，過了很久，才嘆息著道：「不錯，我是的，大家都以為我已死了，連他們兄妹都以為我已死了。」

陸小鳳道：「你至少應該讓他們知道你還活著。」

影子又跳起來，道：「你千萬不能告訴他們，千萬不能。」

陸小鳳道：「為什麼？」

影子道：「因為我無論如何都不能讓他們看見我現在這樣子，我寧可也……」他的聲音突然停頓，將耳朵貼在地上，聽了很久，壓低聲音道：「千萬不要說看見過我，我求求你。」

說到最後三個字時，他就已消失，這三個字中的確充滿哀求之意。

又過了很久，陸小鳳才聽見腳步聲，一個人正踏著落葉走過來。

陸小鳳只希望來的是葉雪。

三

來的不是葉雪，是葉靈。

她看見陸小鳳，自己也吃了一驚，但立刻就鎮定下來。

這小姑娘顯然比任何人想像中都冷靜得多，也老練得多。

她問：「我剛才聽見這裡有人在說話，你在跟誰說話？」

陸小鳳道：「跟我自己。」

葉靈笑了，眨著眼笑道：「你幾時變得喜歡自言自語的？」

陸小鳳道：「就在我發現朋友們都不太可靠的時候。」

葉靈道：「你為什麼要一個人躺在地上呢？」

陸小鳳道：「因為我高興。」

葉靈又笑了，背負著雙手，圍著陸小鳳走了兩圈，忽然道：「你自己點住自己的穴道，也是因為你高興？」

陸小鳳苦笑。

他不能不承認這小姑娘的眼力比別人想像中敏銳，可是他相信自己還是能對付她。

像他這樣的人，要騙過一個小姑娘，當然並不是件太困難的事。

「這裡的樹葉和野菌大部分都有毒的，我無意中吃了一些，只好自己點住幾處穴道，免得

毒氣攻心。」他忽然發現說謊也不太困難。

葉靈看著他，好像已相信了，卻沒有開口。

陸小鳳又嘆道：「我點了自己的穴道後，才想到一個很嚴重的問題，因為我已沒法子再將穴道解開，現在幸好你來了，真是謝天謝地。」

葉靈還是盯著他，不說話。

陸小鳳道：「我知道你一定能替我把穴道解開的，你一向很有本事。」

葉靈忽然道：「你等一等，我馬上回來。」

說完了這句話，她就飛一樣的走了，連頭都沒有回。

陸小鳳呆住。

幸好葉靈一走，影子又忽然出現。

陸小鳳鬆了口氣，道：「你要我做的事，我全都答應，現在你能不能放我走？」

影子的回答很乾脆：「不能。」

陸小鳳道：「為什麼？」

影子道：「因為我想看看阿靈究竟準備怎麼樣對付你。」他聲音裡帶著笑道：「這小丫頭從小是個鬼靈精，她玩的花樣，有時連我都想不到。」

陸小鳳想笑，卻已笑不出，因為他也猜不出葉靈究竟想用什麼法子對付他，他只知道這鬼丫頭是什麼事都能做得出的。

他正想再跟影子談談條件，影子卻又不見了，然後他就又聽見了落葉上的腳步聲。

這次的腳步聲比上次重，葉靈也比上次來得快，她手裡拿著把不知名的藥草，顯然是剛採來的，一停下就喘息著道：「吃下去。」

陸小鳳吃了一驚：「你要我把這些亂七八糟的野草吃下去？」

葉靈板著臉：「這不是野草，這是救命的藥，是我辛辛苦苦去替你採來的。」

她又解釋：「要解開你的穴道很容易，可是你穴道解開了後，萬一毒氣攻心，我豈非反而害了你麼？所以我一定要先替你找藥。」

陸小鳳道：「現在我中的毒好像已解了。」

葉靈道：「好像不行，要真的完全解了才行，反正這種藥草對人只有好處，多吃一點也沒關係。」

她的嘴在說話，陸小鳳的嘴卻已說不出話，因為他嘴裡已被塞滿了藥草。

他忽然發現「良藥苦口」這句話實在很有道理，不管這些藥草對人有多大的好處，他都絕不想再嚐試第二次。

好不容易總算將一把草全都嚥下肚子，葉靈也鬆了口氣，眨著眼道：「怎麼樣，好不好吃？」

陸小鳳道：「唔，唔。」

葉靈道：「這是什麼聲音？」

陸小鳳道：「這是羊的聲音，我忽然覺得自己好像變成一隻羊。」

葉靈也笑了，嫣然道：「我喜歡小綿羊，來，讓我抱抱你。」

她居然真的把陸小鳳抱了起來，她的力氣還真不小。

陸小鳳又吃了一驚，道：「你抱著我幹什麼？為什麼還不把我穴道解開？」

葉靈道：「現在解藥的力量還沒有分散，這裡又不是久留之地，我只有先把你抱走了。」

陸小鳳道：「抱我到哪去？」

葉靈道：「當然是個好地方，很好很好的地方。」

陸小鳳只有苦笑。

被一個幾乎可以做自己女兒的小姑娘抱著走，這滋味總是不太好受的。

可是這小姑娘的胸膛偏偏這麼成熟，身上的氣味偏偏又這麼香。

陸小鳳只好閉上眼睛，想學一學老僧入定，葉靈卻忽然唱起歌來。

　　「妹妹抱著泥娃娃，
　　要到花園去看花；
　　我叫泥娃娃聽我話，
　　娃娃叫我小媽媽。」

這兒歌有一半是陸小鳳唱出來的，有一半是她自己編出來的，編得真絕。

陸小鳳聽了當然有點哭笑不得，就在這時，他又發現了一件更讓他哭笑不得的事。

他忽然覺得不對了。

開始的時候，他還不知道究竟是什麼地方不對，不知道還好些，知道了更糟——他忽然發現自己竟似已變成條熱屋頂上的貓，公貓。

若是真的在熱屋頂上也還好些，可惜他偏偏是在一個少女又香又軟的懷抱裡，這少女又偏偏是他連動都不能動的。

陸小鳳知道自己身體的某一部分發生了變化，一個壯年男人絕無法抑制的變化。

他只希望葉靈沒有看見。

他絕不去看葉靈，連一眼都不敢看。

可是葉靈卻偏偏在看著他，忽然道：「你的臉怎麼紅了？是不是在發燒？」

陸小鳳只好含含糊糊的回答了一句，連他自己都聽不清自己在說什麼。

幸好葉靈居然沒有追問，更幸運的是，他根本連動都不能。

如果他的穴道沒有被制住，現在會做出什麼樣的事來？

他連想都不敢去想。

他再三警告自己：「她還是個小女孩，我絕不能想這種事，絕對不能……」

只可惜有些事你想也沒用，就好像「天要下雨，老婆要偷人」一樣，誰都拿它沒辦法。

葉靈忽然又道：「看樣子一定是那些藥草的力量已發作了。」

陸小鳳忍不住道：「那些究竟是什麼草？是救命的？還是要命的？」

葉靈道：「是要命的。」

精。

她忽然停了下來，放下了陸小鳳，放在一堆軟軟的草葉上。

陸小鳳張開眼，才發現這是個山洞，葉靈的手叉著腰，站在他面前，笑得就像是個小妖

她眨著眼道：「現在你是不是覺得很要命？」

陸小鳳苦笑道：「簡直他媽的要命極了。」

葉靈道：「我知道有種藥能把你治好。」

陸小鳳道：「什麼藥？」

葉靈道：「我。」

陸小鳳瞪著她。

她指著自己的鼻子：「只有我能把你治好。」

她實在已不是個小女孩了，應該大的地方，都已經很大。

陸小鳳咬著牙，恨恨道：「這是你自己找的，怪不得我。」

葉靈道：「我不怪你，你又能怎麼樣？」

陸小鳳不能怎麼樣，他根本連動都不能動——這一點他剛才還覺得很幸運，現在卻已變成

了很不幸。

他只覺得自己好像隨時都可能會脹破。

葉靈看著他，吃吃的笑道：「你知不知道這種事有時候真會要命的？」

陸小鳳知道。

他相信現在天下已絕沒有任何人能比他知道得更清楚。

更要命的是，他已看見了她的腿。

這小妖精的腿不知什麼時候忽然就露在衣服外面了。

她的腿均与修長而結實。

陸小鳳的聲音已彷彿是在呻吟：「你是不是一定要害死我？」

葉靈柔聲道：「我很想救你，我本來就喜歡你，只可惜⋯⋯」她用一根手指輕撫著陸小鳳⋯⋯「我也是個處女，也從來沒有男人碰過我。」

這是她姐姐說過的話，她連口氣都學得很像。

陸小鳳忽然明白，葉雪那秘密的小天地，原來並沒有她自己想像中那麼秘密。

葉靈忽然冷笑，道：「老實告訴你，你們在那裡幹什麼，我全都看見了，看得清清楚楚。」

陸小鳳道：「那是你姐姐⋯⋯」

葉靈大聲道：「她不是我姐姐，她是我天生的對頭，只要是我喜歡的，她都要搶走。」

陸小鳳道：「我⋯⋯」

葉靈又打斷他的話，道：「她明知道是我先看見你的，她也要搶，可是這一次我絕不讓她了，你是我的，我要你嫁給我。」

她忽又笑了，笑得又甜蜜、又溫柔⋯⋯「你要我嫁給你也行，無論你說什麼我都答應。」

到了這種時候，陸小鳳還有什麼好說的？

山洞裡黝黯而安靜，暮色已漸臨。

片刻安靜後，葉靈就哭了，哭得也不知有多傷心，就好像受盡了委屈。

「你欺負我，你怎麼能這樣子欺負我？你害了我一輩子。」

究竟是誰在欺負誰？誰在害誰？

陸小鳳只有苦笑，還不敢笑出來，不管怎麼樣，她總是個女孩子，而且真的是個從來也沒有讓男人碰過的女孩子。

一個男人如果對一個這樣的女孩子做了他們剛才做過的事，這個男人還有什麼好說的？

「你剛才答應過我的事，現在是不是就已經後悔了？」

「我沒有。」

「你真的不後悔？」

「真的。」

她笑了，又笑得像是個孩子。

「走，我們回家去。」她拉住他的手：「從今天起，你就是個有家室的男人，只要你不去找別的女人，我一定會像伺候皇帝一樣伺候你。」

夕陽西下，暮色滿山。

陸小鳳忽然覺得很疲倦，他這一生中，幾乎從來也沒有這麼樣疲倦過。

這並不是因為那種要命的草，也不是因為那件要命的事。

這種疲倦彷彿是從他心裡生出的，一個人只有在自己心裡已準備放棄一切時，才會生出這種疲倦。

——也許我真的應該做個「住家男人」了。

在這艷麗的夕陽下，看著葉靈臉上孩子般的笑靨，他心裡的確有這種想法。

——不管她做了什麼事，總是為了喜歡我才做的。

她笑得更甜，他忍不住拉起了她的手，這時遠方正響起一片鐘聲，幽靈山莊中彷彿又將有盛宴開始。

難道老刀把子已為他們準備好喜酒？

十　午夜悲歌

一

宴會還沒有開始，因為大家還在等一個人，一個不能缺少的人。

陸小鳳悄悄的走進去，葉靈微笑著跟在他身後，她笑得很愉快，他卻有點愁眉苦臉的樣子，只希望不要引起別人的注意。可是大家卻偏在注意他，每個人的眼睛都在盯著他，表情都有點怪。

老刀把子盯著他，道：「你來遲了。」

陸小鳳道：「我迷了路，我……」

老刀把子根本不聽他說什麼，道：「可是我知道你聽見鐘聲一定會回來的，所以大家都在等你，已等了很久。」

陸小鳳勉強笑了笑，道：「其實大家本來不必等我。」

老刀把子道：「今天一定要等。」

陸小鳳道：「為什麼？」

老刀把子道：「因為今天有喜事。」

陸小鳳道：「誰的喜事？」

老刀把子道：「你的。」

陸小鳳怔住。

他想不通這件事老刀把子怎麼會現在就已知道？難道這本就是老刀把子叫葉靈去做的？

葉靈沒有開口，他也沒有回頭，更不敢正視坐在老刀把子身旁的葉雪。

葉雪一直低著頭，居然也沒有看他。

老刀把子道：「這地方本來只有喪事，你來了之後，總算爲我們帶來了一點喜氣。」

他的口氣漸漸和緩，又道：「大家也都很贊成這件事，你和阿雪本就是很好的一對。」

陸小鳳吃了一驚：「阿雪？」

老刀把子點點頭，道：「我已問過她，她完全聽我的話，我想你一定也不會反對的。」

陸小鳳又怔住。

他身後的葉靈卻已叫了起來：「我反對！」

每個人的臉色都變了，誰也想不到居然有人敢反對老刀把子。

葉雪也抬起頭，吃驚的看著她妹妹。

葉靈已站出來，大聲道：「我堅決反對，死也要反對！」

老刀把子怒道：「那麼你最好就趕快去死！」

葉靈一點也不畏懼，道：「我若去死，陸小鳳也得陪我去死。」

老刀把子厲聲道：「誰說的？」

葉靈道：「無論誰都會這麼說的，因爲我跟他已經是同生共死的夫妻。」

這句話更讓人吃驚，葉雪的臉上忽然就已失去了血色：「你已嫁給了他？」

葉靈昂起頭，冷笑道：「不錯，我已嫁給了他，已經把所有的一切都給了他，這次我總算比你搶先了一步，他雖然不要你，可是他要了我。」

葉雪整個人都在顫抖，道：「你……你說謊！」

葉靈挽起陸小鳳的臂，道：「你為什麼不親口告訴她？我說的每個字都是真話。」

她說的每個字都像是一根針，陸小鳳用不著開口，大家也都已知道這件事不假。

葉雪忽然站起來，推開了面前的桌子，頭也不回的衝了出去。

葉靈更得意，拉著陸小鳳走到老刀把子面前，道：「阿雪是你的乾女兒，我也是的，你為什麼不肯替我作主？」

老刀把子盯著她，目光刀鋒般從竹笠中射出，冷冷道：「你們真願意做一輩子夫妻？」

葉靈道：「當然願意。」

老刀把子道：「好，我替你作主，三個月後，我親自替你們辦喜事。」

葉靈道：「為什麼要等三個月？」

老刀把子厲聲道：「因為這是我說的，我說的話你敢不聽？」

葉靈不敢。

老刀把子道：「在這三個月裡，你們彼此不許見面，三個月後，你們若是都沒有變心，我就讓你們成親。」

他不讓葉靈開口，又吩咐柳青青：「這三個月我把陸小鳳交給你！」

葉靈咬著牙，忽然也踩了踩腳，衝了出去，衝到門口，又回過頭狠狠盯著陸小鳳：「你聽著，只要你敢碰一碰別的女人，我就去偷一百個男人給你看，讓你戴一百頂綠帽子。」

二

大堂裡的宴會已散，柳青青叫她的小廚房準備了幾樣菜。

菜很精緻，酒也很好，她一向是個很懂得生活情趣的女人。

她也很了解男人。

陸小鳳不開口，她也就默默的在旁邊陪著，陸小鳳的酒杯空了，她就倒酒。

菜沒有動，酒卻消耗得很快。

陸小鳳終於抬起頭，凝視著她，忽然道：「你爲什麼不臭罵我一頓？」

柳青青道：「我爲什麼要罵你？」

陸小鳳道：「因爲我是個混蛋，因爲我……」

柳青青不讓他再說下去，柔聲道：「你用不著爲我難受，我年紀比你大，本就沒有野心要嫁給你的，我只想做你的朋友。」她笑了笑，笑得風情萬種：「只要你願意，我甚至可以做你的情婦。」

陸小鳳只有苦笑。

如果她真的臭罵他一頓，他也許反而會覺得好受些，就算給他幾個耳光，他都不在乎。

柳青青又道：「可是我知道你一定不敢冒這種險的。」

陸小鳳道：「冒什麼險？」

柳青青道：「戴綠帽的危險，那小鬼一向說得出，做得到。」她又笑了笑，道：「其實她也不能算小鬼了，她今年已十七，我十七的時候已經嫁了人。」

陸小鳳又開始在喝悶酒。

柳青青看著他喝了幾杯，忽然問道：「你是不是在想阿雪？」

陸小鳳立刻搖頭。

柳青青道：「你不想她，我倒有點為她擔心，她一向最好強，最要面子，今天在大家面前丟了這麼大一個面子，恐怕⋯⋯」

陸小鳳忍不住問：「恐怕怎麼樣？」

柳青青想說，又忍住，其實她根本用不著說出來，她的意思無論誰都不會不懂。

陸小鳳卻忽然冷笑，道：「你若怕她會去死，你就錯了。」

柳青青道：「哦？」

陸小鳳道：「她絕不是那種想不開的女人，她跟我已有了幾分酒意，也有了幾分悔意。」

柳青青沒有爭辯，她看得出陸小鳳對西門吹雪做的事，他後悔的是什麼？是為了他對西門吹雪做的事？還是為了葉雪？

無論誰拒絕了那麼樣一個女孩子，都會忍不住要後悔的。

也許他後悔的只不過是他和葉靈的婚事，他們實在不能算是很理想的一對。

柳青青心裡嘆息著，又為他斟滿一杯，夜已很深了，太清醒反而痛苦，還不如醉了的好。

所以她自己也斟滿一杯，突聽外面有人道：「留一杯給我。」

進來的居然是表哥，柳青青冷冷道：「你從幾時開始認為我會請你喝酒的？」

表哥的神色很奇特，呼吸很急促，勉強笑道：「我本不是來喝酒的。」

柳青青道：「你想來幹什麼？」

表哥道：「來報告一件消息。」

柳青青道：「現在你為什麼要喝？」

表哥嘆了口氣，道：「因為這消息實在太壞了。」

壞消息總是會令人想喝酒，聽的人想喝，說的人更想喝。

柳青青立刻將自己手裡一杯酒遞過去，等他喝完才問道：「什麼消息？」

表哥道：「葉雪已入了通天閣。」

柳青青臉上立刻也露出種很奇怪的表情，過了很久，才轉身面對陸小鳳，緩緩道：「錯的好像不是我，是你。」

「通天閣是個什麼樣的地方？」

「是間木頭屋子，就在通天崖上，通天崖就是後面山頭那塊高崖。」

「我好像從來沒有看見過。」

「你當然沒有見過，這木屋本就是臨時蓋起來的。」

「那裡面有什麼？」

「什麼都沒有，只有棺材和死人。」

幽靈山莊真正的死人只有一個。

「蓋這間木屋是爲了要停放葉孤鴻的靈柩？」

「不是爲了要停放，是爲了要燒了它。」

陸小鳳的心已沉下去。

表哥道：「阿雪到那裡去，好像就是爲了準備要和她哥哥葬在一起，火葬！」

三

陰沉沉的夜色，陰森森的山崖，那間孤零零的木屋在夜色中看來，就像是死灰色的。

平台般的崖石下，站著三個人，海奇闊、管家婆、老刀把子。

山風強勁，三個人的臉色全都陰沉如夜色。

木屋的四周，已堆起了枯枝。

陸小鳳讓表哥和柳青青走過去參加他們，自己卻遠遠就停下來。

他的心很亂，他必須先冷靜冷靜。

柳青青已經在問：「她進去了多久？」

老刀把子道：「很久了。」

柳青青道：「誰先發現她在這裡？」

老刀把子道：「沒有人發現，是她要我來的，她叫在這裡守夜的人去叫我，因爲她還有最

意。

柳青青道：「後一句話要告訴我。」

柳青青道：「她說什麼？」

老刀把子握緊雙拳，道：「她要我找出真兇，為她哥哥復仇！」

柳青青道：「她說這是她最後一句話？」

老刀把子點點頭，臉色更沉重，黯然道：「她已經準備死。」

柳青青道：「你為什麼不去勸她？」

老刀把子道：「她說只要我上去，她就立刻死在我面前。」

柳青青沒有再問，她當然也知道葉雪是個說話算數的人，而且從來不會因為任何事改變主

風更冷，彷彿隱約可以聽見一陣陣哭泣聲。

柳青青忍不住機伶伶打了個寒噤，道：「我們難道就這樣看著她死？」

老刀把子壓低聲音，道：「我正在等你們來，你們也許能救她。」

柳青青道：「你要我們偷偷溜上去？」

老刀把子道：「你們兩個人的輕功最高，趁著風大的時候上去，阿雪絕不會發覺。」

柳青青道：「然後呢？」

老刀把子道：「表哥先繞到後面去，破壁而入，你在前面門口等著，她看見表哥時，就算

不出手也會爭吵起來的，你就要立刻衝進去抱住她。」

柳青青沉吟著，道：「這法子不好。」

老刀把子冷冷道：「你能想得出更好的法子？」

柳青青想不出，所以她只有上去。

她的輕功果然不錯，表哥也不比她差，事實上，兩個人的確都已可算是頂尖高手，五六丈高的山崖，他們很容易就攀越上去。

木屋中還是一片黑暗死寂，葉雪果然沒有發現他們的行動。

柳青青悄悄打了個手勢，表哥就從後面繞了過去，然後就是「轟」的一響。

用易燃的木料搭成的屋子，要破壁而入並不難。

可是這「轟」的一響後，接著立刻就是一聲慘呼，在這夜半寒風中聽來，分外淒厲。

夜色中隱約彷彿有劍光一閃，一個人從山崖上飛落下來，重重跌在地上，半邊身子鮮血淋漓，竟是表哥。

只聽葉雪的聲音從風中傳來：「花寡婦，你還不走，我就要你陪我一起死。」

她的聲音又尖銳、又急躁：「你最好回去告訴老刀把子，他若不想再多傷人命，最好就不要再叫人上來，反正我是絕不會活著走出這裡的。」

用不著柳青青傳話，每個人都已聽見了她的話，每個字都聽得很清楚。

老刀把子雙拳緊握，目光刀鋒般從竹笠後瞪著表哥，厲聲道：「你是巴山顧道人的徒弟，你一向認爲自己武功很不錯，你爲什麼如此不中用？」

表哥握緊肩上的傷口，指縫間還有鮮血不停的湧出，額角上冷汗大如黃豆。

這一劍無疑傷得很重。

過了很久，他才能掙扎著開口說話：「她好像早就算準了我的行動，我一闖進去，她的劍已在那裡等著了。」

老刀把子忽然仰面嘆息，道：「我早就說過你們都不如她，游魂已死，將軍重傷，我已少了兩個高手，若是再少了她……」

他重重一踩腳，腳下的山石立刻碎裂。

就在這時，黑暗中忽然有人道：「也許我還有法子救她。」

來的就是獨孤美。

老刀把子道：「你有法子？什麼法子？」

獨孤美笑了笑，道：「可惜我是個六親不認的人，當然絕不會無緣無故救人的。」

他笑得又卑鄙、又狡猾，老刀把子盯著他看了很久，才問：「你有什麼條件？」

獨孤美道：「我的條件很簡單，我想要個老婆。」

老刀把子道：「你要誰？」

獨孤美道：「葉家姐妹、花寡婦，隨便誰都行。」

老刀把子道：「你的法子有效？」

獨孤美道：「只要你答應，它就有效。」

老刀把子道：「只要有效，我就答應。」

獨孤美又笑了，道：「我的法子也很簡單，只要把陸小鳳綁到崖上去，我可以證明他就是殺害葉孤鴻的真兇，因為當時我就在旁邊看著，葉姑娘聽了我的話，一定會忍不住要衝出來爲

她哥哥復仇，等到她親手殺了陸小鳳，當然就不會想死了。」

老刀把子靜靜的聽著，忽然問道：「陸小鳳豈非是你帶來的？」

獨孤美笑道：「那時我只不過偶然良心發現了一次而已，我有良心的時候並不多。」

老刀把子又沉默了很久，慢慢的點了點頭，道：「你這法子聽來好像很不錯。」

這句話剛說完，他已出手，輕輕一巴掌就已將獨孤美打得爛泥般攤在地上。

獨孤美大叫：「我這法子既然不錯，你為什麼要打我？」

老刀把子冷冷道：「法子雖不錯，你這人卻錯了。」

他第二次出手，獨孤美就已叫不出，他的出手既不太快，也不太重，但卻絕對準確有效。

陸小鳳還是遠遠的站著，老刀把子忽然走過去，拍了拍他的肩，道：「你跟我來！」

陸小鳳道：「獨孤美的法子本來的確很有效，我為什麼不用？」

老刀把子道：「因為你知道我不是真兇。」

陸小鳳道：「不對。」

老刀把子道：「不對。」

陸小鳳道：「因為你也需要我？」

老刀把子道：「對了。」

他們彼此都知道自己在對方面前完全不必說謊，因為他們都是很不容易被欺騙的人，這使

山坳後更黑暗，走到最黑暗處，老刀把子才停下，轉身面對陸小鳳，緩緩道：「獨孤美的

得他們之間有了種幾乎已接近友誼的互相諒解。

老刀把子道：「我已是個老人，我懂得良機一失，永不再來，所以……」

陸小鳳道：「所以你需要我，因為你的機會已快要來了！」

老刀把子直視著他，緩緩道：「我也需要葉雪，因為我要做的是件大事，你們都已是我計劃中不能缺少的人。」

陸小鳳道：「你要我去救她？」

老刀把子點點頭，道：「世上假如還有一個人能讓她活下去，這人就是你。」

陸小鳳道：「好，我去，可是我也有條件。」

老刀把子道：「你說。」

陸小鳳道：「我要你給我二十四個時辰，在這期限中，無論我做什麼你都不能干涉。」

老刀把子道：「我知道你做事一向喜歡用你自己的法子。」

陸小鳳道：「從現在開始，我不要任何人逗留在能夠看得見我的地方，只要你答應，兩天之後，我一定會帶她去見你。」

老刀把子道：「那時她還活著？」

陸小鳳道：「我保證。」

老刀把子不再考慮：「我答應。」

四

人都已走了，山崖上空蕩陰森，死灰色的木屋在黑暗中看來就像是孤寂的鬼魂。

陸小鳳迎著風走過去，山風又濕又冷，這鬼地方為什麼總是有霧？

還沒有走得太近，木屋裡已傳出葉雪的聲音，又濕又冷的聲音：「什麼人？」

陸小鳳道：「你應該知道我是什麼人，我看不見你，你卻看得見我。」

沉寂很久後，回答只有一個字：「滾！」

陸小鳳道：「你不想見我？」

回答還是那個字：「滾。」

陸小鳳道：「你不想見我，為什麼一直還在等我？」

木屋裡又是一陣沉寂，陸小鳳道：「你知道我遲早一定會來的，所以你還沒有死。」

他說得很慢，走得很快，忽然間就到了木屋門前：「所以我現在就要推門走進去，這次我保證附近絕沒有第二個人。」

他推開了門。

木屋裡更陰森黑暗，只看見一雙發亮的眼睛，眼睛裡帶著種無法描敘的表情，也不知是悲痛？是傷感？還是仇恨？

陸小鳳遠遠停下，道：「你沒有話對我說？」

哭泣早已停止，眼睛卻又潮濕。

陸小鳳道：「其實你不說我也知道，你這麼做並不是完全為了我，只不過因為你要的東西，從沒有被人搶走過。」

黑暗中又有寒光閃起，彷彿是劍鋒。

她是想殺了陸小鳳？還是想死在陸小鳳面前？

陸小鳳掌心已捏起冷汗，這一刻正是最重要的關頭，只要有一點錯誤，他們兩個人中就至

少有一個要死在這裡。

他絕不能做錯一件事，絕不能說錯一個字。

黑暗中忽然又響起葉雪的聲音：「我這麼樣做，只因為世上已沒有一個人值得我活下

去。」

陸小鳳道：「還有一個人，至少還有一個。」

葉雪果然忍不住問：「誰？」

陸小鳳道：「你父親。」

他不讓葉雪開口，很快的接著道：「你父親並沒有死，我昨天晚上還見過他。」

葉雪忽然冷笑，道：「你憑什麼要我相信你這種鬼話？」

陸小鳳道：「這不是鬼話，現在我就可以帶你去找他。」

葉雪已經在猶豫：「你能找到？」

陸小鳳道：「十二個時辰內若找不到，我負責再送你回來，讓你安安靜靜的死。」

葉雪終於被打動，道：「好，我就再相信你這一次。」

陸小鳳鬆了口氣，道：「你一定不會後悔的。」

忽然間，寒光一閃，冰冷的劍鋒已迫在眉睫，葉雪的聲音比劍鋒更冷：「這次你再騙我，

我就要你跟我一起死！」

黑暗的山谷，幽秘的叢林，對陸小鳳來說，這一切都不陌生，就像是他身旁的女人一樣，有時雖然很可怕，卻又有種無法抗拒的吸引力。

這次他沒有迷路。他回去的時候，已經準備再來。

葉雪默默的走在他身旁，蒼白的臉，冰冷的眼神，顯然已決心要跟他保持一段距離。

可是這種幽秘黑暗的山林裡，無論什麼事都會改變的。

他們已走了很久，風中又傳來沼澤的氣息，陸小鳳忽然停下來，面對著她……「昨天我就在這附近看見他的。」

葉雪道：「現在他的人呢？」

陸小鳳道：「不知道。」

葉雪的手握緊。

陸小鳳道：「我只知道他在前面的沼澤裡，可是我們一定要等到天亮再去找。」

他坐下來：「我們就在這裡等。」

葉雪冷冷的看著他，冷冷道：「我說過，這次你若再騙我……」

陸小鳳打斷她的話：「我從來沒有騙過你，也許就因為我不肯騙你，所以你才恨我。」

葉雪轉過頭，不再看他，冷漠美麗的眼睛忽然露出倦意。

她的確已很疲倦，身心都很疲倦，可是她堅決不肯坐下去，她一定要保持清醒。

陸小鳳卻已躺在柔軟的落葉上，閉起了眼睛。

他閉上眼睛後，葉雪就在瞪著他，也不知過了多久，她的嘴唇忽然開始發抖，然後整個人都在發抖，就彷彿忽然想起件很可怕的事。

她用力咬著嘴唇，盡力想控制自己，怎奈這地方實在太靜，靜得讓人發瘋，她想到的事恰巧又是任何女人都不能忍受的。

她忽然衝過去，一腳踢在陸小鳳脅骨上，嘶聲道：「我恨你，我恨你……」

陸小鳳終於張開眼，吃驚的看著她。

葉雪喘息著說：「昨天晚上你跟我妹妹一定就在這裡，今天你又帶我來，你……你……」

她的聲音嘶啞，眼睛裡似已露出瘋狂之色，去扼陸小鳳的咽喉。

陸小鳳只有捉住她的手，她用力，他只有更用力。

兩個人在柔軟的落葉上不停翻滾掙扎，陸小鳳忽然發現自己已壓在她身上。

她的喘息劇烈，身子卻比落葉更柔軟，她已用盡了所有的力量。

然後她就忽然安靜了下來，放棄了一切掙扎和反抗，等她再張開眼睛看陸小鳳時，眼睛裡已充滿了淚水。

天地間如此安靜，如此黑暗，他們之間的距離如此接近。

陸小鳳的心忽然變得像是蜜糖中的果子般軟化了，所有的痛苦和仇恨，在這一瞬間都已被遺忘。

淚水湧出，流過她蒼白的面頰，他正想用自己乾燥的嘴唇去吸乾。

就在這時，從沼澤那邊吹來的冷風中，忽然帶來了一陣歌聲。

悲愴的歌聲，足以令人想起所有的痛苦和仇恨。

葉雪的呼吸停頓：「是他？」

陸小鳳在心裡嘆了口氣：「好像是的。」

葉雪又咬起嘴唇：「也許他知道我們已來了，正在叫我們去？」

陸小鳳默默的站起來，拉起了她的手，就好像從水裡拉起個幾乎被淹死的人。

在他的感覺中，這個幾乎被淹死的並不是葉雪，而是他自己。

五

除了爛泥外，沼澤裡還有什麼？腐爛的樹葉和毒草、崩落的岩石、無數種不知名的昆蟲和毒蛇、吸血的蚊蚋和螞蝗……

在這無奇不有的沼澤裡，你甚至可以找到成千上百種稀奇古怪的東西，而且可以保證絕沒有一種不是令人作嘔的。

可是在黑暗中看來，這令人作嘔的沼澤卻忽然變得有種說不出的美，除了那一陣陣連黑暗都掩飾不了的惡臭外，美得幾乎就像是個神秘而寧靜的湖泊。

悲歌已停止，陸小鳳也沒有再往前走。

他不得不停下來，因為他剛才已一腳踩在濕泥裡，整個人都險些被吸了下去。

就像是罪惡一樣，沼澤裡彷彿也有種邪淫的吸力，只要你一陷下去，就只有沉淪到底。

葉雪的臉色更蒼白：「你說他這些年來一直都躲在這裡？」

陸小鳳點點頭。

葉雪道：「他怎麼能在這地方活下去？」

陸小鳳道：「因為他不想死。」他的聲音中也帶著傷感：「一個人若是真的想活下去，無論多大的痛苦都可以忍受的。」

這是句很簡單的話，但卻有很複雜深奧的道理，只有飽嘗痛苦經驗的人才能了解。

黑暗中有人在嘆息：「你說得不錯，卻做錯了，你不該帶別人來的。」

嘶啞苦澀的聲音聽來並不陌生，葉雪的手已冰冷。

陸小鳳緊握住她的手，道：「這不是別人，是你的女兒。」

看不見人，聽不見回應，他面對著黑暗的沼澤，大聲接著道：「你雖然不想讓她看見你，但是你至少應該看看她，她已經長大了。」

影子的聲音忽然打斷他的話：「她是不是還像以前那麼樣，喜歡一個人躲在黑房裡，好讓別人找不到她？」

這是她的秘密，她天生就有一雙能在黑暗中視物的眼睛。

她喜歡躲在黑暗裡，因為她知道別人看不見她，她卻能看得見別人。

知道這秘密的人並不多，她身子忽然抽緊。

陸小鳳道：「你已聽出他是誰？」

葉雪點點頭，忽然大聲道：「你不讓我看看你，我就死在這裡。」

又是一陣靜寂，黑暗中終於出現了一團黑影，竟是形式奇特的船屋，不但可以漂浮在沼澤

上，還可以行走移動。

「你一定要見我？」

「一定。」葉雪回答得很堅決。

「陸小鳳，你不該帶她來的，真的不該。」

影子在嘆息，沒有人能比他更了解他女兒的驕傲和倔強。

葉雪大聲道：「無論你變成什麼樣子，你都是我爹，在我心裡，你永遠都不會變的，你永遠都是天下最英俊，對我最好的男人。」

「我可以讓你再見我一面，但是你一定會後悔的，因為我已不是從前……」

他忽然想到自己的父母，想到他自己這一生中的孤獨和寂寞。

漂浮移動的船屋已漸漸近了，到了兩丈之內，葉雪就縱身躍了上去。

陸小鳳沒有攔阻，他看得出他們父女之間必定有極深厚密切的感情。

一聲驚呼，打斷了他的思緒。

呼聲是從船屋中傳出來的，是葉雪的聲音，船屋又漂走了，漸漸又將消失在黑暗中。

陸小鳳失聲道：「你不能帶她走。」

影子在笑：「她既然是我女兒，我為什麼不能帶她走？」

笑聲中充滿了譏誚惡毒之意。

陸小鳳全身冰冷，他忽然發現了一件可怕的事：「你不是她的父親！」

影子曼聲而吟：「渭水之東，玉樹臨風……」

陸小鳳道：「我知道你就是『玉樹劍客』葉凌風，但你卻不是她的父親。」

影子大笑：「不管我是她的什麼人，反正我已將她帶走，回去告訴老刀把子，他若想要人，叫他自己來要。」

笑聲漸遠，船屋也不見了，神秘的沼澤又恢復了它的黑暗寧靜。

陸小鳳木立在黑暗中，過了很久，忽然長長嘆息，道：「我不必回去告訴你，他說的話，你每個字都應該聽得很清楚。」

他並不是自言自語，船屋遠去的時候，他就知道老刀把子已到了他身後。

他用不著回頭去看就已知道。

老刀把子果然來了，也長長嘆息一聲，道：「他說的我全都聽見，可是我一直跟你保持著很遠的距離，也沒有干涉你的行動。」

陸小鳳道：「我知道你是個言而有信的人。」

老刀把子道：「你還知道什麼？」

陸小鳳霍然轉身，盯著他：「阿雪並不是葉凌風的女兒，是你的。」

老刀把子既不否認，也沒有承認。

陸小鳳道：「就因為葉凌風知道了這件事，所以你才要殺他。」

老刀把子笑了笑，笑聲艱澀：「我想不到他居然沒有死。」

陸小鳳道：「他活著雖然比死更痛苦，卻一直咬著牙忍受。」

老刀把子道：「因為他要復仇。」

陸小鳳道：「可是他不敢去找你，只有用法子要你去找他，這地區他比你熟，而且又有阿雪做人質，他的機會比你好得多。」

老刀把子冷冷道：「我本來以爲你絕不會上當，想不到結果還是受了別人利用。」

陸小鳳道：「幸好我們的期限還沒有到。」

老刀把子道：「你有把握在限期之前把她找回來？」

陸小鳳道：「我沒有把握，但我一定要去。」

老刀把子道：「你準備怎麼去？像泥鰍一樣從爛泥中鑽過去？」

陸小鳳道：「我可以做個木筏。」

老刀把子沉吟著，道：「你做的木筏能載得動兩個人？」

陸小鳳道：「只有兩個人一起動手做的木筏，才能載得動兩個人。」

老刀把子笑了：「看來你這個人倒真是從來不肯吃虧的。」

沼澤旁本有叢林，兩個人一起動手，片刻間就砍倒了十七八棵樹——不是用刀砍，是用手砍。

老刀把子道：「你來剝樹上的枝葉，我去找繩子。」

陸小鳳苦笑道：「跟你這種人在一起做事，想不吃虧都不行。」

他雖然明知道自己的差使比較苦，也只有認命，因爲他不知道要到哪裡去才能找得到繩子。

老刀把子也同樣找不到，他剛俯下身，老刀把子的掌鋒已切在他後頸，他也就像是一棵樹

般倒下去。

天色陰暗，還是有霧。

屋裡沒有人，床頭的小几上有一樽酒，酒盞下壓著張短箋：「一時失手，誤傷尊頸，且喜有酒，可以壓驚，醒時不妨先作小飲，午時前後再來相晤。」

看完了這短箋，陸小鳳才發現自己脖子痛得連回頭都很難。

這當然不是老刀把子失手誤傷的。可是老刀把子為什麼要暗算他？為什麼不讓他去救葉雪？

這其中還有什麼不可告人的秘密？他想不通，所以他乾脆不想，拿起酒瓶，就往嘴裡倒。

半瓶酒下肚，外面忽然有狗叫的聲音，開始時只有一條狗，忽然間就已變成七八條，大狗小狗公狗母狗都有，叫得熱鬧極了。

這幽秘的山谷中，怎麼會忽然來了這麼多狗？

陸小鳳忍不住要去看看，剛走過去推開門，又不禁怔住。

外面連一條狗都沒有，只有一個人。

一個又瘦又乾的黑衣人，臉色蠟黃，一雙眼睛卻灼灼有光。

陸小鳳嘆了口氣，苦笑道：「你究竟是人？還是狗？」

犬郎君道：「既不是人，也不是狗。」

陸小鳳道：「你是什麼東西？」

犬郎君道：「我也不是東西，所以才來找你。」

陸小鳳道：「找我幹什麼？」

犬郎君道：「你答應我一件事，我告訴你兩個消息。」

陸小鳳道：「是好消息？還是壞消息？」

犬郎君笑了，道：「從我嘴裡說出來的，哪有好消息？」

陸小鳳也笑了，忽然閃電般出手，用兩根手指挾住了他的鼻子。

武林中最有價值的兩根手指，江湖中最有名的無雙絕技。

犬郎君根本無法閃避，就算明明知道這兩根手指會挾過來，用兩根手指挾住他的鼻子。

陸小鳳微笑道：「據說狗的鼻子最靈，沒有鼻子的狗，日子一定不太好過的。」

犬郎君蠟黃色的臉已脹紅，連氣都透不過來。

陸小鳳放開了手，道：「先說你的消息。」

犬郎君長長透了口氣，道：「什麼消息？」

陸小鳳又笑了，忽然又閃電般出手，用兩根手指挾住了一個鼻子。

犬郎君還是躲不開。

陸小鳳又放開了手，微笑道：「你說是什麼消息？」

這次犬郎君只有說實話，因為他已明白一件事——只要陸小鳳出手，隨時隨刻都可以挾住他的鼻子，就好像老叫化子抓虱子一樣容易。

「將軍快死了，小葉不見了。」

這就是他說出來的消息，消息實在不好。

陸小鳳道：「沒有人知道小葉到哪裡去了？」

犬郎君苦笑道：「連狗都不知道，何況人？」

陸小鳳道：「將軍呢？」

犬郎君道：「將軍在等死。」

陸小鳳道：「我知道自己出手的份量，我並沒有要他死。」

犬郎君道：「除了你之外，這裡還有別的人。」

陸小鳳道：「別人殺了他，這筆賬還是要算在我的頭上？」

犬郎君道：「所以你應該明白我是好意，將軍跟老刀把子一向有交情。」

陸小鳳道：「所以我也應該應允你的事？」

犬郎君道：「我只不過要你走的時候帶我走。」

陸小鳳道：「就是這件事？」

犬郎君道：「對你來說，這是件小事，對我卻是件大事。」

陸小鳳道：「好，我答應。」

犬郎君忽然跪下去，重重的磕了三個頭，仰天吐出口氣，道：「只可惜我沒有尾巴，否則

我一見到你至少搖三次。」

陸小鳳道：「將軍在哪裡等死？」

犬郎君道：「將軍當然在將軍府。」

將軍府外一片叢林，犬郎君已走了，叢林中卻有人像狗一樣在喘息。

能喘息還是幸運的，將軍的呼吸已停頓。

一個人喘息著，騎在他身上，用一雙手扼住了他的咽喉。

這個人赫然竟是獨孤美。

陸小鳳衝過去，反手一掌將他打得飛了出去，將軍面如金紙，心彷彿還在跳，眼還沒有閉，乞憐的看著陸小鳳，好像有話要說，一個人在臨死前說出的話，通常都是很大的秘密。

可惜他連一個字都沒有說出來，陸小鳳俯下身時，他的心跳已停止。

獨孤美還在喘息。

陸小鳳一把揪起他，道：「你們有仇？」

獨孤美搖頭。

陸小鳳道：「他要殺你？」

獨孤美搖頭。

陸小鳳道：「那麼你為何要殺他？」

獨孤美看著他，喘息漸漸平靜，目光漸漸銳利，忽然反問道：「你真的以為我就是『六親不認』獨孤美？」

無論誰都想不到他會忽然問出這句話，陸小鳳也很意外：「你不是？」

獨孤美嘆了口氣，忽然又說出句令人吃驚的話：「把我的褲子脫下來。」

陸小鳳也盯著他看了很久，忽然笑了笑道：「我從來沒有脫過男人的褲子，可是這次我要破例了。」

獨孤美已是個老人，他臀部的肌肉卻仍然顯得結實而年輕。

「你有沒有看見上面的一個瘤？」

陸小鳳當然不會看不見，這個瘤已大得足夠讓一里外的人都看得很清楚。

獨孤美道：「用這把刀割開它。」

一把刀遞過來，刀鋒雪亮。

陸小鳳這一生中也不知做過多少離奇古怪的事，可是他接過這把刀時，還是忍不住遲疑了很久才能割下去。

獨孤美道：「再割開這個球。」

鮮血飛濺，一顆金丸隨著鮮血從割開了的肉瘤中迸出來。

一刀割下去，才發現這金丸是用蠟做的，包著金紙，裡面藏著塊黃絹，上面寫著：「武當掌門座下第四名弟子孫不變，奉諭易容改扮，查訪叛徒行蹤，此諭。」

下面不但有武當掌教的大印，還有掌門石真人的親筆花押。

獨孤美道：「這就是掌門真人要我在危急中用來證明身分的。」

陸小鳳吃驚的看著他，終於嘆了口氣，道：「看來你好像真的不是獨孤美。」

孫不變道：「未入武當前，我本是花四姑門下的弟子，花家的易容術妙絕天下，可是為了小心謹慎，我又投身到獨孤美門下為奴，整整花了十個月功夫去學他的聲容神態，直等到我自

己覺得萬無一失的時候才出手。」

陸小鳳道：「你殺了他？」

孫不變點點頭，道：「我絕不能讓任何人再找到另一個獨孤美。」

陸小鳳道：「你要查訪的叛徒是誰？」

孫不變道：「第一個就是石鶴。」

陸小鳳道：「現在你已找到他？」

孫不變道：「那也多虧了你。」

陸小鳳道：「鍾無骨是死在你手裡的？」

孫不變道：「他也是武當的叛徒，我絕不能讓他活著。」

陸小鳳目光閃動，道：「玉樹劍客葉凌風早年是不是也曾在武當門下？」

孫不變道：「他跟鍾無骨都是武當的俗家弟子，都是被先祖師梅真人逐出門牆的。」

梅真人是木道人的師兄，執掌武當門戶十七年，才傳給現在的掌門石雁。

孫不變道：「我們研究很久，都認爲只有用獨孤美的身分做掩護最安全，只可惜……」

陸小鳳道：「只可惜你的秘密還是被將軍發現了。」

孫不變苦笑道：「大家都認爲他受的傷很重，我也幾乎被騙過，誰知躲在將軍府養傷的那個人竟不是他，他一直都在盯著我。」

陸小鳳道：「你怎麼會露出破綻的？」

孫不變道：「他本是獨孤美的老友，他知道獨孤美早年的很多秘密，我卻不知道，他用話

套住了我，我只有殺了他滅口。」

陸小鳳道：「你爲什麼要將這祕密告訴我？」

孫不變道：「現在事機危急，我已不能不說，我不但要你爲我保守這個祕密，還要你助我一臂之力，這地方我已無法存身，一定要儘快趕回武當去。」

他勉強笑了笑，又道：「我當然也早就看出了你不是出賣朋友的人，我始終不相信你真的會勾引西門吹雪的妻子，那一定是你們故意演的一齣戲，因爲你們也想揭破這幽靈山莊的祕密。」

陸小鳳又盯著他看了很久，忽然長長嘆息，道：「可惜可惜，實在可惜。」

孫不變道：「可惜什麼？」

陸小鳳道：「可惜你看錯了人。」

孫不變臉色已變，厲聲道：「你難道忘了是誰帶你進來的？」

陸小鳳冷冷道：「我沒有忘，我也沒有忘記你在這兩天已害過我三次，若不是老刀把子，我已死在你手裡。」

孫不變道：「難道你看不出那是我故意做給他們看的？」

陸小鳳道：「我看不出。」

孫不變盯著他，忽然也長長嘆息，道：「好，你很好。」

陸小鳳道：「我不好，一點也不好！」

孫不變道：「那麼你就該死！」

喝聲中，他的人已撲起，指尖距離陸小鳳胸膛還有半尺，掌心突然向前一吐，直打玄璣穴，用的正是武當小天星掌力，而且認穴奇準。

只可惜他的掌力吐出時，陸小鳳的玄璣穴早已不在那裡，人也已不在那裡。

孫不變手掌一翻，玄鳥劃沙，平沙落雁，北雁南飛，一招三式，這種輕靈綿密的武當掌法在他手裡使出來，不但極見功力，變化也真快。

陸小鳳嘆道：「石道人門下的弟子，果然了得。」

這兩句話說完，孫不變的招式又全都落空，無論他出手多快，陸小鳳好像總能比他更快一步。

武當掌法運用的變化，陸小鳳知道的好像並不比他少。

他忽然停住手，盯著陸小鳳，道：「你也練過武當功夫？」

陸小鳳笑了笑，道：「我沒有練過武當功夫，可是我有很多武當朋友。」

孫不變眼睛裡又露出一線希望，道：「那麼你更該幫我逃出去。」

陸小鳳道：「只可惜你不是我的朋友，你救我一次，害我三次，現在我又讓了你八招，我們的賬早已結清了。」

孫不變咬了咬牙，道：「好，你出手吧！」

陸小鳳道：「我本來就已準備出手！」

他用的居然也是武當的小天星掌力，掌心吐出，打的也是玄璣穴。

孫不變引臂翻身，堪堪避開這一掌，陸小鳳的左掌卻已切在他後頸的大血管上。

他倒下去時，還在吃驚的看著陸小鳳。

陸小鳳微笑道：「你不知道我有兩隻手？」

孫不變當然知道，但他卻想不到一個人的手竟能有這麼快的動作。

六

老刀把子坐在他那張陳舊而寬大的木椅上，看著陸小鳳，看來彷彿很愉快。

舊木椅就好像老朋友一樣，總是能讓人覺得很舒服、很愉快的。

只可惜陸小鳳還是看不見他的臉。

孫不變就在他面前，他卻連看都沒有看一眼，他對陸小鳳的興趣顯然比對任何人都濃厚。

陸小鳳道：「這個人是奸細，從武當來的奸細。」

老刀把子道：「你為什麼不殺了他？」

陸小鳳道：「我無權殺人，也不想殺人。」

老刀把子道：「那麼你就該放了他。」

陸小鳳很意外：「放了他？」

老刀把子淡淡道：「真正的奸細都早已死了，從來沒有一個能在這裡活過三天的。」

陸小鳳道：「難道他不是？」

老刀把子道：「他當然是個奸細，卻不是武當的奸細，是我的，很多年前我就送他到武當去臥底。」

陸小鳳怔住。

老刀把子卻在笑，笑得很愉快：「不管怎麼樣，你都該謝謝他。」

陸小鳳道：「我為什麼要謝他？」

老刀把子道：「就因為他，我才真正完全信任你。」

陸小鳳道：「他也是你派去試探我的？」

老刀把子微笑道：「有些人天生就是奸細，你只能讓他去做奸細做的事，而且永遠不會失望。」

陸小鳳道：「這個人就是天生的奸細？」

老刀把子道：「從頭到尾都是的。」

陸小鳳嘆了口氣，忽然一腳將孫不變踢得球一般滾了出去。

老刀把子也嘆了口氣道：「做奸細只有這一點壞處，這種人就好像驢子，時常都會被人踢兩腳的。」

陸小鳳道：「我只踢了一腳。」

老刀把子道：「還有一腳你準備踢誰？」

陸小鳳道：「踢我自己。」

老刀把子道：「你也是奸細？」

陸小鳳道：「我不是奸細，我只不過是條驢子，其笨無比的笨驢子。」

「因為想拚命去救人家的女兒，換來的卻是一巴掌，而且剛好砍在我脖子上。」他顯得很氣憤：

老刀把子又嘆了口氣，道：「其實你自己也該知道我絕不能讓你去救她。」

陸小鳳道：「我不知道。」

老刀把子道：「那沼澤裡不但到處都有殺人的陷阱，而且還有流沙，一陷下去，就屍骨無存，我怎麼能讓你去冒險？」

陸小鳳道：「為什麼不能？」

老刀把子道：「因為我需要你，將軍和鍾無骨都已死了，現在你已是我的右臂，若是再失去這條右臂，我計劃多時的大事，只怕就要成為泡影。」

陸小鳳道：「你的意思是不是說，現在你已少不了我？」

他說話的方式很奇特，也很謹慎，本來他只用六個字就可以說完的話，這次卻用了十六個字。

老刀把子的回答卻簡單而乾脆：「是的。」

陸小鳳笑了，就在他開始笑的時候，他身子已飛鷹般掠起，他的手就是鷹爪。

鷹爪的獵物卻是老刀把子頭上的竹笠。

老刀把子還是坐著沒有動，他卻抓空了。

就算是最靈敏狡猾的狐兔，也很難逃脫鷹爪的一抓，他的出手絕對比鷹爪更迅速準確。

可是他抓空了，因為老刀把子連人帶椅都已滑了出去，就像是急流上的皮筏般忽然滑了出去，那沉重的木椅就好像已黏在他身上。

陸小鳳嘆了口氣，身子飄落，他知道這一擊不中，第二次更難得手。

老刀把子道：「你想看看我？」

陸小鳳苦笑道：「你要我為你去死，至少應該讓我看看你是什麼人。」

老刀把子道：「我不好看，我也不想要你為我死，這件事成功後對大家都有利。」

陸小鳳道：「若是不成呢？」

老刀把子淡淡道：「你就算死了，也沒有什麼損失，你本來就已應該是個死人。」

陸小鳳道：「你創立這幽靈山莊，就是為了要找人來替你冒險？」

老刀把子道：「到這裡來的人，本來都已應該死過一次，再死一次又何妨？」

陸小鳳道：「死過一次的人，也許更怕死。」

老刀把子同意這一點：「可是在這裡躲著，跟死有什麼分別？」

陸小鳳把子刀鋒般的目光在竹笠後盯著他：「你願不願意在這裡耽一輩子？」

陸小鳳立刻搖頭。

老刀把子嘆了口氣，他承認分別的確不大。

老刀把子道：「除了我們外，這裡還有三十七位客人，你好像都已見過，你看出了什麼？」

陸小鳳苦笑道：「我什麼都沒有看出來。」

老刀把子顯然很滿意：「你當然看不出的，因為大家的稜角都已被磨圓了，看起來都是很平凡庸碌的人。」

陸小鳳道：「可是他們……」

老刀把子道：「能到這裡來的，每個人都是好手，每個人都有段輝煌的歷史，都跟你一樣，不甘寂寞，誰也不願意在這裡耽一輩子。」

他的聲音很愉快：「大家唯一能重見天日的機會，就是做成這件事。」

陸小鳳終於問道：「這件事究竟是什麼事？」

老刀把子道：「你很快就會知道的。」

陸小鳳道：「很快是什麼時候？」

老刀把子道：「就是現在。」

這句話剛說完，外面已有鐘聲響起，老刀把子站起來，聲音更愉快：「可是我們一定要先吃飯，今天中午這頓飯我保證你一定會滿意的。」

七

菜很多，酒卻很少，老刀把子顯然希望每個人都保持清醒。

可是他自己卻喝了用金樽裝著的大半杯波斯葡萄酒，後來居然還添了一次。

這是陸小鳳第一次看他喝酒。

「對他說來，今天一定是個大日子。」陸小鳳心裡在想：「為了等這一天，他一定已等了很久。」

大家都在低著頭，默默的吃飯，卻吃得很少，大部分都沒有喝酒。

所以陸小鳳就可以多喝一點，然後才能以愉快的眼神去打量這些人。

雖然大家穿的都是寬大保守的長袍，在大廳裡陰黯的光線下看來，還是有幾個人顯得比較觸目。

一個是長著滿臉金錢癬的壯漢，兩杯酒喝下去，就使得他臉上每塊癬看來都像是枚發亮的銅錢。

一個是紫面長髯，看來竟有幾分像是戲台上的關公。一個是腦滿腸肥，肚子球一般凸出來。一個是像貌嚴肅，像是坐在刑堂上的法吏。一個滿嘴牙都掉光了的老婆婆，吃得卻比誰都多。

還有幾個特別安靜沉默的瘦削老人，他們令人觸目，也許就因為他們的沉默。

除了柳青青外，年紀最輕的是個臉圓如盆，看來還像是孩童般的小矮子。年紀最大的，就是這幾個安靜沉默的黑衣老人。

陸小鳳試探著，想從記憶中找出這些人的來歷。他第一個想到的，當然就是「金錢豹」花魁。

這個人身材高大，酒喝得不比陸小鳳少，動作彷彿很遲鈍，滿臉的癬使他看起來顯得甚至有點滑稽。

可是等到他暗器出手時，就絕不會再有人覺得滑稽了。

江南花家是江湖中最負盛名的暗器世家，他就是花家嫡系子弟。

有人甚至說他的暗器功夫已可排名在天下前三名之內。

陸小鳳也已注意到，他的酒喝得雖多，一雙手卻仍然很穩。

那個法吏般嚴肅的人，是不是昔年黑道七十二寨的刑堂總堂主「辣手追魂」杜鐵心？

那老婆婆是不是「秦嶺雙猿」中的母猿？只為了一顆在傳說中可以延年益壽的異種蟠桃，就割斷了她老公「聖手仙猿」婁大聖的脖子。

那幾個從來沒有說過話的黑衣老人是誰？還有那圓臉大頭的小矮子？

陸小鳳沒有再想下去，因為柳青青正在悄悄的拉他衣角，悄悄的問：「你老婆呢？」

陸小鳳怔了怔，才想起她問的是葉靈：「聽說她不見了。」

柳青青道：「你想不想知道她在哪裡？」

陸小鳳道：「不想。」

柳青青撇了撇嘴，故意嘆息：「男人果然沒有一個好東西，可是我偏要告訴你。」她聲音更低：「現在她一定在水裡。」

陸小鳳不懂：「她怎麼會在水裡？你怎麼知道她在水裡？」

柳青青道：「因為她偷了人家一件如意魚皮水靠，和四對分水飛魚刺才走的。」

陸小鳳更吃驚，令他吃驚的有兩件事：

——水靠和飛魚刺不一定要在水裡才有用，在沼澤的爛泥裡也同樣用得著。

葉靈是不是找她姐姐去了？她怎麼知道沼澤裡發生的那些事？

——如意水靠和飛魚刺是江湖中很有名的利器，屬於一個很有名的人。

「飛魚島主」于還不但名動七海，在中原武林也很有名，不但水性極高，劍法也不弱。

這個人如果還沒有死，如果也在這裡，應該也很觸目。可是陸小鳳並沒有發現他。

柳青青還在等他的反應，所以一直沒有開口。

陸小鳳沉吟著，終於問道：「這件事老刀把子知不知道？」

柳青青笑了笑，道：「這裡好像還沒有他不知道的事。」

——葉靈去找她姐姐，難道也是老刀把子授意的？否則她怎麼會知道葉雪的行蹤？

陸小鳳沒有再問別的，因為他忽然發現有個人已無聲無息的到了他們身後。

他回過頭，就看見了一張沒有臉的臉，赫然正是那從不露面的勾魂使者。

他腰上佩著劍。形式古雅的劍鞘上，有七個刀疤般的印子，本來上面顯然鑲著有珠玉寶石。

他沒有坐下，只是動也不動的站在老刀把子身後。

大廳裡氣氛更沉重嚴肅，大家對這個沒有臉的人彷彿都有些畏懼。

這是不是武當派中，唯有掌門人能佩帶的七星寶劍！

就在這時，海奇闊忽然站起來，用洪鐘般的聲音宣佈：「天雷行動已開始！」

十一 天雷行動

一

天雷行動的計劃中，分四個步驟——

第一步是：選派人手，分配任務。

第二步是：易容改扮，分批下山。

第三步是：集合待命，準備出擊。

第四步才是正式行動。

現在開始進行的只不過是第一步，進行的過程已令人膽戰心驚。

大廳中的氣氛的沉重和緊張已達到頂點，老刀把子才站起來。

「這世界上有很多人早就該死了，卻沒有人敢去制裁他們，有很多事早就該做了，卻沒有人敢去做，現在我們就是要去對付這些人，去做這些事。」

陸小鳳發現這個人的確是個天生的首領，不但沉著冷靜，計劃周密，而且口才極好，只用幾句話就已將這次行動解釋得很清楚。

「我們的行動就像是天上的雷霆霹靂一樣，所以就叫做天雷行動。」

廣闊的大廳中只能聽到呼吸聲和心跳聲，每個人都在等著他說下去。

老刀把子的聲音停頓了很久，就好像暴風雨前那片刻靜寂，又好像特地要讓大家心裡有個準備，好聽那一聲石破天驚的雷霆霹靂。

「我們第一次要對付的有七個人。」他又停頓了一下，才說出這七個人的名字：「武當石雁、少林鐵肩、丐幫王十袋、長江水上飛、雁蕩高行空、巴山小顧道人，和十二連環塢的鷹眼老七。」

本已很靜寂的大廳，更死寂如墳墓，連呼吸心跳聲都已停止。

陸小鳳雖然早知道他要做的是件大事，可是每聽他說一個字，還是難免吃一驚。

過了很久，才有人開始擦汗，喝酒，還有幾個人竟悄悄躲到桌下去嘔吐。

老刀把子的聲音卻更鎮定：「這次行動若成功，不但必能令天下轟動，江湖側目，而且對大家都有好處。」他再次停頓：「我已將這次行動的每一個細節都計劃好，本該絕對有把握成功的，只可惜每件事都難免有意外，所以這次行動還是難免有危險，所以我也不勉強任何人參加。」

他目光掃視，穿透竹笠，刀鋒般從每個人臉上掠過：「不願參加的人，現在就可以站起來，我絕不勉強。」

大廳中又是一陣靜寂，老刀把子又緩緩坐下，居然又添了牛杯酒。

陸小鳳也忍不住去拿酒杯，才發現自己的掌心已開始冒汗。

直到這時，還沒有一個人站起來，卻忽然有人問：「不願參加的人，以後是不是還可以留在這裡？」

老刀把子的回答很確定：「是的，隨便你要留多久都行。」

問話的人又遲疑片刻，終於慢慢的站起來，肚子也跟著凸出。

陸小鳳忽然想起這個人是誰了，在二十年前，江湖中曾經有四怪，一個奇胖，一個奇瘦，一個奇高，一個奇矮。

奇胖如豬的那個人就叫做朱菲，倒過來唸就成了「肥豬」。

可是認得他的人，都知道他非但不是豬，而且十分能幹，跟他交過手的人，更不會認為他是豬，因為他不但出手快，而且手也狠，一手地趟刀法「滿地開花八十一式」，更是武林少見的絕技。

陸小鳳知道這個人一定就是朱菲，卻想不到第一個站起來的人會是他。

朱菲並不是膽小怕死的人。

「可是我不能去。」他有理由：「因為我太胖，目標太明顯，隨便我怎麼樣易容改扮，別人還是一眼就可以認出我。」

這理由很不錯。甚至老刀把子都不能不承認，卻又不禁覺得很惋惜。

朱菲的地趟功夫，江湖中至今無人能及，這種人才老刀把子顯然很需要。

可是他只不過輕輕嘆了口氣，並沒有說什麼。

所以別的人也有膽子站起來——有了第一個，當然就會有第二個，然後就愈來愈多。

老刀把子一直冷冷的看著，不動聲色，直到第十三個人站起來，他才聳然動容。

這個人像貌平凡，表情呆板，看來並不起眼。

可是一個人若能令老刀把子聳然動容，當然絕對不會是個平凡的人物。

老刀把子道：「你也不去？」

這人面上毫無表情，淡淡道：「你說不去的人站起來，我已站起來。」

老刀把子道：「你為什麼不去？」

這人道：「因為我的水靠和魚刺全不見了。」

這句話說出來，陸小鳳也不禁聳然動容，他實在想不到這個平凡呆板的人，就是昔年南海群劍中名聲僅次於白雲城主的六位島主之一。

這個人竟是「飛魚島主」于還！

在陸上，白雲城主是名動天下的劍客，在水裡，他卻絕對比不上于還。

老刀把子的這次任務，顯然也很需要一個水性精熟的人。

只聽「啵」的一聲，他手裡的酒杯突然碎了，粉碎。

也就在這時，一聲慘呼響起，坐在杜鐵心身旁的一個人剛站起來，又倒下去，整個人撲倒在桌上，壓碎了一片杯盞，酒汁四溢。然後大家就看見一股鮮血隨著酒汁溢出，染紅了桌布。

杜鐵心手裡的一雙筷子也早已變成紅的，當然也是被鮮血染紅的。

于還霍然回頭：「你殺了他？」

杜鐵心承認：「這還是我第一次用筷子殺人。」

于還道：「你為什麼殺他？」

杜鐵心道：「因為他知道的秘密已太多，他活著，我們就可能會死。」

他用沾著血的筷子挾了塊干貝，慢慢咀嚼，連眼睛都沒有眨。

「辣手無情」杜鐵心，本來就是個殺人不眨眼的狠角色。

于還盯著他，緩緩道：「他知道多少秘密，我也同樣知道，你是不是也要殺了我？」

杜鐵心冷冷道：「是的。」

他還是連眼睛都沒有眨：「不去的人，一個都休想活著走出這屋子。」

于還臉色變了，還沒有開口，已有人搶著道：「這話若是老刀把子說的，我也認命了，可是你……」

他沒有說下去，因為旁邊已忽然有根筷子飛來，從他左耳穿進，右耳穿出。

那個沒有牙的老婆婆手裡的筷子已只剩下一根，正在嘆著氣喃喃自語：「雙木橋好走，獨木橋難行，看來我只好用手抓著吃了。」

她果然用手抓起塊排骨來，用僅有的兩個牙齒啃得津津有味。

嘩啦啦一聲響，那耳朵裡穿著筷子的人也倒了下去，壓碎了一片碗盞。

本來站著的人已有幾個想偷偷坐下。

杜鐵心冷冷道：「已經站起來的，就不許坐下。」

朱菲忍不住道：「這是誰的意思？」

杜鐵心道：「是我們大家的意思。」

朱菲遲疑著，終於勉強笑了笑，道：「其實我並不是不想去，只可惜我太胖了，若是我要去，除非把我像麵條一樣搓細點。」

杜鐵心道：「好，搓他！」

那個圓臉大頭的小矮子忽然跳起來，大聲道：「我來搓。」

他的頭大如斗，身子卻又細又小，站著的時候，就像是半截竹筷子插著個圓柿子，實在很滑稽可笑。

朱菲卻笑不出，連臉色都變了，這個人站在他面前就像是個孩子，他卻對這個人怕得要命。

看看他臉上的驚懼之色，再看看這個人的頭，陸小鳳的臉色也變了。

難道這個人就是西極群鬼中，最心黑手辣的「大頭鬼王」司空斗？

他沒有看錯，朱菲果然已喊出了這名字：「司空斗，這件事與你無關，你想幹什麼？」

司空斗道：「我想搓你。」

他手裡也有雙筷子，用兩隻手挾在掌心，就好像已將這雙筷子當作了朱菲，用力搓了幾搓，掌心忽然一股粉末白雪般落下來。

等他攤開手掌，筷子已不見了，他竟用一雙孩子的小手，將這雙可以當作利劍殺人的筷子，搓成了一堆粉末。

朱菲的臉已扭曲，整個人都彷彿軟了，癱在椅子上，可是等到司空斗作勢撲起時，他忽然往桌下一鑽，雙肘膝蓋一起用力，眨眼間已鑽過了七八張桌子，動作之敏捷靈巧，無法形容。

只可惜桌子並不是張張都連接著的，司空斗已飛身而起，十指箕張，看準了他一從桌下鑽出，立刻凌空下擊。

誰知朱菲的動作更快，右肘一挺，又鑽入了對面的桌下。

只聽「噗」的一聲，司空斗十指已洞穿桌面，等他的手拔出來，桌上就多了十個洞。

朱菲索性賴在桌下不出來了，司空斗右臂一掃，桌上的碗盞全被掃落，湯汁酒菜都灑在一個人身上，一個安靜沉默的黑衣老人。

司空斗反手一掌，正想將桌子震散，突聽一個人道：「等一等。」

一雙筷子伸過來，尖端朝上，指著他的脈門，司空斗這一掌若是拍下去，這隻手就休想再動了。

幸好他反應還算快，立刻硬生生的挫住了掌勢。

四個黑衣老者還是安安靜靜的坐在那裡，冷冷的看著他。

司空斗好像直到現在才看見他們，咧開大嘴一笑道：「能不能勞駕四位把桌子下那條肥豬踢出來？」

身上濺了酒汁的黑衣老者冷冷道：「不能。」

司空斗道：「你想護著他？」

黑衣老者道：「你不犯我，我不犯人。」

司空斗道：「誰犯了你？」

黑衣老者道：「你。」

司空斗不笑了：「犯了你又怎麼樣？」

黑衣老者道：「人若是犯我，就不是人。」

司空斗道：「誰不是人？」

黑衣老者道：「你。」

司空斗冷笑道：「我本就不是人，是鬼。」

黑衣老者道：「也不是鬼，是畜牲。」

他冷冷的接著道：「我不殺你，只殺畜牲，殺一兩個畜牲，不能算開殺戒。」

司空斗雙拳一握，全身的骨節都響了起來，圓盆般的臉已變成鐵青色。

老刀把子忽然道：「這個人我還有用，吳先生放他一馬如何？」

黑衣老者沉吟著，終於點頭，道：「好，我只要他一隻手。」

司空斗又笑了，大笑，笑聲如鬼哭。

他左手練的是白骨爪，右手練的黑鬼爪，每隻手上都至少有二十年苦練的功力，要他的一隻手等於是要他的半條命。

黑衣老者道：「我就要你的左手。」

司空斗道：「好，我給你！」

「你」字出口，雙爪齊出，一隻手已變得雪白，另一隻手卻變成漆黑。

他已將二十年的功力全都使了出來，只要被他指尖一觸，就算是石人也得多出十個洞。

黑衣老者還是端坐不動，只嘆了口氣，長袖流雲般捲出。

只聽「格」的一響，如拗斷蘿蔔，接著又是一聲慘叫。

司空斗的人已經飛了出去，撞上牆壁，當他滑下來就不能動了，雙手鮮血淋漓，十指都已經被拗斷。

黑衣老者嘆了口氣，道：「我本來只想要你一隻手的。」

另一個白髮老者冷冷道：「只要一隻手，用不著使出七成力。」

黑衣老者道：「我已有多年未出手，力量已捏不準了，我也高估了他。」

白髮老者道：「所以你錯了，畜牲也是一條命，你還是開了殺戒。」

黑衣老者道：「是，我錯了，我佛慈悲。」

四個人同時雙手合什，口誦佛號，慢慢的站了起來，面對老刀把子……「我等先告退，面壁

思過三日，以謝莊主。」

老刀把子居然也站起來，道：「是他自尋死路，先生何必自責？」

黑衣老者道：「莊主如有差遣，我等必來效命。」

老刀把子彷彿鬆了口氣，立刻拱手道：「請。」

黑衣老者道：「請。」

四個人同時走出去，步履詳詳緩慢，走到陸小鳳面前，忽然停下。

白髮老者忽然問道：「陸公子可曾見到苦瓜上人？」

陸小鳳道：「去年見過幾次。」

白髮老者道：「上人妙手烹調，做出的素齋天下第一，陸公子的口福想必不淺。」

陸小鳳道：「是的。」

白髮老者道：「那麼他的身子想必還健朗如前。」

陸小鳳道：「是的。」

白髮老者雙手合什，道：「我佛慈悲，天佑善人……」

四個人同時口誦佛號，慢慢的走了出去，步履還是那麼安穩。

陸小鳳的腳卻已冰冷。

他終於想出了這四個人的來歷，看到老刀把子對他們的恭謹神情，看到那一手流雲飛袖的威力，看到他們佛家禮數，他才想起來的。

他以前一直想不出，只因為他們已蓄了頭髮，易了僧衣，他當然不會想到他們是出家的和尚，更想不到他們就是少林寺的五羅漢。

五羅漢本是嫡親的兄弟，同時削髮為僧，投入少林，現在只剩下四個人，因為大哥無龍羅漢已死了。

他們在少年時就已縱橫江湖，殺人無數，人稱「龍、虎、獅、象、豹」五惡獸，每個人的一雙手上都沾滿血腥。

可是他們放下屠刀，立地成佛，惡名昭彰的五惡獸，從此變成了少林寺的五羅漢，無龍、無虎、無獅、無象、無豹，只有一片佛心。

無龍執掌藏經閣，儼然已有護法長老的身分，卻不知為了什麼，一夕忽然大醉，翻倒燭台，幾乎將少林的中心重地藏經閣燒成一片平地。

掌門方丈震怒之下，除了罰他面壁十年之外，還責打了二十戒棍，無龍受辱，含恨而死，手足連心，剩下的四羅漢的佛心全部化作殺機，去刺殺掌門。

江湖中人只知道他們那一次行刺並未得手，卻沒有人知道他們生死下落，更沒有人知道早已洗心革面的無龍羅漢，怎麼會忽然大醉的？

這件事已成了武林中的疑案之一，正如誰也不知道石鶴怎麼會被逐出武當的。

可是陸小鳳現在卻已知道，無龍的大醉，必定和苦瓜和尚有關——要吃苦瓜和尚那天下無雙的素席，總是難免要喝幾杯的。

他們剛才再三探問苦瓜和尚的安好，想必就是希望他還活著，他們才好去親手復仇。

剛才無豹乍一出手，就令人骨折命斃，可見他心中的怨毒已積了多深。

他們最恨的卻還不是苦瓜，而是少林，就正如石鶴恨武當，高濤恨鳳尾幫一樣。

巴山礦藏極豐，而且據說還有金砂，顧飛雲當然想將顧家道觀的產業，從他的堂弟小顧道人手中奪回來。

海奇闊在海上已不能立足，當然想從水上飛手裡奪取長江水面的霸業。

杜鐵心與丐幫仇深如海，那紫面長髯的老者，很可能就是昔年和高行空爭奪雁蕩門戶的「百勝刀王」關天武。

老刀把子這一次行動，正好將他們的冤家對頭一網打盡，他們當然會全力以赴。

可是這些人大都已是一派宗主的身分，平日很難相聚，他們的門戶所在地，距離又很遠，怎麼能在一次行動中就將他們一網打盡？

老刀把子已經在解釋：「四月十三日是已故去的武當掌門梅真人的忌日，也是石雁接掌門戶的十週年慶典，據說他還要在這一天，立下繼承武當道統的長門弟子。」他冷笑著，接著道：「到了那一天，武當山當然是冠蓋雲集，熱鬧得很，鐵肩和王十袋那些人，也一定都是會中的貴賓。」

「我們是不是已決定在那一天動手？」這句話陸小鳳本來也想問的，杜鐵心卻搶先問了出來。

老刀把子點點頭，道：「所以我們一定要在四月十二日之前，就趕到武當去。」

可是他們這些人若是同時行動，用不著走出這片山區，就一定已轟動武林。

這次行動絕對機密，絕不能打草驚蛇。

「所以我們不但要分批去，而且每個人都要經過易容改扮。」

這些事老刀把子早已有了極周密的計劃。

管家婆婆道：「行事的細節，由我為各位安排，完全用不著各位操心。」

老刀把子道：「我可以保證，負責各位易容改扮的，絕對是天下無雙的好手，雖不能將各位脫胎換骨，改造成另外一個人，卻絕對可以讓別的人看不出各位的本來面目。」

現在唯一的問題是：「我們怎麼樣將兵刃帶上山去？」

沒有人能帶兵刃上武當山，所有的武器都要留在解劍池旁的解劍嚴上。

老刀把子道：「但是我也可以保證，在那天晚上出手之前，每個人都可以到雪隱去找到一件自己稱手的兵刃。」

婆老太太剛唷完一條雞腿，就搶著問：「雪隱在哪裡？」

老刀把子笑道：「雪隱就是隱所，也就是廁所的意思。」

婆老太太又問：「明明是廁所，為什麼偏偏要叫雪隱？」

老刀把子道：「這是方外人用的名詞，它的來歷有兩種說法。」

——「雪」就是雪竇山的明覺禪師，「隱」是杭州的靈隱寺，因為雪竇曾經在靈隱寺司廁

職，所以寺剎即以雪隱稱廁。

——因為福州的神僧雪峰義存，是在打掃隱所中獲得大悟的，故有此名。

婆老太太還想再問，管家婆已送了盤燒雞過去，讓她用雞腿塞住她自己的嘴。

要怎樣才能塞住于還那些人的嘴？他們知道的秘密豈非已太多了？

這些人的臉上已全無血色，因為他們自己也知道處理這種事通常只有一種法子！

只有死人才不會洩露秘密。

要想在死中求活，通常也只有一種法子：「你要殺我滅口，我就先殺了你！」

于還突然躍起，就像是條躍出水面的飛魚。

他的飛魚刺有五對，葉靈只偷了四對，剩下的一對就在他衣袖裡，現在已化作了兩道閃電，直打老刀把子。

老刀把子沒有動，他身後的石鶴卻動了，七星皮鞘中的長劍已化作飛虹。

飛虹迎上了閃電，「叮，叮」兩聲響，閃電突然斷了，兩截鋼刺半空中落了下來，飛虹也不見了，劍光已刺入于還的胸膛。

他看看手裡剩下的兩截飛魚刺，再看看從前胸直刺而入的劍鋒，然後才抬起頭，看著面前這個沒有臉的人，好像還不能相信這是真的。

石鶴也在冷冷的看著他，忽然問道：「我這一劍比葉孤城的天外飛仙如何？」

于還咬著牙，連一個字都沒有說，扭曲的嘴角卻露出種譏嘲的笑意，彷彿是在說：「葉孤城已死了，你就算比他強又如何？」

石鶴懂得他的意思，握劍的手突然轉動，劍鋒也跟著轉動。

于還的臉立刻扭曲，忽然大吼一聲，撲了上來，一股鮮血標出，劍鋒已穿胸而過。

陸小鳳不忍再看，已經站起來的，還有幾個沒有倒下，他不能看著他們一個個死在眼前。

他悄悄的站起來，悄悄的走了出去。

霧又濕又冷，他深深的吸入了一口，將冷霧留在胸膛裡。他必須冷靜。

他沒有回頭去看老刀把子，但是他聽得出老刀把子聲音裡帶著笑意，顯然對他的回答覺得

陸小鳳淡淡道：「我喜歡喝酒，可是看別人喝酒就是另外一回事了。」

這是老刀把子的聲音，老刀把子也跟著他走了出來，也在呼吸著這冷而潮濕的霧氣。

「你不喜歡殺人？」

很滿意。

老刀把子已在說：「我也不喜歡看，無論什麼事，自己動手去做總比較有趣些。」

陸小鳳沉默著，忽然笑了笑，道：「有些事你卻好像並不喜歡自己動手。」

老刀把子道：「哦？」

陸小鳳道：「你知道葉靈偷了于還的水靠和飛魚刺，你也知道她去幹什麼，但你卻沒有阻止。」

老刀把子承認：「我沒有。」

陸小鳳道：「你不讓我去救葉雪，你自己也不去，為什麼讓她去？」

老刀把子道：「因為我知道葉凌風絕不會傷害她的。」

陸小鳳道：「你能確定？」

老刀把子點點頭，聲音忽然變得嘶啞：「因為她才是葉凌風親生的女兒。」

陸小鳳又深深吸了口氣，好像完全沒有注意到他聲音裡露出的痛苦和仇恨：「還有一件事，你好像也不準備自己動手。」

老刀把子在等著他說下去。

陸小鳳道：「你是不是要石鶴去對付武當石雁，虎豹兄弟們對付少林鐵肩？」

老刀把子道：「那是他們自己的仇恨，他們本就要自己去解決。」

陸小鳳道：「杜鐵心能對付王十袋？」

老刀把子道：「這些年來，他武功已有精進，何況還有妻老太太做他的助手。」

陸小鳳道：「小顧道人應該不是表哥的對手，水上飛對海奇闊你買誰贏？」

老刀把子道：「長江是個肥地盤，水上飛已肥得快飛不動了，無論是在陸上還是在水裡，我都可以用十對一的盤口，賭海奇闊贏。」

陸小鳳道：「可是關天武卻已敗在高行空手下三次。」

老刀把子道：「那三次都有人在暗中助了高行空一臂之力。」

陸小鳳道：「是什麼人？」

老刀把子冷笑道：「你應該想得到的，高行空縱橫長江，武當掌門的忌日，干他什麼事？」

難道是武當弟子在暗中出手的？雁蕩的門戶之爭，武當弟子為什麼要去多管閒事？

陸小鳳並不想問得太多，又道：「那麼現在剩下的就只有鷹眼老七了，就算管家婆管不住

他為什麼要巴巴的趕去？

他，再加上一個花魁就足足有餘。」

老刀把子道：「花魁還有別的任務，高濤也用不著幫手。」

陸小鳳道：「所以主要的七個人都已有人對付，而且都已十拿九穩。」

老刀把子道：「十拿十穩。」

陸小鳳笑了笑，道：「那末你準備要我幹什麼？去對付那些掃地洗碗的火工道人？」

老刀把子道：「我要你做的事，才是這次行動的成敗關鍵。」

陸小鳳道：「什麼事？」

老刀把子也笑了笑，道：「現在你知道已夠多了，別的事到四月十二的晚上，我再告訴你。」他拍了拍陸小鳳的肩：「所以今天晚上你不妨輕輕鬆鬆，甚至可以大醉一場，因為你明天可以整整睡上一天。」

陸小鳳道：「我要等到後天才下山？」

老刀把子道：「你是最後一批下山的。」

陸小鳳道：「我那批人裡面還有誰？」

老刀把子道：「管家婆、婁老太太、表哥、鈎子，和柳青青。」他又笑了笑，道：「好戲總是要等到最後才登場的，你們當然要留在最後。」

陸小鳳淡淡道：「何況有他們跟著我，我至少不會半途死在別人手裡。」

老刀把子的笑聲更愉快，道：「你放心，就算你在路上遇見了西門吹雪，他也絕對認不出你。」

陸小鳳道：「因為要我易容改扮的那個人，是天下無雙的妙手。」

老刀把子笑道：「一個人若能將自己扮成一條狗，你對他還有什麼不放心的？」

他說的是犬郎君。

犬郎君的任務就是將每個人的容貌改變得讓別人認不出來。

任務完成了之後？

——我只不過要你走的時候帶我走。

陸小鳳終於明白了他的意思，他當然已看出自己的危機。

老刀把子仰面向天，長長吐出口氣，耕耘的時候已過去，現在只等著收穫，他彷彿已能看見果實從枝頭長出來。

一顆顆果實，就是一顆顆頭顱。

陸小鳳忽然轉臉看著他，道：「你呢？所有的事都有人做了，你自己準備做什麼？」

老刀把子道：「我是債主，我正準備等著你們去替我把賬收回來。」

陸小鳳道：「武當欠了石鶴一筆賬，少林欠了虎豹兄弟，誰欠你的？」

老刀把子道：「每個人都欠我的。」他又拍了拍陸小鳳的肩，微笑著道：「你豈非也欠了我一點？」

陸小鳳也長長吐出口氣，可是那團又冷又潮濕的霧，卻好像還留在他胸膛裡。

他知道無論誰欠了老刀把子的債，遲早都要加倍奉還的。他只怕自己還不起。

二

犬郎君躺在床上，眼睜睜看著屋頂。

他實在很想睡一下，他已經閉上眼睛試過很多次，卻偏偏睡不著。

狡兔死，走狗烹。現在他就覺得自己好像已經在鍋裡，鍋裡的湯已經快煮沸了，他怎麼睡得著？

夜深人靜，窗子上突然「格」的一響，一個人風一般掠入了窗戶，是陸小鳳。

犬郎君還沒有出聲，陸小鳳已掩住了他的嘴：「這棟屋子裡只有你一個人？」

只有他一個人，誰也不願住在一棟到處掛滿了狗皮和人皮的屋子裡，誰也受不了爐子上的銅鍋裡散發出的那一陣陣膠皮惡臭氣。

易容改扮並不是別人想像中那麼輕鬆愉快的事，想做一張完好無缺的人皮面具，不但要有一雙靈巧穩定的手，還得要有耐心。

陸小鳳已被那一陣陣惡臭薰得皺起了眉，忍不住道：「你在煮什麼？」

犬郎君道：「煮牛皮膠，人皮面具一定要用牛皮膠貼住才不會掉。」

陸小鳳道：「人皮面具？你真的用人皮做面具？」

犬郎君道：「一定要用人皮做的面具貼在臉上，才能完全改變一個人臉上的輪廓，而且每一張人皮面具都要先依照那個人的臉打好樣子。」他忽然對陸小鳳笑了笑，道：「我也照你的臉形做好了一張。」

陸小鳳苦著臉道：「也是人皮的？」

犬郎君道：「貨真價實的人皮。」

陸小鳳道：「你一共做了多少張？」

犬郎君道：「三十一張。」他又補充著道：「除了老刀把子外，每個人都有一張。」

老刀把子為什麼不必易容改扮？難道他到了武當還能戴著那簑子般的竹笠？

陸小鳳道：「這些人經過易容後，臉上是不是還留著一點特殊的標誌？」

犬郎君道：「一點都沒有。」

陸小鳳道：「如果大家彼此都不認得，豈非難免會殺錯人？」

犬郎君道：「絕不會。」

陸小鳳道：「為什麼？」

犬郎君道：「因為每一批下山的人的任務都不同，有的專對付武當道士，有的專對付少林和尚，只要這組人能記住彼此間易容後的樣子，就不會殺到自己人身上來了。」

陸小鳳沉吟著，忽然壓低聲音，道：「你能不能在每批人臉上都留下一點特別的記號？譬如說，一點麻子，或者是一顆痣。」

犬郎君看著他，眼睛裡帶著一種奇怪的表情，過了很久，才悄悄的問：「你有把握能帶我一起走？」

陸小鳳道：「我有把握。」

犬郎君吐出口氣，道：「你答應了我，我當然也答應你。」

陸小鳳道：「你準備怎麼做？」

犬郎君眨了眨眼，道：「現在我還沒有想出來，等我們一起走的時候，我再告訴你。」

這裡每個人好像跟老刀把子一樣，除了自己外，絕不信任何人。有時他們甚至連自己都不信任。

犬郎君忽又問道：「花寡婦是不是跟你一批走？」

陸小鳳道：「大概是的。」

犬郎君道：「你想讓她變成什麼樣子？是又老又醜？還是年輕漂亮？」

陸小鳳道：「愈老愈好，愈醜愈好。」

犬郎君道：「為什麼？」

陸小鳳道：「因為沒有人相信陸小鳳會跟一個又老又醜的女人在一起的，所以也沒有人會相信我就是陸小鳳。」

犬郎君道：「所以她愈老愈醜，你就愈安全，不但別人認不出你，你自己也可以不動心。」他眨著眼笑道：「這幾天你的確要保持體力，若是跟一個年輕漂亮的寡婦在一起，要保持體力就很不容易了。」

陸小鳳看著他，冷冷道：「你知道你的毛病是什麼？」

犬郎君搖搖頭。

陸小鳳道：「你的毛病就是太多嘴。」

犬郎君陪笑道：「只要你帶我走，這一路我保證連一個字都不說。」

陸小鳳道：「就算你想說，我也有法子讓你說不出來。」

犬郎君忍不住問：「你有什麼法子？」

陸小鳳道：「我是個告老歸田的京官，不但帶著好幾個跟班隨從，還帶著一條狗。」他微笑著，又道：「你就是那條狗，狗嘴裡當然是說不出人話來的。」

犬郎君瞪著他看了半天，終於苦笑，道：「不錯，我就是那條狗，只求你千萬不要忘記，我這條狗只能吃肉，不啃骨頭。」

陸小鳳道：「可是你最好也不要忘記，不聽話的狗非但要啃骨頭，有時還要吃屎。」

他大笑著走出去，忽又回頭：「葉雪和葉靈本應該在第幾批走的？」

犬郎君道：「我也不知道，老刀把子給我的名單上，根本沒有她們姐妹的名字。」

夜更深。

陸小鳳在冷霧中坐下來，心裡在交戰——現在是到沼澤中去找她們姐妹？還是去大醉一場？

他的選擇是大醉一場。

三

就算不去找她們，也不是一定要醉的，可是他醉了，爛醉如泥。

他為什麼一定要醉？

難道他心裡有什麼不可告人的苦衷？

四月初三，下午，多霧。

陸小鳳醒來時，只覺得頭疼如裂，滿嘴發苦，而且情緒十分低落，就好像大病一場。

他醒了很久才睜開眼，一睜開眼就幾乎跳了起來。

婆老太太怎麼會坐到他床頭來的？而且還一直在盯著他？

他揉了揉眼睛，才看出這個正坐在他床頭咬蠶豆的老太婆並不是婆老太太，可是也絕不會比婆老太太年輕多少。

「你是誰？」

他忍不住要問，這老太太的回答又讓他大吃一驚。

「我是你老婆。」老太太咧開乾癟了的嘴冷笑：「我嫁給你已經整整五十年，現在你想不認我做老婆也不行了。」

陸小鳳吃驚的看著她，忽然大笑，笑得在床上直打滾。

這老太太竟是柳青青，他還聽得出她的聲音。

「你怎麼會變成這樣子的？」

「因為那個王八蛋活見了鬼，我想要年輕一點，他都不答應。」

柳青青用力咬著蠶豆，恨恨道：「現在我變成這個樣子，你是不是很高興？」

陸小鳳故意眨了眨眼，道：「我為什麼要高興？」

柳青青道：「因為你本來就希望我愈老愈好，愈醜愈好，因為你本來就一直在逃避我，好像生怕我活活的把你吞下去。」

陸小鳳還是裝不懂：「為什麼要逃避你？」

柳青青道：「你若不是在逃避我，為什麼每天都喝得像死人一樣？」她冷笑著，又道：「其實我也知道你不敢碰我，可是我又有點奇怪，要你每天晚上跟我這麼樣一個老太婆睡覺，你怎麼受得了？」

陸小鳳坐了起來，道：「我為什麼要每天晚上跟你睡覺？」

柳青青道：「因為你是告老歸田的京官，我就是你老婆，而且是個出名的醋罈子。」

陸小鳳說不出話來了。

柳青青道：「我還有個好消息告訴你，我們的兒子也一直跟在我們身邊的。」

陸小鳳又吃了一驚：「我們的兒子是誰？」

柳青青道：「是表哥。」

陸小鳳忽然倒了下去，直挺挺的倒在床上，連動都不會動了。

柳青青大笑，忽然撲在他身上，吃吃的笑道：「我的人雖老，心卻不老，我還是每天都要的，你想裝死都不行。」

陸小鳳苦笑道：「我絕不裝死，可是你若要我每天都跟你這麼樣一個老太婆做那件事，我就真的要死了。」

柳青青道：「你可以閉起眼睛來，拚命去想我以前的樣子。」她已笑得喘不過氣：「何況你們男人不是常常喜歡說，只要閉起眼睛來，天下的女人就都是一樣的。」

現在陸小鳳總算明白自作自受是什麼意思了。

這個洞本來是他自己要挖的，現在一頭栽進去的，偏偏就是他自己。

四

犬郎君來的時候，柳青青還在喘息。

看著一個老掉了牙的老太太，少女般的躺在一個年輕男人身旁喘息，如果還能忍得住不笑出來，這個人的本事一定不小。犬郎君的本事就不小。

他居然沒有笑出來，居然能裝作沒有看見，可是等到陸小鳳站起來，他卻忽然向陸小鳳擠了擠眼睛，好像在問：「怎麼樣？」

陸小鳳簡直恨不得將他這雙眼珠挖出來，送給柳青青當蠶豆吃。

幸好他還沒有動手，門外已有個比柳青青和妻老太太加起來都老的老太婆伸進頭來，陪著笑道：「老爺和太太最好趕緊準備，我們天一亮就動身。」

這個人當然就是管家婆。

又有誰能想得到，昔年不可一世的鳳尾幫內三堂的高堂主，竟會變成這副樣子？

陸小鳳又覺得比較愉快了，忽然大聲道：「我那寶貝兒子呢？快叫他進來給老夫請安。」

看起來好像又年輕了二十歲的表哥，只好愁眉苦臉的走進來。

陸小鳳板著臉道：「在京裡做官的人，家規總是比較嚴的，就算在路上，也馬虎不得，所以你以後每天都要來跟我磕頭請安，你知不知道？」

表哥只有點頭。

陸小鳳道：「既然知道，還不趕緊跪下去磕頭？」

看著表哥真的跪了下去，陸小鳳的心情更好了，不管怎麼樣，做老子總比做兒子愉快得多。

這一路上他當然也不會寂寞，除了老婆外，他還有個兒子，有個管家，有個管家婆。

他甚至還有一條狗。

「不能帶這條狗去！」

海奇闊斷腕上的鈎子已卸下來，光禿禿的手腕在沒有用衣袖掩蓋著的時候，顯得笨拙而滑稽。

他的表情卻很嚴肅，態度更堅決：「我們絕不能帶他去。」

陸小鳳道：「這也是老刀把子的命令？」

海奇闊道：「當然是。」

陸小鳳道：「你是不是準備殺了他？」

海奇闊道：「是。」

現在犬郎君的任務已結束，他們已用不著對他有所顧忌。

陸小鳳道：「誰動手殺他？」

海奇闊道：「我。」

陸小鳳道：「你不用鈎子也可以殺人？」

海奇闊道：「隨時都可以。」

陸小鳳道：「好，那麼你現在就先過來殺了我吧。」

海奇闊臉色變了：「你這是什麼意思？」

陸小鳳淡淡道：「我的意思很簡單，他去，我就去，他死，我就死。」

他當然不能死。

海奇闊看看表哥，表哥看看管家婆，管家婆看看柳青青。

柳青青看看犬郎君，忽然問道：「你是公狗？還是母狗？」

犬郎君道：「是公的。」

柳青青道：「有些狗晚上喜歡睡在主人的床旁邊，你呢？」

犬郎君道：「我喜歡睡在門口，而且一睡就像死狗一樣，什麼都聽不見。」

柳青青笑了：「只要不是母狗，隨便你想帶多少去，我都不反對。」

陸小鳳道：「有沒有人反對的？」

海奇闊嘆了口氣，道：「沒有。」

管家婆立刻道：「半個人都沒有。」

陸小鳳看看表哥：「你呢？」

表哥笑了笑，道：「我是個孝子，我比狗還聽話十倍。」

所以我們的陸大爺就帶著四個人和一條狗，浩浩蕩蕩的走出了幽靈山莊。

這已是他第二次離開這地方，他知道自己這一次是絕不會再回來了。

十二　鬼屋

一

四月初五，晴。

陸小鳳正對著一面擦得很亮的銅鏡微笑。

看到鏡子裡的人居然不是自己，這種感覺雖然有點怪怪的，卻很有趣。

鏡子裡這個老人當然沒有本來那麼英俊，看起來卻很威嚴，很有氣派，絕不是那種酒色過度，一條腿已進了棺材的糟老頭。

這一點無疑使他覺得很愉快，唯一的遺憾就是不能洗臉。

所以他只能用乾毛巾象徵性在臉上擦了擦，再痛痛快快的漱了口，再轉過頭看看床上的老太婆。

他搖著頭嘆氣道：「犬郎君的確應該讓你年輕一點的，現在你看來簡直像我的媽。」

柳青青咬著牙，恨恨道：「是不是別人隨便把你弄成個什麼樣的人，你都一樣能夠自我陶醉的？」

陸小鳳笑了，大笑。

這時，那條聽話的狗已搖著尾巴進來了，孝順的孩子也已趕來磕頭請安。

陸小鳳更愉快，他笑道：「今天你們都很乖，我請你們到『三六九』去吃火腿干絲和小籠湯包去。」

「三六九」的湯包小巧玲瓏，一籠二十個，一口吃一個，吃上個三五籠也不嫌多。

連陸大爺的狗都吃了三籠，可是他的管家婆卻只能站在後面侍候著。

在京裡做官的大老爺們，規矩總是比別人大的。

店裡的跑堂在旁邊看著只有搖頭，用半生不熟的蘇州官話搭訕著道：「看來能在大老爺家裡做條狗也是好福氣的，比好些人都強得多了。」

陸小鳳正在用自己帶來的銀牙籤剔著牙，嘴裡噴噴的直響，忽然道：「你既然喜歡牠，為什麼不帶牠出去溜溜，隨便在外面放泡野屎，回來老爺有賞。」

跑堂的遲疑著，看看管家和管家婆：「這位管家老爺不去？」

陸小鳳道：「他不喜歡這條狗，所以這條狗就喜歡咬他。」

跑堂的害怕了……

陸小鳳從鼻孔裡哼了一聲，道：「這位老爺喜不喜歡咬別人的？」

大老爺的夫人也在旁邊開了腔，道：「別人就算請牠咬，牠還懶得張口哩。」

吃屎，你最多只能讓牠舐一舐，千萬不能讓牠真的吃下去，牠會鬧肚子的。」

跑堂的只有陪笑著，拉起牽狗的皮帶，小心翼翼的帶著這位狗老爺散步去了。

管家看看管家婆，管家婆看看孝子，孝子看看老太太。

老太太微笑道：「你放心，你老子這條狗是乖寶貝，絕對不會跑的，而且牠就算會跑，也跑不了。」

孝子忍不住問：「為什麼？」

老太太道：「因為你也要跟著牠去，牠拉屎的時候，你也得在旁邊等著。」

陸小鳳笑了，微笑著道：「看來我們這個兒子倒真是孝子。」

表哥果然聽話得很，站起來就走。

陸小鳳有個毛病，每天吃早點之後，好像都一定要去方便方便。他的酒喝得太多，所以腸胃不太好。

老太太就算是個特大號的醋罈子，盯人的本事再大，至少老爺在方便的時候，她總不能在旁邊盯著的。

可是一條狗要盯著一個人的時候，就沒有這麼多顧忌了，不管你是在方便也好，是不方便也好，牠都可以跟著你。

所以陸小鳳每次要方便的時候，犬郎君都會搖著尾巴跟進去。

今天也不例外。

陸小鳳一蹲下去，他就立刻壓低聲音道：「那個跑堂的絕不是真的跑堂。」

沒有反應，陸小鳳根本不睬他。

犬郎君道：「他的輕功一定很高，我從他的腳步聲就可以聽得出來。」

還是沒有反應。就像大多數人一樣，陸小鳳在方便的時候，也是專心一意，全神貫注的。

犬郎君又道：「而且我看他一定還是易容的高手，甚至比我還高。」

陸小鳳忽然道：「你知不知道你是個什麼？你是個妖怪。」

犬郎君怔了怔：「妖怪？」

陸小鳳道：「一條狗居然會說話，不是妖怪是什麼？」

犬郎君道：「可是……」

陸小鳳不讓他說下去，又問道：「你知不知道別人怎麼對付妖怪的？」

犬郎君搖搖頭。

陸小鳳冷冷道：「不是活活的燒死，就是活活的打死。」

犬郎君連一個字都不敢再說，就乖乖的搖著尾巴溜了。

陸小鳳總算輕鬆了一下，對他來說，能一個人安安靜靜的坐下來，就算是坐在馬桶上，也算是種享受，而且是種很難得的享受，因為他忽然有了個會盯人的老婆。

他出去的時候，才發現柳青青已經在外面等著，而且像已等了很久，地上的蠶豆殼已有一大堆。

陸小鳳忍不住道：「你是喜歡看男人方便？還是喜歡嗅這裡的臭氣？」

柳青青道：「我只不過有點疑心而已。」

陸小鳳道：「疑心什麼？」

柳青青道：「疑心你並不是真的想方便，只不過想藉機避開我，跟你的狗朋友說悄悄

話。」

陸小鳳道：「所以你就坐在外面聽我是不是真的方便了？」

柳青青笑道：「現在我才知道，這種聲音實在不太好聽。」

陸小鳳嘆了口氣，苦笑道：「幸好他是條公狗，若是母狗，那還了得？」

柳青青淡淡道：「若是條母狗，現在他早已是條死狗了。」

二

四月初六，時晴多雲。

管家婆的簿子上記著：

早點在城東奎元館吃的，其間又令人溜狗一次，來回約半個時辰。

溜狗的堂倌姓王，當地土生土長，幹堂倌已十四年，已娶妻，有子女各一。

此人已調查確實，絕無疑問。

這簿子當然是要交給老刀把子看的。

海奇闊卻反對：「不行，不能這麼寫。」

管家婆道：「為什麼不能？」

海奇闊道：「我們根本就不該帶這條狗來，更不該讓他找別人去溜狗，老刀把子看了，一

定會認爲其中有問題。」

管家婆道：「你準備怎麼辦？」

海奇闊冷笑，道：「這條狗若是條死狗，豈非就沒問題了？」

管家婆道：「你不怕陸小鳳？」

海奇闊道：「活狗已經變成了死狗，就好像生米已煮成熟飯一樣，他能把我怎麼樣？」

管家婆吐出口氣，道：「卻不知這條活狗，要等到什麼時候才會變成死狗？」

海奇闊道：「快了。」

管家婆道：「明天你去溜狗？」

海奇闊嘆了口氣，道：「這好像還是我生平第一次做這種事。」

管家婆道：「是不是最後一次？」

海奇闊道：「是的，絕對是的。」

四月初七，晴。

海奇闊已牽著狗走了很遠，好像沒有回頭的意思。

表哥跟在後面，忍不住道：「你幾時變成這樣喜歡走路的？」

海奇闊道：「剛才。」

表哥道：「現在你準備走到哪裡去？」

海奇闊道：「出城去。」

表哥道：「出城去幹什麼？」

海奇闊道：「一條狗死在路上，雖然是件很平常的事，狗皮裡若是忽然變出個人來，就完全是另外一件事了。」

表哥道：「這種事當然是絕不能讓別人看見的。」

海奇闊道：「所以我要出城去。」

他緊緊握著牽狗的皮帶，表哥的手也握住了衣袂下的劍柄。

這條狗不但聽得懂人話，而且還是個暗器高手，如果狗沒有死在人手裡，人反而死在狗手裡了，那才真的是笑話。

誰知這條狗居然連一點反應都沒有。

表哥道：「你知不知道狗肚子裡在打什麼鬼主意？」

海奇闊道：「我只知道這附近好像已沒有人了。」

表哥道：「簡直連條人影都沒有。」

海奇闊忽然停了下來，看著這條狗，嘆息著道：「犬兄犬兄，我們也曾在一起吃過飯，喝過酒，總算也是朋友，你若有什麼遺言後事，也不妨說出來，只要我們能做的，我們一定替你做。」

狗在搖尾巴，汪汪的直叫。

海奇闊道：「你搖尾巴也沒有用，我們還是要殺了你。」

表哥道：「可是我保證絕不會把你賣到掛著羊頭的香肉店去。」

海奇闊還在嘆著氣，醋鉢般大的拳頭已揮出，一拳打在狗頭上。

拳頭落下，立刻聽見了骨頭碎裂的聲音。

這條狗狂吠一聲，海奇闊凌空掠起，等他落下來時，活狗就已變成了死狗。

鮮血飛濺，海奇闊凌空掠起，表哥的劍卻已刺入了牠的脖子。

海奇闊鬆了口氣，笑道：「看來殺狗的確比殺人輕鬆得多。」

表哥卻沉著臉，忽然冷笑道：「只怕我們殺的真是條狗。」

海奇闊吃了一驚，立刻俯下身，想剝開狗皮來看看。

狗皮裡面也是狗，這條狗竟不是犬郎君。

海奇闊臉色變了，道：「我明明看見的。」

表哥道：「看見什麼？」

海奇闊道：「看見犬郎君鑽進這麼樣一張狗皮裡去，就變成了這麼樣一條狗。」

表哥冷冷道：「狗有很多種，同種的狗樣子都差不多的。」

海奇闊道：「那麼犬郎君到哪裡去了？這條狗又是怎麼來的？」

表哥道：「你為什麼不去問陸小鳳？」

廁所外面居然又有人在等著，陸小鳳剛走到門口，連褲帶都沒有繫好，就看見了海奇闊。

海奇闊的樣子，看來就像是已經憋不住了，一泡屎已拉在褲胯裡。

陸小鳳嘆了口氣，喃喃道：「為什麼我每次方便的時候，外面都有人在排隊，難道大家都

吃錯了藥，都在拉肚子？」

海奇闊咬著牙，恨恨道：「我倒沒有吃錯藥，只不過殺錯了人。」

陸小鳳好像吃了一驚，道：「你殺了誰？」

海奇闊道：「我殺了一條狗。」

陸小鳳道：「你殺的究竟是人？還是狗？」

海奇闊道：「我殺的那條狗本來應該是個人的，誰知牠竟真的是條狗，狗皮裡面也沒有人。」

陸小鳳又嘆了口氣，道：「狗就是狗，狗皮裡面當然只有狗肉和狗骨頭，當然不會有人！」他嘆息著，拍了拍海奇闊的肩：「最近你一定太累了，若是還不好好的去休息休息，說不定真會發瘋的。」

海奇闊看樣子好像真的要被氣瘋了，忽然大叫道：「犬郎君呢？」

陸小鳳淡淡道：「他既不是我兒子，又不是我的管家，我怎麼知道他在哪裡？」

海奇闊道：「可是一定要帶他下山來的卻是你。」

陸小鳳道：「我只不過說要帶條狗下山，並沒有說要帶犬郎君。」他又拍了拍海奇闊，微笑道：「現在你雖然殺了我的狗，可是我並不想要你償命，不管怎麼樣，一個好管家總比一條狗有用得多，何況，我也不忍讓管家婆做寡婦。」

海奇闊已氣得連話都說不出。

陸小鳳終於已繫好褲帶，施施然走了，走出幾步又回頭，帶著笑道：「這件事你一定要告

訴老刀把子，他一定會覺得很有趣的，說不定還會重重的賞你一樣東西。」

他笑得實在有點不懷好意：「你想不想得出他會賞你樣什麼東西呢？」

海奇闊已想到了。

不管那是樣什麼東西，都一定是很重很重的，卻不知是重重的一拳？還是重重的一刀。

海奇闊忽然大笑，道：「我總算想通了。」

陸小鳳道：「想通了什麼？」

海奇闊道：「我殺的既然是條狗，死的當然也是條狗，不管那是條什麼樣的狗都一樣，反正都已是條死狗。」他眨了眨眼，微笑道：「連人死了都是一樣的，何況狗？」

陸小鳳也大笑，道：「看來這個人好像真的想通了。」

今天管家婆簿子上的記載很簡單：「趕路四百里，狗暴斃。」

四月初八，晴時多雲偶陣雨。

三

四月初九，陰。

沒有雨，只有陰雲，一層層厚厚的陰雲掩住了日色，天就特別黑得早。

荒僻崎嶇的道路上渺無人煙，除了亂石和荒草外，什麼都看不見。

「我們怎麼會走到這裡來了？」

「因為趕車的怕錯過宿頭，所以要抄近路。」

「本來應該是的，可是現在……」管家婆嘆了口氣，苦笑道：「現在看來卻好像是迷了路。」

「這條是近路？」

「現在本來已到了應該吃飯的時候，他們本來已應該洗過臉，漱過口，換上了乾淨舒服的衣裳，坐在燈光輝煌的飯館裡吃正菜前的冷盤。可是現在他們卻在一個完全陌生的地方迷了路。

「我餓了，餓得要命。」柳青青顯然不是個能吃苦的人：「我一定要吃點東西，我的胃一向不好。」

「假如你真的一定要吃點東西，就只有像羊一樣吃草。」

柳青青皺起了眉：「車上難道連一點吃的都沒有？」

「非但沒有吃的，連水都沒有。」

「那我們怎麼辦？」

「只有一個辦法。」

「什麼辦法？」

「餓著。」

柳青青忽然推開門，跳下車……「我就不信沒有別的辦法，我去找。」

「找什麼？」

「無論什麼樣的地方都有人住的，這附近一定也有人家。」柳青青說得好像很有把握，其

實心裡連一點把握都沒有。

可是她肯去找，她不能不去找。因爲她不能吃苦，不能挨餓。

無論你要找的是什麼，只有肯去找的人，才會找得到。

世上本就有很多事都是這樣子的——第一個發明車輛的人，一定是懶得走路的人，就因爲人們不願吃苦，所以人類的生活才會進步。

她肯去找，所以她找到了。

山坳後的山坡下，居然真的有戶人家，而且是很大的一戶人家。

事實上，你無論在任何地方都很難找到這麼大一戶人家。

在黑暗中看來，山坡上的屋頂就像是陰雲般一層層堆積著，寬闊的大門最少可以容六匹馬並馳而入。

可是門上的朱漆已剝落，門也是緊閉著，最奇怪的是，這麼大的一戶人家，竟幾乎完全看不見燈火。

據說一些無人的荒野中，經常會有鬼屋出現的，這地方難道就是棟鬼屋？

「就算真的是鬼屋，我也要進去看看。」柳青青只怕挨餓，不怕鬼。

她已經在敲門，將門上的銅環敲得比敲鑼還響，門裡居然還是完全沒有回應。

她正準備放棄的時候，門卻忽然開了，開了一線，一線燈光照出來，一個人站在那燈光後的黑暗中，冷冷的看著她。

陰森森的燈光，照花了她的眼睛，等到她看清這個人時，就再也不敢再看第二眼。

這個人實在不像一個人，卻也不像鬼，若說他是人，一定是個泥人，若說他是鬼，也只能算是個用泥塑成的鬼。

他全身上下都是泥，臉上、鼻子上、眉毛上，甚至連嘴裡都好像被泥塞住。

幸好他還會笑。

看見柳青青臉上的表情，他就忽然大笑了起來，笑得臉上的乾泥「噗落噗落」往下直掉。

無論是人是鬼，只要還會笑，看來就比較沒有那麼可怕了。

柳青青終於壯起膽子，勉強笑道：「我們迷了路……」

她只說了一句，這人就打斷了她的話：「我知道你們迷了路，若不是迷了路的人，怎會跑到這鬼地方來？」他笑得很愉快：「可是老太太你用不著害怕，這裡雖然是個鬼地方，但我卻不是鬼，我不但是個人，而且還是個好人。」

柳青青忍不住問道：「好人身上怎麼會有這麼多泥？」

這人道：「無論誰挖了好幾天蚯蚓，身上都會有這麼多泥的。」

柳青青怔了怔：「你在挖蚯蚓？」

這人點點頭，道：「我已經挖了七百八十三條大蚯蚓。」

柳青青更吃驚：「挖這麼多蚯蚓幹什麼？」

這人道：「這麼多還不夠，我還得再挖七百一十七條才夠數。」

柳青青道：「爲什麼？」

這人道：「因為我跟別人打賭，誰輸誰就得挖一千五百條蚯蚓，少一條都不行。」

柳青青道：「你輸了？」

這人嘆了口氣，道：「現在雖然還沒有輸，可是我自己知道已經輸定了。」

柳青青看著他，眼睛已看得發直：「用這種法子來打賭倒是真特別，跟你打賭的那個人，一定是個怪人。」

這人道：「不但是個怪人，而且是個混蛋，不但是個混蛋，而且是個大混蛋。」

陸小鳳一直遠遠的站著，忽然搶著道：「不但是個大混蛋，而且是特別大的一個。」

這人立刻同意：「一點也不錯。」

陸小鳳道：「他若是混蛋，你呢？」

這人又嘆了口氣，道：「我好像也是的。」

陸小鳳還想再說什麼，柳青卻已搶著道：「你不是混蛋，你是個好人，我知道你一定肯讓我們在這裡借宿一宿的。」

這人道：「你想在這地方住一晚？」

柳青青道：「嗯。」

這人道：「你真的想？」

柳青青道：「當然是真的。」

柳青青忍不住道：「我們迷了路，附近又沒有別的人家，所以我們只有住這裡，這難道是

件很奇怪的事？」

這人點點頭，又搖搖頭，喃喃道：「不奇怪，一點也不奇怪。」

他嘴裡雖然在說不奇怪，自己臉上的表情卻奇怪得很。

柳青青又忍不住問：「這地方難道有鬼？」

這人道：「沒有，一個也沒有。」

柳青青道：「那麼你肯不肯讓我們在這裡住一晚？」

這人又笑了：「只要你們真的願意，隨便要在這裡住多久都沒有關係。」

他轉過身，走入荒涼陰森的庭院，嘴裡喃喃自語，彷彿在說：「怕只怕你們連半個時辰都耽不下去，因為從來也沒有人能在這裡耽得下去。」

四

前面的一重院落裡有七間屋子，每間屋子裡都有好幾盞燈。燈裡居然還有油。

這個人居然將每間屋子裡的每一盞燈都點亮了，然後才長長吐出口氣：「無論什麼樣的地方，只要一點起燈，看來好像就會立刻變得好多了。」

其實這地方本來就不太壞，雖然到處都積著厚厚的一層灰，可是華麗昂貴的裝潢和傢俬並沒有破爛，依稀還可以想見當年的風采。

柳青青試探著問道：「你剛才是不是在說，從來也沒有人能在這裡耽得下去？」

這個人承認。

柳青青當然要問：「爲什麼？」

這人道：「因爲這裡有樣東西從來也沒有人能受得了。」

柳青青再問道：「是什麼東西？在哪裡？」

這人隨手一指，道：「就在這裡。」

他指著的是個水晶盒子，就擺在大廳正中的神案上。

磨得非常薄的水晶，幾乎完全是透明的，裡面擺著的彷彿是一瓣已枯萎了的花瓣。

「這是什麼花？」

「這不是花，也不是你所能想像得到的任何東西。」

「這是什麼？」

「這是一個人的眼睛。」

柳青青的眼睛張大了，瞳孔卻在收縮，情不自禁退了兩步。

「什麼人的眼睛？」

「一個女人，一個很有名的女人，這個女人最有名的地方，就是她的眼睛。」

「爲什麼有名？」

「因爲她的眼睛是神眼，據說她不但能在黑暗中繡花，而且還能在三十步外用繡花針打穿一隻蚊子的頭。」

「你說的是神眼沈三娘？」

「除了她還有誰？」

「是誰把她的眼睛擺在這裡的？」

「除了她的丈夫還有誰？」

「她的丈夫是不是那個『玉樹劍客』葉凌風？」

「是的，江湖中也只有這麼樣一個葉凌風，幸好只有一個。」

柳青青握緊了雙手，手心已濕了。

她是不是也知道葉凌風和老刀把子之間的恩怨糾纏？他們被帶到那裡來，是無意間的巧合？還是冥冥中有人在故意安排？

挖蚯蚓的人一張臉完全被泥蓋著，誰也看不出他臉上的表情。

可是他的聲音已有些嘶啞：「這裡一共有九十三間屋子，每間屋子裡都有這樣一個水晶盒子。」

「每間屋子裡都有？」

柳青青立刻衝進了第二間屋子，果然又看見了一個完全相同的水晶盒。

盒子裡擺著的，赫然竟是隻乾枯了的耳朵。

挖蚯蚓的人幽靈般跟在她身後：「沈三娘死了後，葉凌風就將她分成了九十三塊……」

柳青青忍不住叫了起來：「他為什麼要這樣做？」

挖蚯蚓的人嘆了口氣，道：「因為他太愛她，時時刻刻都想看到她，無論走到哪裡都想看到她，哪怕只能看見一隻眼睛、一隻耳朵也好。」

柳青青咬緊牙，幾乎已忍不住要嘔吐。

陸小鳳忽然問道：「據說沈三娘的表哥就是武當的名劍客木道人？」

挖蚯蚓的人點點頭。

陸小鳳道：「據說他們成親，就是木道人做的大媒。」

挖蚯蚓的人道：「不錯。」

陸小鳳道：「葉凌風這麼樣做，難道不怕木道人對付他？」

挖蚯蚓的人道：「木道人想對付他的時候，已經太遲了，沈三娘死了還不到三個月，他自己也發了瘋，自己一頭撞死在後面的假山上，腦袋撞得稀爛。」

一個人若是連腦袋都撞得稀爛，當然就沒有人能認得出他的本來面目，也就沒有人能證明死的那個人究竟是誰了。

柳青青總算已喘過氣來，立刻問道：「他死了之後，別人爲什麼還不把這些盒子搬走？」

挖蚯蚓的人道：「因爲想搬這些盒子的人，現在都已經躺在盒子裡。」

柳青青道：「什麼樣的盒子？」

挖蚯蚓的人道：「一種長長的、用木頭做的、專門裝死人的盒子，大多數人死了後，都要被裝在這種盒子裡。」

柳青青勉強笑了笑，道：「那至少總比被裝在這種水晶盒子裡好得多。」

挖蚯蚓的人道：「只可惜也好不了太多。」

柳青青道：「爲什麼？」

挖蚯蚓的人道：「因爲被一雙鬼手活活捏死的滋味並不好受。」

柳青青道：「可是你剛才還說這地方連一個鬼都沒有的？」

挖蚯蚓的人道：「這地方一個鬼是沒有的，這地方至少有四十九個鬼，而且都是冤死鬼。」

柳青青道：「這地方本來一共有多少人？」

挖蚯蚓的人道：「四十九個。」

柳青青道：「現在這些人已全都死光了？」

挖蚯蚓的人道：「假如每天都有隻眼睛在水晶匣子裡瞪著你，你受不受得了？」

柳青青道：「我受不了，我一定會發瘋。」

挖蚯蚓的人道：「你受不了，別人也一樣受不了，所以每個人都想把這些盒子搬走，可是無論什麼人，只要一碰到這些盒子，舌頭立刻就會吐出半尺長，一霎眼的功夫就斷了氣，就像死的人才會變成這樣子。」

柳青青立刻轉過頭，不敢再看他一眼，卻還是忍不住問道：「你呢？你沒有動過這些盒子？」

他自己也把舌頭伸出來！伸得長長的，他臉上全是黑泥，舌頭卻紅如鮮血，只有被活活扼死的人才會變成這樣子。

柳青青道：「這裡的人豈非已死光了，你怎麼還活著？難道你不是人？」

挖蚯蚓的人搖搖頭，又點點頭，他舌頭還是伸得長長的，根本沒法子說話。

挖蚯蚓的人忽然從懷裡伸出手，將一條黑黝黝的東西往柳青青拋了過去，這些東西竟是活

的，又溫又軟又滑，竟是活生生的蚯蚓。

柳青青驚呼一聲，幾乎嚇得暈了過去。

她並不是那種很容易被嚇暈的女人，可是這些又濕又軟又滑的蚯蚓，有誰能受得了？

等她躲過了這些蚯蚓，挖蚯蚓的人竟已不見了，燈光閃了兩閃，屋子裡的燈也忽然熄滅。

她回過頭，陸小鳳他們居然全都不在這屋子裡。

幸好隔壁一間屋子裡有燈，她衝過去，這屋裡的燈也滅了。

再前面的一間屋子雖然還有燈，可是等她衝過去時，燈光也熄滅。

這七間燈火明亮的屋子，忽然之間，就變得一片黑暗。

忽然之間，她什麼都已看不見，連自己伸出去的手都已看不見。

——那隻眼睛是不是還在水晶盒子裡瞪著她？

——那四十九個舌頭吐得長長的冤死鬼，是不是也在黑暗中看著她？

她看不見他們。她不是神眼。

——那該死的陸小鳳死到哪裡去了？

「老頭子，死老頭子，姓陸的，你還不快出來！」她大喊，沒有回應。

連一個人的回應都沒有，管家婆、鈎子、表哥，也全都不知溜到哪裡去了。

——難道他們全都被那雙看不見的鬼手活活扼死？

——難道這根本就是個要命的圈套？

她想衝出去，三次都撞在牆上，她全身都已被冷汗濕透。

最後一次跌倒時，她的腿已軟了，幾乎連爬都爬不起來。黑暗中卻忽然有隻手伸過來，拉起了她。

——是不是陸小鳳？

不是。冰冷乾枯的手，指甲最少有一寸長。

她忍不住又放聲大呼：「你是誰？」

「你看不見我的，我卻能看見你。」黑暗中有人在吃吃的笑：「我是神眼。」

這是女人的聲音。這隻手難道是從水晶盒子裡伸出來的？

笑聲還沒有停，她用盡全身力氣撲過去。

她撲了個空，那隻冰冷乾枯的手，卻又從她背後伸了過來，輕撫著她的咽喉。

她並不是那種很容易就會被嚇暈的人，可是現在她已暈了過去。

五

四月初十，晴。

柳青青醒來時，陽光正照在窗戶上。

窗戶在動，窗外的樹木也在動——就像飛一樣的往後退。

她揉了揉眼睛，忽然發現自己又到了馬車上，陸小鳳正正坐在她對面，笑嘻嘻的看著她。

她咬了咬嘴唇，很疼。

這不是夢。她跳了起來，瞪著陸小鳳。

陸小鳳微笑道：「早。」

柳青青道：「早？現在是早上？」

陸小鳳笑道：「其實也不算太早，昨天晚上你睡得簡直像死人一樣。」

柳青青咬著牙，道：「你呢？」

陸小鳳道：「我也睡了一下。」

柳青青忽然跳起來，撲過去，撲在他身上，扼住了他的脖子，狠狠道：「說，快說，這究竟是怎麼回事？」

陸小鳳道：「什麼事？」

柳青青道：「昨天晚上的事。」

陸小鳳嘆了口氣，道：「我正想問你，你是怎麼回事？好好的爲什麼要一頭撞到牆上去，把自己撞昏了？」

柳青青叫了起來，道：「我沒有瘋，爲什麼要撞自己的頭？」

陸小鳳苦笑道：「連你自己都不知道，我怎麼會知道！」

柳青青道：「我問你，屋子裡那些燈，怎麼會忽然一起滅了的？」

陸小鳳道：「燈裡沒有油了，當然會滅！」

柳青青道：「那個挖蚯蚓的人呢？」

陸小鳳道：「燈滅了，他當然要去找燈油。」

柳青青道：「他找到沒有？」

陸小鳳道：「就因為他找到了燈油，我們才能找到你。」

柳青青道：「他真的是個人？」

陸小鳳道：「不但是人，而且還是個好人，不但找到了燈油，還煮了一大鍋粥，我們每個人都吃了好幾碗。」

柳青青怔住，怔了半天，才問道：「燈滅的時候，你們在哪裡？」

陸小鳳道：「在後面。」

柳青青道：「我在前面，你們到後面去幹什麼？」

陸小鳳道：「你在前面，我們為什麼一定也要在前面，我們又不是你的跟屁蟲，為什麼不能到後面去看看？」

柳青青忽然又大喊：「管家的，管家婆，乖兒子，你們全進來。」

車子停下，她叫的人也全都過來了，她將剛才問陸小鳳的話又問了一遍，他們的回答也一樣。

他們也不懂，她為什麼好好的要把自己一頭撞暈。

柳青青幾乎又氣得快暈過去了，忍不住問道：「難道你們全都沒有看見那隻手？」

管家婆道：「什麼手？」

柳青青道：「扼住我脖子的鬼手。」

陸小鳳忽然笑了笑，道：「我看見了。」他笑得很神秘：「不但看見了，而且還把它帶了回來。」

柳青青眼睛裡立刻發出了光：「在哪裡？」

陸小鳳道：「就在這裡。」

他微笑著，從身上拿出一段掛窗簾的繩子，繩子上還帶著好幾個一寸長的鈎子，就像是指

甲一樣的鈎子：「這是不是纏在你脖子上的鬼手？」

柳青青說不出話來。

海奇闊忽然大笑道：「想不到大名鼎鼎的江南女俠柳青青，居然會被一段繩子嚇得暈過

去。」

陸小鳳道：「其實你應該想得到的。」

海奇闊道：「為什麼？」

陸小鳳道：「因為她是個女人，而且年紀也不算小。」

他嘆息著，苦笑道：「女人到了她這種年紀，總難免會疑神疑鬼的。」

六

四月十一日，晴。

黃昏。

從昨天早上到現在，柳青青說的話加起來還沒有她平常一頓飯的時候說得多。

她的臉色也很不好看，不知道是因為驚魂未定？還是因為行動的時候已經快到了。

現在他們距離武當已只有半天的行程，老刀把子卻一直沒有消息，也沒有給他們最後的指

示，所以不但她變了，別的人也難免有點緊張。誰也不知道這次行動他們能有多少成把握？

何況，除了這七個人之外，還不知有多少高手也已到了武當山。

石雁、鐵肩、王十袋、高行空……這些人幾乎已可算是武林中的精英。

「你想西門吹雪會不會去？」

「他可能不會去。」

「爲什麼？」

「因爲他在找陸小鳳，他絕對想不到陸小鳳敢上武當。」

說這句話的人正是陸小鳳自己。他這麼樣說，也許只不過因爲他自己心裡希望如此。

黃昏時的城市總是最熱鬧的，他們的車馬正穿過鬧市。

「就算西門吹雪不會去，木道人卻一定會在那裡，近年來他雖然已幾乎完全退隱，可是像冊立掌門這種大事，他總不能置身事外的。」

「當然。」

「木道人若到了，木松居士想必也會去，就只這兩個人，已不是容易對付的。」

「我想老刀把子一定已有了對付他們的法子，否則他爲什麼一直都沒有把他們列入這個計劃裡？」

「他們應該想什麼？」

「我們應該想什麼？」

「不管怎麼樣，現在我們都不該想這件事。」陸小鳳又開了口。

「想想應該到哪裡吃飯去。」

表哥、管家婆、海奇闊，此刻全都在車上，本來好像都想說話的，卻忽然同時閉上了嘴，六隻眼睛一起盯在對街的一家酒樓門口。車馬走得很慢，就在他們經過時，正有三個人走入了酒樓。

像一陣風就能將他吹倒。

一個人赤面禿頂，目光灼灼如鷹，一個人高如竹竿，瘦也如竹竿，走起路來一搖三晃，好

還有個人扶著這兩人的肩，彷彿已有了幾分醉態，卻是個白髮蒼蒼的道人。

這三個人陸小鳳全認得，表哥、管家婆、海奇闊也全都認得。

目光如鷹的，正是十二連環塢的總瓢把子「鷹眼」老七。

連路都走不穩的，卻是以輕功名動大江南北的「雁蕩山主」高行空。

那個已喝得差不多了的老道士，就正是他們剛剛還在談起的武當名宿木道人。

表哥的眼睛雖然在盯著他們，心裡卻只希望車馬快點走過去。

誰知陸小鳳卻忽然道：「叫車子停下來。」

表哥嚇了一跳：「為什麼？」

陸小鳳道：「因為我們就要在這家酒樓吃飯。」

表哥更吃驚：「你不認得那三個人？」

陸小鳳道：「我認得他們，可是他們卻不認得我了。」

表哥道：「萬一他們認出來了怎麼辦？」

陸小鳳道：「他們現在若能認出我們，到了武當也一樣認得出。」

表哥想了想，終於有點明白他的意思：「你是想試試他們，是不是能認得出我們來？」

陸小鳳淡淡道：「反正我們總得這麼冒一次險的，現在被他們認出來，至少總比到了武當才被認出來的好。」

這句話剛說完，柳青青已在用力敲著車廂，大聲道：「停車。」

直到這時為止，大家顯然都認為陸小鳳這想法不錯，所以沒有一個人反對。

因為這時他們還沒有走上酒樓。等他們走上去時，後悔已來不及了，最後悔的一個人，就是陸小鳳。

十三　最後指示

一

這酒樓的裝潢很考究，氣派也很大，可是生意並不太好。

現在雖然正是晚飯的時候，酒樓上的雅座卻只有三桌客人。

高行空他們並不是三個人來的，酒樓上早已先到了一個人在等著他們。

這人高大威武，像貌堂堂，看氣派，都應該是武林中的名人。

可是陸小鳳卻偏偏不認得他，甚至連見都沒有見過。武林中的名人，陸小鳳沒有見過的並不多。

人最多的一桌，也是酒喝得最多的一桌，座上有男有女。

男的衣著華麗，看來不是從揚州那邊來的鹽商富賈，就是微服出遊的京官大吏，女的姿容冶艷，風流而輕佻，無疑是風塵中的女子。

人最少的一桌只有一個人。

一個白衣人，白衣如雪。

看見這個人，陸小鳳的掌心就沁出了冷汗，他實在想不到會在這裡遇見這個人，否則就算有人在後面用鞭子抽他，他也絕不會上來的。

既然已上了樓，再下去就來不及了。

陸小鳳只有硬著頭皮找了個位子坐下，柳青青冷冷的看著他，幾乎可以看見一粒粒汗珠已

透過他臉上的人皮面具冒了出來。

白衣人卻連眼角都沒有看他們。

他的臉鐵青。

他的劍就在桌上。

他喝的是水，純淨的白水，不是酒。

他顯然隨時隨地都在準備殺人。

木道人在向他打招呼，他也像是沒有看見，這位名重江湖的武當名宿，竟彷彿根本就沒有

被他看在眼裡。

他根本就從未將任何人看在眼裡。

木道人卻笑了，搖搖頭喃喃笑道：「我不怪他，隨便他怎麼無禮，我都不怪他。」

那高大威武的老人忍不住問：「為什麼？」

木道人道：「因為他是西門吹雪！」

天上地下，獨一無二的西門吹雪。

天上地下，獨一無二的劍。

只要他手裡還有劍，他就有權不將任何人看在眼裡。

也許他現在眼裡只看見陸小鳳一個人。

仇恨就像種奇異的毒草，雖然能戕害人的心靈，卻也能將一個人的潛力全部發揮，使他的意志更堅強，反應更敏銳。何況，這種一劍刺出，不差毫釐的武士，本就有一雙鷹隼般的銳眼。

現在他雖然絕對想不到陸小鳳就在他眼前，但陸小鳳只要露出一點破綻，就絕對逃不過他這雙銳眼。

菜已經點好了，堂倌正在問：「客官們想喝什麼酒？」

柳青青立刻搶著道：「今天我們不喝酒，一點都不喝。」

酒總是容易造成疏忽的，任何一點疏忽，都足以致命。

可是酒也能使人的神經鬆弛，心情鎮定。

陸小鳳道：「今天我們不喝一點酒，我們要喝很多。」他微笑著拍了拍表哥的肩：「今天是我的乖兒子的生日，吉日怎可無酒？你先給我們來一罈竹葉青。」

柳青青狠狠的盯著他，他也好像完全看不見，微笑著又道：「天生男兒，以酒為命，婦人之言，慎不可聽，來，你們老兩口也坐下來陪我喝幾杯。」

管家婆和海奇闊也只好坐下來，木道人已經在那邊拊掌大笑，道：「好一個『婦人之言，慎不可聽』，聽此一言，已當浮三大白。」

酒來得真快，喝得更快。三杯下肚，陸小鳳神情就自然得多了，眼睛裡也有了光。

現在他總算已走出了西門吹雪的陰影，彷彿根本已忘了酒樓上還有這麼樣一個人。

西門吹雪劍鋒般銳利的目光，卻忽然盯到他身上。

木也在看著他，忽然舉杯笑道：「這位以酒為命的朋友，可容老道士敬你一杯？」

陸小鳳笑道：「恭敬不如從命，老朽也當回敬道士三杯。」

木道人大笑，忽然走過來，眼睛裡也露出刀鋒般的光，盯著陸小鳳，道：「貴姓？」

陸小鳳道：「姓熊，熊虎之熊。」

木道人道：「萍水相逢，本不該打擾的，只是熊兄飲酒的豪情，像極了我一位朋友。」

柳青青心已在跳了，陸小鳳居然還是笑得很愉快，道：「道長這位朋友在哪裡？」

木道人道：「遠在天邊，近在眼前。」

柳青青一顆心已幾乎跳出腔子，陸小鳳杯中的酒也幾乎濺了出來。

木道人卻又仰面長嘆，接著道：「天忌英才，我這位朋友雖然已遠去西天，可是此間有

酒，又有故人，他的一縷英魂，說不定又已回到我眼前了。」

柳青青鬆了口氣，陸小鳳也鬆了口氣，因為他們都沒有去看西門吹雪。

西門吹雪蒼白的臉似已白得透明，一隻手已扶上劍柄。

忽然間，窗外響起「嗆」的一聲龍吟。

只有利劍出鞘時，才會有這種清亮如龍吟般的響聲。

西門吹雪的瞳孔立刻收縮。

就在這同一剎那間，夜空中彷彿有屬電一閃，一道寒光，穿窗而入，直刺西門吹雪。

西門吹雪的劍在桌上，猶未出鞘，劍鞘旁一隻盛水的酒杯卻突然彈起，迎上了劍光。

「叮」的一響，一隻酒杯竟碎成了千百片，帶著千百粒水珠，冷霧般飛散四激。

劍光不見了，冷霧中卻出現了一個人。

一個黑衣人，臉上也蒙著塊黑巾，只露出一雙灼灼有光的眸子。

桌上已沒有劍，劍已在手。

黑衣人盯著他，道：「拔劍。」

西門吹雪冷冷道：「七個人已太少，你何必一定要死？」

黑衣人不懂：「七個人？」

西門吹雪道：「普天之下，配用劍的人，連你只有七個，學劍到如此，並不容易。」他揮了揮手：「你走吧。」

黑衣人人道：「不走就死？」

西門吹雪道：「是。」

黑衣人冷笑，道：「死的只怕不是我，是你。」

他的劍又飛起。

木道人皺起了眉：「這一劍已不在葉孤城的天外飛仙之下，這個人是誰？」

只有陸小鳳知道這個人是誰。

他又想起了在幽靈山莊外的生死交界線上，那穿石而入的一劍。

石鶴，那個沒有臉的人。他本來就一心想與西門吹雪一較高低的。

又是一聲龍吟，西門吹雪的劍已出鞘。

沒有人能形容他們兩柄劍的變化和迅速。

沒有人能形容他們這一戰。

劍氣縱橫，酒樓上所有的杯盤碗盞全都粉碎，劍風破空，逼得每個人呼吸都幾乎停頓。

那四個衣著華麗的老人，居然還是面不改色，陪伴在他們身旁的女孩子，卻已驚飛燕散，花容失色。

忽然間，一道劍光沖天飛起，黑衣人斜斜竄出，落在他們桌上。

西門吹雪的劍光凌空下擊，黑衣人全身都已在劍光籠罩下。他已失盡先機，已退無可退。

誰知就在這時，這塊樓板竟忽然間憑空陷落了下去——桌子跟著落了下去，桌上的黑衣人落了下去，四個安坐不動的華衣老人也落了下去。

酒樓上竟忽然陷落了一個大洞，就像是大地忽然分裂。

西門吹雪的劍光已從洞上飛到，這變化顯然也大出他意料之外。

他正想穿洞而下，誰知這塊樓板竟忽然又飛了上來，「咔嚓」一聲，恰巧補上了這個洞。

桌子還在這塊樓板上，四個華衣老人也還是動也不動的坐在那裡。

這塊樓板像是被他們用腳底吸上來的，桌上的黑衣人卻已不見了。

劍光也不見了，劍已入鞘。

西門吹雪冷冷的看著他們，冷酷的目光中，也有了驚詫之色。

高行空、鷹眼老七、木道人，也不禁相顧失色。

現在他們當然都已看出來，這四個華衣老人既不是腰纏萬貫的鹽商富賈，也不是微服出遊的京官大吏，而是功力深不可測的武林高手。

他們以內力壓斷了那塊樓板，再以內力將那塊樓板吸上來，功力達這一步的，武林中有幾人？

西門吹雪忽然道：「三個人。」

華衣老者們靜靜的看著他，等著他說下去。

西門吹雪道：「能接住我四十九劍的人，只有三個人。」

剛才那片刻之間，他竟已刺出了七七四十九劍。

他殺人的確從未使出過四十九劍。

華衣老者年紀最長的一個終於開口，道：「你看他是其中哪一個？」

西門吹雪道：「都不是。」

華衣老者道：「哦？」

西門吹雪冷冷道：「這三人都已有一派宗主的身分，縱然血濺劍下，也絕不會逃的。」

華衣老者淡淡道：「那麼他就一定是第四個人。」

西門吹雪道：「沒有第四個。」

華衣老者道：「閣下手中還有劍，為何不再試試，我們是否能接得住閣下的四十九劍？」

西門吹雪道：「縱然能接得住，你們四人恐怕最多也只能剩下三個。」

華衣老者道：「你呢？」

西門吹雪閉上了嘴。要對付這四個人，他的確沒有把握。

跟著他們來的四個艷裝少女中，一個穿著翠綠輕衫的忽然叫了起來。

華衣老者們也閉上了嘴。要對付西門吹雪，他們也同樣沒有把握。

「舅舅。」她大叫著衝向陸小鳳：「我總算找到你了，我找得你好苦。」

陸小鳳怔住。

他一向是個光棍，標準的光棍，可是現在不但忽然多了個兒子出來，又忽然做了別人的舅舅。

這少女已跪倒在他面前，淚流滿面的道：「舅舅你難道已不認得我了？我是小翠，你嫡親的外甥女小翠。」

陸小鳳忽然一把摟住她：「我怎麼會不認得你，你的娘呢？」

小翠好像已被抱得連氣都透不出來，喘息著道：「我的娘也死了。」

陸小鳳道：「你怎麼會跟那些老頭子到這裡來的？」

小翠道：「我……我沒法子，他們……他們……」一句話未說完，已放聲大哭了起來。

陸小鳳忽然跳起來，衝到華衣老人們的面前，破口大罵：「你們為什麼要欺負她？否則她怎麼會哭得如此傷心？」

他揪住一個老人的衣襟：「看你們的年紀比我還大，卻來欺負一個孤苦伶仃的小女孩，你們是不是人？我跟你們拚了。」

他用力拉這老人，小翠也趕過來，在後面拉他，忽然間，「嘩啦啦」一聲響，這塊樓板又

陷落了下去，三個人跌作一團。

西門吹雪似也怔住。

剛才他面對著的，很可能就是他這一生中最可怕的對手。

可是現在忽然之間，他面對著的已只不過是個大洞。

他只有走。

走過木道人面前時，他忽然又停下來，道：「你好。」

木道人也怔了怔，開懷大笑，道：「好，我很好，想不到你居然還認得我。」

西門吹雪道：「可曾見到陸小鳳？」

木道人不笑了，嘆息著道：「我見不著他，誰都見不著他了！」

西門吹雪冷笑！

木道人轉開話題，道：「你是不是也到武當去？」

西門吹雪道：「不去！」

木道人道：「為什麼？」

西門吹雪道：「我有劍，武當有解劍岩。」

木道人道：「你的劍從不肯解？」

西門吹雪道：「是的。」

那高大威武的老人忽然冷笑道：「你也不敢帶劍上武當？」

西門吹雪冷冷道：「我只敢殺人，只要你再說一個字，我就殺了你。」

沒有人再說一個字。

西門吹雪的手中仍有劍。

他帶著他的劍，頭也不回的走下了樓，頭也不回的走了出去。

陸小鳳還在跟那些華衣老者糾纏，他卻連看都不再看他一眼。

鬧市燈火依舊。

看著他走上燈火輝煌的長街，看著他走遠，高大威武的老人才嘆了口氣，道：「這世上難道真的只有三個人能接住他四十九劍？」

木道人道：「真的。」

老人道：「有沒有人能解下他的劍？」

木道人道：「沒有。」

高行空道：「難道他真的已天下無敵？」

高大威武的老人忽然笑了，道：「也許沒有人能解下他的劍，但卻有個人能殺了他！」

高行空、鷹眼老七同時搶著問道：「誰？」

高大威武的老人笑得彷彿很神秘，緩緩道：「只要你們有耐心等著，這個人遲早總會出現的！」

二

忽然就發生的衝突，又忽然結束，別的人看來雖莫名其妙，他們自己心裡卻有數。

西門吹雪一走，陸小鳳也就走了，華衣老者們當然不會阻攔他，大家都好像根本沒有發生過任何事一樣。

現在陸小鳳又舒舒服服的坐到他那輛馬車上，車馬又開始往前走。

他那穿著翠綠輕衫，長得楚楚動人的外甥女，就坐在他對面，臉上的淚痕雖未乾，卻連一點悲哀的表情都沒有，眼睛裡還帶著笑意，彷彿覺得這件事很有趣。

陸小鳳好像也覺得這件事很有趣，忽然道：「你是我嫡親的外甥女？」

小翠道：「嗯。」

陸小鳳道：「你媽媽就是我的妹妹？」

小翠道：「嗯。」

陸小鳳道：「現在她已經死了？」

小翠道：「嗯。」

陸小鳳道：「現在你是不是要帶我們到你家去？」

小翠道：「嗯。」

陸小鳳道：「你家裡還有些什麼人？」

小翠忽然笑了笑，道：「還有些你一定會喜歡的人。」

陸小鳳道：「你怎麼知道我會喜歡什麼人？」

小翠眨著眼睛：「我當然知道。」

陸小鳳道：「有些人是多少人？」

小翠道：「不少。」

她也笑得很神秘，忽然把頭伸到窗外，大聲吩咐趕車的：「從前面那條巷子向左轉，右邊第三間紅門就到了。」

鋪著青石板的巷子，兩邊高牆內一棵棵紅杏開得正好，牆內的春色已濃得連關都關不住了。

右邊第三間紅門本來就是開著的，門楣上掛著好幾盞粉紅色的宮燈。

小翠一走進去就大聲的喊：「大家快出來，我們的舅舅來了。」

她的叫聲還沒有停，院子裡就有十七八個女孩子擁了出來。

她們都很年輕，就像是燕子般輕盈美麗，又像是麻雀般吱吱喳喳吵個不停。

年輕的女孩子誰不喜歡舅舅呢？

她們都擁到陸小鳳身旁，有的拉手，有的牽衣角，一個個都在叫：「舅舅。」

陸小鳳又怔住：「她們都是我的外甥女？」

小翠點點頭，道：「你喜不喜歡她們？」

陸小鳳只有承認：「喜歡，每一個我都喜歡。」

小翠笑了：「我就知道你一定會喜歡她們的。」

她又去警告那些女孩子：「可是你們卻要小心點，我們這個舅舅什麼都好，就是有點不太老實，抱著你的時候，簡直讓人連氣都喘不過來。」

女孩子們笑得更嬌，吵得更厲害了：「你是不是已經被他抱過？」

「舅舅不公平，抱過她，為什麼不抱我？」

「我也要舅舅抱。」

「我也要。」

陸小鳳左顧右盼，很有點想要去左擁右抱的意思，柳青青冷眼旁觀，正準備想個法子讓他清醒清醒，莫要樂極生悲。

誰知小翠的動作居然比她還快，已拉住陸小鳳的手，衝出了重圍。

女孩子們又大叫：「你叫我們出來的，為什麼又把舅舅拉走？他又不是你一個人的舅舅？」

陸小鳳立刻同意：「既然大家都是我的外甥女，我也該陪陪她們才是。」

小翠不理他，一直將他拉入了後面的長廊，才鬆開手，似笑非笑的用眼角瞟著他：「看來你的野心倒真不小，那些野丫頭都是母老虎，你難道不怕她們拆散你這把老骨頭！」

這已經很不像外甥女對舅舅說話的樣子，她究竟是什麼人？為什麼要認陸小鳳做舅舅？把陸小鳳拉到這裡來幹什麼？

陸小鳳眨了眨眼睛，故意問道：「你是不是想單獨跟我在一起？」

小翠又笑了，吃吃的笑著道：「我可沒有這麼大的膽子，剛才你就差點把我全身骨頭都抱碎了，若是單獨跟你在一起，那還得了？」

陸小鳳道：「有時我也會很溫柔的，尤其是在旁邊沒有人的時候。」

小翠故意嘆了口氣，道：「難怪別人說你是老色狼，居然連自己的外甥女都要打主意。」

陸小鳳道：「誰說我是老色狼？」

小翠道：「一個人說的。」

陸小鳳道：「誰？」

小翠道：「當然也是個你一定會很喜歡的人，我保證你一看見他，立刻就會將別人的話全都忘了。」

陸小鳳眼睛又亮了，立刻問道：「這個人在哪裡？」

小翠指了指走廊盡頭處的一扇門，道：「他就在那屋裡等著你，已等了很久了，你還不快去？」

陸小鳳道：「你呢？」

小翠又吃吃的笑道：「我這個紅娘只管送信，可不管帶人進洞房。」

長廊裡也掛著好幾盞粉紅色的宮燈，燈光比月色更溫柔。

那些野丫頭居然沒有追進來，柳青青居然也沒有追進來。

門是虛掩著的。

門裡靜悄悄的聽不見人聲。

究竟是誰在裡面等著他？裡面是個溫柔陷阱？還是個殺人的陷阱？

陸小鳳正在遲疑著，小翠已在後面用力推了他一把，將他推進了這扇門。

屋裡的燈光更溫柔，錦帳低垂，珠簾搖曳，看來竟真有幾分像是洞房的光景。

現在新郎已進了洞房，新娘子呢？

帳子裡也寂無人聲，好像並沒有人，桌上卻擺著幾樣菜、一壺酒。

菜都是陸小鳳最喜歡吃的，酒也是最合他口味的竹葉青。

這個人無疑認得他，而且還很了解他。

——是不是葉靈已趕到他前面來了，故意要讓他嚇一跳？

——若不是葉靈，還有誰知道他就是陸小鳳？

他將自己認得的每個女人都想了一遍，覺得都不可能。

於是他索性不想了，正準備坐下將剛才還沒有吃完的晚飯補回來，帳子裡忽然有人道：

「今天你不妨開懷暢飲，無論想要誰陪你喝酒都行了，就算喝醉了也無妨，明天我們沒有事。」

陸小鳳嘆了口氣，剛才那些粉紅色的幻想，一下子全都變成了灰色的。

灰撲撲的衣服，灰撲撲的聲音。

這是老刀把子的聲音。

陸小鳳嘆息著，苦笑道：「你明明有很多法子可以跟我見面，為什麼偏偏要我空歡喜一場？」

老刀把子道：「因為我現在跟你說的話，絕不能讓第二個人聽見。」

他的人終於出現了，穿的果然是那套灰撲撲的衣裳，頭上當然也還是戴著那頂簍子般的竹

笠，跟這地方實在一點也不相配。

陸小鳳連酒都已喝不下去，苦笑道：「你是不是準備把我罵得狗血淋頭？」

老刀把子道：「剛才你做的事確實很危險，若不是我早已有了安排，不但木道人很可能認

出你，西門吹雪只怕也認出了你。」

他的聲音居然很和緩：「可是現在事情總算已過去，總算沒有影響大局。」

陸小鳳卻忍不住要問：「剛才的事你已全都知道？難道剛才你也在那裡？」

老刀把子道：「我不在，可是我知道。」

陸小鳳又嘆了口氣，道：「我最佩服你的一點，倒並不是因為你什麼事都知道。」

老刀把子道：「你最佩服的是哪一點？」

陸小鳳道：「你居然想得出要無虎無豹那老和尚帶著女人去喝酒，就憑這一點，我想不

佩服你都不行。」

狎妓冶遊的人們，竟是昔日的少林高僧，這種事除了老刀把子，有誰能想得到？

所以西門吹雪他們縱然覺得他們武功行跡可疑，也絕不會懷疑到他們就是死而復活的無虎

兄弟。

江湖之中，本就有很多身懷絕技，深藏不露的風塵異人。

老刀把子淡淡道：「就因為別人想不到，所以這件事才不致影響大局。」

陸小鳳道：「可是等到四月十三那一天，他們又在武當出現時……」

老刀把子道：「那時他們已變成了上山隨喜的遊方道士，沒有人會注意他們的。」

陸小鳳道：「我呢？那天我變成了什麼樣的人？」

老刀把子道：「你是個火工道人，隨時都得在大殿中侍奉來自四方的貴客。」

陸小鳳苦笑道：「這倒真是個好差事。」

老刀把子道：「那一天武當山上冠蓋雲集，絕對沒有人會注意到一個火工道士的。」

陸小鳳道：「我真正的差事是什麼？是對付石雁？還是對付木道人？」

老刀把子道：「都不是，我早已有了對付他們的人。」

陸小鳳道：「那麼我呢？你找我來，總不會是特地要我去侍候那些客人的？」

老刀把子道：「你當然還有別的事要做，這計劃的成敗關鍵，就在你身上。」

陸小鳳忍不住喝了杯酒，想到自己肩上竟負著這麼大的責任，他忍不住又喝了一杯

他實在有點緊張。

老刀把子居然也倒了杯酒，淺淺啜了一口，才緩緩道：「我要你做的事並不是殺人，我只

不過要你去替我拿一個賬簿。」

陸小鳳道：「誰的賬簿？」

老刀把子道：「本來是梅真人的，他死了之後，就傳到石雁手裡。」

陸小鳳想不通：「堂堂的武當掌門，難道也自己記賬？」

老刀把子道：「每一筆賬都是他們親手記下的。」

陸小鳳試探著問道：「賬上記著的當然不是柴米油鹽。」

老刀把子道：「不是。」

陸小鳳更好奇：「上面記的究竟是什麼？」

老刀把子居然將杯中酒一飲而盡，才沉聲道：「賬上記的是千千百百人的身家性命。」

陸小鳳道：「是哪些人？」

老刀把子道：「都是些有身分的人，有名的人，有錢的人。」

陸小鳳更不懂：「他們的身家性命，和石雁的賬簿有什麼關係？」

老刀把子道：「這本賬簿上記著的，就是這些人的隱私和秘密。」

陸小鳳道：「見不得人的秘密？」

老刀把子點點頭，道：「石雁若是將這些秘密公開了，這些人非但從此不能立足於江湖，只怕立刻就要身敗名裂，死無葬身之地！」

陸小鳳長長嘆了口氣，道：「堂堂的武當掌門，總不該做出脅人隱私的事。」

老刀把子冷冷道：「他們的確不該做的，可是他們偏偏做了出來。」

他的聲音忽然充滿怨毒：「若不是因為他們總是以別人的隱私作為要脅之手段，石鶴怎麼會在接掌武當門戶的前夕自毀面目？顧飛雲、高濤、柳青青、鍾無骨等這些人，他們的秘密，又怎麼會被人知道？」

陸小鳳又不禁吐出口氣，道：「這些秘密都是梅真人和石雁說出來的？」

老刀把子恨恨道：「因為他們要脅不遂，他們就一定要將這人置之於死地，就算這個人已洗心革面，想重新做人，也已絕無機會。」

陸小鳳道：「可是你給了他們一個機會。」

老刀把子道：「我只給了他們一次機會，不是一個機會。」

陸小鳳道：「那有什麼不同？」

老刀把子道：「他們是想重新做人，不是做死人。」

——活在幽靈山莊中的人，和死又有什麼分別？

——只有毀了那賬簿，他們才真正有重新做人的機會。

老刀把子握緊雙手，道：「這才是我這次行動的最大目的，我們只許成功，不許失敗！」

「噗」的一聲，酒杯在他掌中粉碎，一絲鮮血從指縫間流了出來。

陸小鳳看著這一絲鮮紅的血，忽然變得沉默了起來，因為他心裡正在問自己——

老刀把子這件事，是不是做得正確？

如果是正確的，一個正直的人，是不是就應該全力幫助他完成這件事！

武當是名門正宗，梅真人和石雁一向受人尊敬，他從未懷疑過他們的人格。

可是現在他對所有的事都已必須重新估計。

老刀把子盯著他，彷彿想看出他心底最深處在想什麼。

陸小鳳究竟在想什麼？誰知道？

老刀把子緩緩道：「我很了解，你若不是真的願意去做一件事，誰也沒法子勉強你，所以你一定要了解這件事的真相。」

陸小鳳忽然問道：「既然你的目的是為了救人，為什麼還要殺人？」

老刀把子道：「我要殺的，只是一些非殺不可的人！」

陸小鳳道：「王十袋、高行空、水上飛，這些人都非殺不可？」

老刀把子冷笑：「我問你，只憑梅真人和石雁的親信弟子，怎麼能查得出那麼多人的隱私和秘密？」

陸小鳳道：「難道你要殺的這些人，都是他們的密探？」

老刀把子點點頭，道：「因為這些人本身也有隱私被他們捏在手裡。」

陸小鳳也握緊了雙手，終於問道：「那本賬簿在哪裡？」

老刀把子道：「就在石雁頭上戴著的道冠裡。」

陸小鳳的心沉了下去。

武當石雁少年時就已是江湖中極負盛名的劍客，近年來功力修爲更有精進，平時雖然絕少出手，據一般估計，他的劍法已在木道人之上。

西門吹雪說的三個人其中無疑是有他。

武當掌門的道冠，不但象徵著武當一派的尊嚴，本身就已是無價之寶，何況道冠中還藏著有那麼大的秘密。

老刀把子道：「我也知道要從他頭上摘下那頂道冠來並不容易。」

那又豈非是不容易，那簡直難如登天摘月。

陸小鳳道：「我們爲什麼一定要在他戴著這道冠時動手？」

老刀把子道：「因爲那是我們唯一的機會。」

他有很充足的理由解釋：「因為除了他自己之外，誰也不知道平時這頂道冠藏在哪裡。」

陸小鳳長長嘆了口氣，道：「我做不到。」

那一天武當道觀的大殿中，燈火通明，高手如雲，要在眾目睽睽之下，從武當掌教真人的頭上摘下他的道冠來，這種事有誰能做得到？

老刀把子道：「只有你，你一定能做到。」

陸小鳳道：「就算我能摘下來，也絕對沒法子帶著它在眾目睽睽下逃出去。」

老刀把子道：「不是在眾目睽睽之下，你出手時，沒有人能看見你。」

陸小鳳道：「為什麼看不見？」

老刀把子道：「因為那時大殿內外七十二盞長明燈一定會同時熄滅。」

——燈裡的油乾了，燈自然會熄滅。

老刀把子道：「我們至少已試驗了八百次，算準了燈裡的油若只有一兩三錢，就一定會在他宣佈繼承人的時候燃盡，我們在武當的內線，到時一定會使每盞燈裡的油都只有一兩三錢。」

這計劃實在周密。

陸小鳳道：「可是大殿中一定有點著的蠟燭。」

老刀把子道：「這一點由花魁負責，他滿天花雨的暗器手法，已無人能及。」

現在這計劃幾乎已天衣無縫。

燈滅時大殿中驟然黑暗，大家必定難免驚惶，就在這片刻之間，陸小鳳要出手奪道冠，石

鶴殺石雁，無虎兄弟殺鐵肩，表哥殺小顧道人，管家婆殺鷹眼老七，海奇闊殺水上飛，關天武殺高行空，杜鐵心殺王十袋。

老刀把子道：「無論他們是否能得手，等到燈火再亮時，他們就都已全身而退。」

只要一擊不中，就全身而退。

老刀把子道：「你也一樣，縱然道冠不能得手，你也一定要走，因為在那種情況中，無論任何人都絕沒有第二次出手的機會。」

他又補充著道：「無論你是否得手，都要立刻趕回來這裡，燈亮之後，大家都一定只會去照顧已負了傷的友伴同門，誰都不會注意到大殿中已少了些什麼人，更不會有人追蹤。」

何況那時根本還沒有人知道這件事究竟是怎麼會發生的。

陸小鳳又不禁長長嘆了口氣，道：「我佩服你！」

他這一生中，也不知插手過多少件陰謀，絕沒有任何一次能比得上這一次。

這計劃幾乎已完全無懈可擊。

可是他還有幾點要問：「我們為什麼不先殺了石雁，再取他頂上道冠？」

老刀把子道：「因為我們沒有一擊就能命中的把握。」

這件事卻只許成功，不許失敗，這件事的確已耗盡了他的一生心血。

陸小鳳又問：「若沒有我，我的差使誰做？」

老刀把子道：「葉雪！」

陸小鳳苦笑道：「為什麼會是她？」

老刀把子道：「她輕功極高，又是天生夜眼，在石雁驟出不意之下，她至少有七八成得手的機會。」

他忽然用手握住了陸小鳳的手：「你卻有九成機會，甚至還不止九成，我知道你也有在黑暗中明察秋毫的本事，而且你還有這一雙天下無雙的手。」

他握著這隻手，就好像在握著件無價的珍寶。

陸小鳳卻在看著他的手。

他的手瘦削、穩定、乾燥，手指長而有力。

若是握住了一柄合手的劍，這隻手是不是比西門吹雪的手更可怕？

這個人究竟是誰？

現在陸小鳳若是反腕拿住他的脈門，摘下他頭上的竹笠，立刻就可以知道他是誰了。

成功機會就算不大，至少也該試一試。但是陸小鳳沒有試。

這使得他對自己很憤怒，忽然大聲問道：「你難道從來都沒有想到過她的死活？」

老刀把子道：「你說的是誰？」

陸小鳳道：「你知不知道她的母親死了之後還被……」

老刀把子淡淡道：「想了也沒有用的事，又何必去想？」

陸小鳳道：「是你的女兒，葉雪！」

老刀把子立刻打斷了他的話，目光刀鋒般在竹笠裡怒視著他：「你可以要我替你做任何事，但是你以後千萬不要在我面前再提起這個女人。」

「爲什麼？」

「沈三娘是葉凌風的妻子，卻爲他生了一個女兒，她對不起的是葉凌風，並不是他。」

「他爲什麼如此恨她？」

陸小鳳想不通，想了很久都想不通。

老刀把子的憤怒很快就被抑制：「明天白天沒有事，隨便你想幹什麼都無妨，後天凌晨之前，我會安排你到武當去。」

他站起來，顯然已準備結束這次談話：「那裡香火道人的總管叫彭長淨，你到了後山，無論什麼事他都會替你安排的。」

陸小鳳道：「然後呢？」

老刀把子道：「然後你就只在那裡等著。」

陸小鳳道：「等燈滅的時候？」

老刀把子道：「不錯，等燈滅的時候。」

他走出去，又回過頭：「從現在開始，你就完全單獨行動，用不著再跟任何人連絡，也不再有人來找你。」

陸小鳳苦笑道：「從現在開始，連我老婆兒子都已見不到了。」

老刀把子道：「但是你不會寂寞的，你還有很多外甥女。」

十四　香火道人

一

四月十三日，黎明前。武當後山一片黑暗，過了半山後，風中就已有了寒意。

靜夜空山，一縷縷白煙從足下升起，也不知是雲？還是霧？

遠遠看過去，依稀已可見那古老道觀莊嚴巍峨的影子。

到了這裡，帶路的人就走了：「你在這裡等著，很快就會有人來接應你。」

陸小鳳並沒有多問，也不想知道這個人是誰，今天雖然是個大日子，他的精神並不太好。

他的外甥女實在太多。

幸好他並沒有等多久，黑暗中就有人壓低了聲音在問：「你來幹什麼的？」

這是他們約定的暗號，回答應該是：「來找豆子，十三顆豆子。」

黑暗中果然立刻出現了一個人，陸小鳳再問：「你是誰？」

「彭長淨。」

彭長淨看來竟真的有點像是顆豆子，圓圓的，小小的，眼睛很亮，動作很靈敏，很快的打量了陸小鳳兩眼，就板著臉道：「你喝過酒？」

陸小鳳當然喝過酒，喝得還不少。

彭長淨道：「這裡不准喝酒、不准說粗話、不准看女人，走路不准太快，說話不准太響。」

陸小鳳笑了：「這裡准不准放屁？」

彭長淨沉下臉，冷冷道：「我不知道你以前是幹什麼的，我也不想知道，到了這裡，你就得守這裡的規矩。」

陸小鳳不笑了，也已笑不出。他知道他又遇見了一個很難對付的人。

彭長淨道：「還有一件事你最好也記住。」

陸小鳳道：「什麼事？」

彭長淨道：「到了山上，你就去蒙頭大睡，千萬不要跟人打交道，萬一有人問起你，你就說是我找你來幫忙的。」

他想了想，又道：「我的師弟長清是個很厲害的人，萬一你遇上他，說話更要小心。」

陸小鳳道：「我一定會很小心、很小心的。」

彭長淨道：「好，你跟我來。」

他不但動作靈敏，輕功也很不錯。

陸小鳳實在沒想到一個火工道人的總管，竟有這麼好的身手。

彭長淨卻更意外，陸小鳳居然能跟得上他，無論他多快，陸小鳳始終都能跟他保持同樣的一段距離。

老刀把子顯然沒有將陸小鳳的來歷身分告訴他。

除了老刀把子自己之外，每個人知道的好像都不太多。

所以其中就算有一兩個人失了風，也不至於影響整個計劃。

天還沒有亮，後山的香積廚裡已有人開始工作，淘米、生火、洗菜、熬粥，每個人都在默默的做自己的事，很少有人開口說話。

這位彭總管對他屬下的火工道人們，想必比對陸小鳳更不客氣。

香積廚後面，有兩排木屋，最旁邊的一間，屋裡堆著一簍簍還沒有完全曬乾的醃蘿蔔，屋角擺著張破舊的竹床。

彭長淨道：「你就睡在這裡。」

陸小鳳忍不住要問：「睡到什麼時候？」

彭長淨道：「睡到我來找你的時候，反正這裡有吃的。」

陸小鳳吃了一驚：「吃這些醃蘿蔔？」

彭長淨冷冷道：「醃蘿蔔也是人吃的。」

陸小鳳嘆了口氣，苦笑著喃喃道：「我只怕蘿蔔吃多了會放屁。」

彭長淨道：「你可以不吃，就算餓一天，也餓不死人的。」

他已準備走了……「你還有什麼不明白的事？」

陸小鳳道：「只有一件事。」

彭長淨道:「你說。」

陸小鳳道:「我只奇怪你為什麼不改行做牢頭去?」

問完了就往竹床上一躺,用薄被蓋住了頭,死人也不管了。

只聽房門「砰」的一聲響,彭長淨只有把氣出在這扇木板門上。

陸小鳳笑了。

對付這種人,你只有想法子氣氣他,只要有一點機會能讓他生氣,就千萬不要錯過,最好能讓他氣得半死。

可是這床棉被卻已先把陸小鳳臭得半死,他伸出頭來想透口氣,醃蘿蔔的氣味也並不比這床被好多少,只有鼻子不通的人,也許還能在這裡睡得著。

東方的曙色,已將窗紙染白,然後陽光就照上了窗欞。

他眼睜睜的看著屋裡這扇唯一的窗戶,叫他就這麼樣躺在這裡,再眼睜睜的等著太陽落下去,那簡直要他的命。何況,現在肚子又餓得要命,要他吃醃蘿蔔,更要他的命。

有了這麼多要命的事,他如果還能耽得下去,他就不是陸小鳳。

就算彭長淨說的話是聖旨,陸小鳳也不管的,好歹也得先到廚房裡找點東西吃。

山上既然來了這麼多貴賓,香積廚裡當然少不了有些冬菇香菌之類的上素。

他雖然寧可吃大魚大肉,可是偶爾吃一次素,他也不反對。

他只不過反對挨餓。他認為每個人都應該有免於飢餓匱乏的自由。

太陽已升得很高，香積廚裡的人正在將粥菜點心放進一個個塗著紅漆的食盒裡，再分別送出去。

早點雖然簡單些，素菜還是做得很精緻，顯然是送給貴客們吃的。

陸小鳳正準備想法子弄個食盒，帶回他那小屋去享受，突聽一個人大聲道：「你過來。」

說話的人是中年道士，陰沉沉的一張馬臉，看樣子，就很不討人歡喜。

陸小鳳東看看，西看看，前看看，後看看，前後左右都沒有別人。

這馬臉道士叫的就是他。

他只有走過去。

臨時被找來幫忙的火工道人好像不止他一個，這道士並沒有盤問他的來歷，只不過要他把一個最大的食盒送到「聽竹小院」去，而且要趕快送去。

陸小鳳提起食盒就走，他看見擺進食盒裡的是一碟油燜筍，一碟扁尖毛豆，一碟冬菇豆腐，一碟羅漢上齋，還有一大鍋香噴噴的粳米粥。

這些東西都很合他的口味，他實在很想先吃了再說。

如果他真的這麼樣做，他也不是陸小鳳了。

陸小鳳做事，並不是完全沒有分寸的，他並不想誤了大事。

這食盒裡的菜既然精緻，住在聽竹小院裡的當然是特別的貴客。

現在唯一的問題是，他根本不知道聽竹小院在哪裡。

他正想找個樣子比較和氣的人問問，卻看見了個樣子最不和氣的人。

釘。

彭長淨正在冷冷的盯著他，忽然壓低聲音問：「你知不知道聽竹小院裡住的是什麼人？」

陸小鳳搖搖頭。

彭長淨道：「是少林鐵肩。」

陸小鳳手心已好像冒汗。

他認得鐵肩，這老和尚不但有一雙銳眼，出家前還是一個名捕，黑道上的勾當，他沒有一樣不精的，最精的據說就是易容，連昔年江湖中的第一號飛賊「千面人」，都栽在他手裡。

彭長淨冷冷道：「他若看出你易容改扮過，你就完了。」

陸小鳳苦笑道：「我能不能不去？」

彭長淨道：「不能。」

陸小鳳道：「為什麼？」

彭長淨道：「因為派給你這件差使的人，就是宋長清，他已經在注意你。」

幸好聽竹小院並不難找，依照彭長淨的指示走過碎石小徑，就可以看見一片青翠的竹林。

他走過去的時候，有個人正在他前面，一身藍布衣服已洗得發白，還打著十七八個大補

他認得這個人，用不著看到這個人的臉，就可以認得出。

丐幫的規矩最大，丐幫弟子背後揹著的麻袋，叫做品級袋。

你若有了七袋弟子的身分，就得揹七口麻袋，多一口都不行，少一口也不行，簡直比朝廷

命官的品級分得還嚴。

七袋弟子已是丐幫中的執事長老，幫主才有資格揹九口麻袋。

走在陸小鳳前面的那個人，背後的麻袋竟有十口。

丐幫建立數百年來，這是唯一的例外，因為這個人替丐幫立的功勳實在太大，而卻又偏偏功成身退，連幫主都不肯做。

為了表示對他的尊敬和感激，丐幫上上下下數千弟子，每個人都將自己的麻袋剪下一小塊，連綴成一個送給他，象徵他的尊榮權貴。

這個人就是王十袋。

陸小鳳低下了頭，故意慢慢的走。

王十袋今年已近八十，已是個老得不能再老的老江湖，江湖中的事，能瞞過他的已不多。

陸小鳳實在不願被他看見，卻又偏偏躲不了，他顯然也是到聽竹小院中去的，有很多朋友已經在那裡等著他，他的朋友都是身分極高的武林名人。

木道人、高行空，和鷹眼老七都在，還有那高大威猛的老人——這人究竟是什麼身分？

一個修飾整潔，白面微鬚的中年道者，正是巴山小顧。

一個衣著樸素，態度恬靜，永遠都對生命充滿了信心和愛心的年輕人，卻是久違了的花滿樓。

沒有人能看得出他是瞎子，他自己彷彿也忘了這件事。

他雖然不能用眼睛去看，可是他能用心去看，去了解，去同情，去關懷別人。

所以他的生命永遠是充實的。

陸小鳳每次看見他的時候，心裡都湧起了一陣說不出的溫暖。

那不僅是友情，還有種發自內心的尊敬。

雲房中精雅幽靜，陸小鳳進去的時候，他們正在談論木道人那天在酒樓上看見的事。

對這個話題陸小鳳無疑也很有興趣，故意將每件事都做得很慢，盡量不讓自己的臉去對著這些人。

他們對他卻完全沒有注意，談話並沒有停頓。

「西門吹雪說的是真話。」木道人的判斷一向都很受重視：「能接得住他一輪快攻，絕不會超出三個人。」

「你也看不出那黑衣蒙面劍客的來歷？」問話的是巴山小顧。

他自己也是劍法名家，家傳七七四十九手迴風舞柳劍，與武當的兩儀神劍、崑崙的飛龍大九式，並稱為玄門三大劍法。

「那人的出手輕靈老練，功力極深，幾乎已不在昔年老顧之下。」

「最奇怪的是，他用的竟彷彿是武當劍法，卻又比武當劍法更鋒銳毒辣。」木道人目中帶著深思之色：

「你看他比你怎麼樣？」這次問話的是王十袋，只有他才能問出這種話。

木道人笑了笑：「我這雙手至少已有十年未曾握劍了。」

「你的手不會癢？」

「手癢的時候我就去拿棋子和酒杯。」木道人笑道：「那不但比握劍輕鬆愉快，而且也安全得多。」

「所以那天你就一直袖手旁觀。」

「我只能袖手旁觀，我手裡不但有酒杯，還提著個酒壺。」

「你說的那位以酒為命的朋友是誰？」

「那人據說是個告老還鄉的京官，我看他卻有點可疑。」鷹眼老七搶著說。

「可疑？」

「他雖然盡量作出老邁龍鍾的樣子，其實腳下的功夫卻很不弱，一�ㄨ從樓上跌下去，居然連一點事都沒有，看他的樣子，就像是我們一個熟人。」

聽到這裡，陸小鳳的一顆心幾乎已跳出腔子，只想趕緊開溜。

「你看他像誰？」

「司空摘星。」

陸小鳳立刻鬆了口氣，又不想走了。

他們又開始談論那四個行跡最神秘的老頭子。

「那四個人非但功力都極深，而且路數也很接近。」木道人苦笑著道：「像那樣的人，一個已很難找，那天卻忽然同時出現了四個，簡直就像是忽然從天上掉下來的。」

高行空沉吟著，緩緩道：「更奇怪的是，他們的神情舉動看來都差不多，就連面貌好像都有點相似，就好像是兄弟。」

樓？」

「兄弟？」鐵肩皺了皺眉：「像這樣的兄弟，我只知道⋯⋯」

他沒有說下去，他一向不是個輕易下判斷的人，他的身分地位，也不能輕易下判斷。

可是在座的這些老江湖們，顯然已聽出了他的意思：「你說的是虎豹兄弟？」

鐵肩沒有承認，也沒有否認。

木道人又笑了：「就算他們還在人世，也絕不會帶著『滿翠樓』的姑娘去喝酒的。」

「滿翠樓的姑娘？」王十袋搶著道：「你對這種事好像滿內行的，你是不是也去過滿翠

樓？」

「我當然去過。」木道人悠然而笑：「只要有酒喝，什麼地方我都去。」

王十袋也大笑：「這老道說話的口氣，簡直就跟陸小鳳一模一樣。」

話題好像已轉到陸小鳳身上。

陸小鳳又準備開溜。

鷹眼老七忽然道：「還有件事我更想不通。」

木道人道：「什麼事？」

鷹眼老七道：「一個告老還鄉的京官，怎麼會忽然變成了火工道士？」

陸小鳳手腳冰冷，再想走已太遲。

鷹眼老七已飛身而起，擋住了他的去路，冷冷道：「你不能走。」

陸小鳳好像很吃驚：「我為什麼不能走？」

鷹眼老七道：「因為我想不通這件事，只有你能告訴我。」

高行空也跳了起來：「不錯，他就是那位以酒為命的朋友，他怎麼會到這裡來的？」

幽雅的雲房，忽然充滿殺氣。

無論誰做了十二連環塢的總瓢把子，一個月中總難免要殺三五個人的。

高行空陰鷙冷酷，也是江湖中有名的厲害人物。

只要他們一開始行動，就有殺機。

他們一前一後，已完全封死了陸小鳳的退路，陸小鳳就算能長出十對翅膀來，也很難從這屋子裡飛出去。

只不過世上假如還有一個人能從這屋裡逃出去，這個人一定就是陸小鳳。

他忽然大笑：「我好像輸了。」

鷹眼老七冷冷道：「你輸定了。」

陸小鳳道：「我生平跟別人打賭不下八百次，這一次輸得最慘。」

鷹眼老七道：「打賭，賭什麼？」

陸小鳳道：「有個人跟我賭，只要我能在這屋裡耽一盞茶功夫，還沒有被人認出來，他就輸給我一頓好酒，否則他從此都要叫我混蛋。」

鷹眼老七冷笑。

他根本不信那一套，卻還是忍不住要問：「跟你打賭的這個人是誰？」

陸小鳳道：「他自己當然也是個混蛋，而且是個特大號的混蛋。」

鷹眼老七道：「誰？」

陸小鳳道：「陸小鳳。」

這名字說出來，大家都不禁聳然動容：「他還沒有死？」

陸小鳳道：「死人怎麼會打賭？」

鷹眼老七道：「他的人在哪裡？」

陸小鳳抬起頭，向對面的窗戶招了招手，道：「你還不進來？」

大家當然都忍不住要朝那邊去看，他自己卻乘機從另一邊溜了。

兩邊窗子都是開著的，他箭一般竄了出去，一腳踹在屋簷上。

屋簷塌下來的時候，他又已藉力掠出五丈。

後面有人在呼喝，每個人的輕功都很不錯，倒塌的屋簷雖然能阻攔他們一下子，他們還是

很快就會追出來的。

陸小鳳連看都不敢回頭去看。

道觀的建築古老高大而空闊，雖然有很多藏身之處，他卻不敢冒險。

今天已是十三，該到的人已全都到了，到的人都是高手。

無論藏在哪裡，都可能被人找到，無論被誰找到，要想脫身都很難。

他當然也不能逃下山去，今天的事，他既不能錯過，也不願錯過。

三五個起落後，對面已有人上了屋脊，後面當然也有人追了過來。

接著，左右兩邊也出現了人影，前後左右四路包抄，他幾乎已無路可走。

他只有往下面跳。

下面的人彷彿更多，四面八方都已響起了腳步聲。

他轉過兩三個屋角，忽然發現前面有個人在冷冷的看著他，馬臉上全無表情，竟是彭長淨的師弟，火工道人的副總管長清。

陸小鳳吃了一驚，勉強笑道：「你好。」

長清冷冷的道：「我不好，你更不好，我只要大叫一聲，所有的人都會趕到這裡來，就算你能一下子打倒我，也沒有用。」

陸小鳳苦笑道：「你想怎麼樣？」

長清道：「我只想讓你明白這一點。」

陸小鳳道：「我已經明白了。」

長清道：「那麼你就最好讓我把你抓住，以後對你也有好處。」

陸小鳳嘆了口氣，道：「好吧，反正我遲早總是逃不了的，倒不如索性賣個交情給你。」

長清眼睛亮了，一個箭步竄過來。

陸小鳳道：「你下手輕一點好不好？」

長清道：「好。」

這個字是開口音，他只說出這個字，已有樣東西塞入他嘴裡，他揮拳迎擊，脅下的穴道也已被點住。

陸小鳳已轉過前面的屋角，他只有眼睜睜的看著。

可是他知道陸小鳳是逃不了的，因為再往前轉，就是大殿。

當今武當的掌門人，正在大殿裡。

二

大殿前是個空曠寬闊的院子，誰也沒法子藏身，大殿裡光線陰黯，香煙繚繞，人世間所有的糾紛煩惱，都已被隔絕在門檻外。

陸小鳳竟竄了進去。他顯然早已準備藏身在這裡。

他知道人們心裡都有個弱點，藏身在最明顯的地方，反而愈不容易被找到。

現在早課的時候已過，大殿中就算還有人，也應該被剛才的呼喝驚動。

他實在想不到裡面居然還有人。

一個長身玉立的道人，默默的站在神案前，也不知是在為人類祈求平安，還是在靜思著自己的過錯。

他面前的神案上，擺著一柄劍。

一柄象徵著尊榮和權力的七星寶劍。

這個人竟是石雁。

陸小鳳更吃驚，腳尖點地，身子立刻竄起。

大殿上的橫樑離地十丈。

沒有人能一掠十丈。

功。

他身子竄起，左足足尖在右足足背上一點，竟施展出武林中久已絕傳的「梯雲縱」絕頂輕

他居然掠上了橫樑。

石雁還是默默的站在那裡，彷彿已神遊物外。

陸小鳳剛剛鬆了口氣，王十袋、高行空、鷹眼老七、巴山小顧都已闖了進來。

「剛才有沒有人進來過？」

石雁慢慢的轉過身，道：「有。」

這個「有」字聽在陸小鳳耳裡，幾乎就像是罪犯聽見了他已被判決死刑。

「人在哪裡？」

「就在這裡。」石雁微笑著：「我就是剛才進來的。」

人都已走了，連石雁都走了。

如果武當的掌門人說這裡沒有人來過，那麼就算有人看見陸小鳳在這裡，也一定認為是自己看錯了。

有很多人都認為武當掌門的話，甚至比自己的眼睛還可靠。

石雁當然絕不會說謊，以他的耳目，難道真不知道有人進來過？

陸小鳳忽然想起了孩子們捉迷藏的遊戲。

——一個孩子躲到叔叔椅子背後，另一個孩子來找，叔叔總是會說：「這裡沒有人。」

石雁並不是他的叔叔，爲什麼要替他掩護？

陸小鳳沒有去想。

橫樑上灰塵積得很厚，他還是躺了下去，希望能睡一下。

現在他已絕不能再露面了，只有在這裡等，「等燈滅的時候」。

等到那一瞬到來，他在橫樑上還是同樣可以出手。

所以他才會選擇這地方藏身，這裡至少沒有醃蘿蔔的臭氣。

只可惜他還是睡不著。他怕掉下去。

不但怕人掉下去，也怕樑上的灰塵掉下去，他簡直連動都不敢動。

等到他想到餓的時候，就開始後悔了，後悔自己爲什麼不老老實實的耽在那屋子裡？醃蘿蔔的味道其實並沒有他想像中那麼臭的。

這時大殿中又有很多人進來，打掃殿堂，安排坐椅，還有人在問：「誰是管燈油的？」

「是弟子長慎。」

「燈裡的油加滿了沒有？」

「加滿了，今天清早，弟子就已檢查過一遍。」

問話的人顯然已很滿意，長慎做事想必一向都很謹慎。

奇怪的是，武當弟子怎麼會被老刀把子收買了的？他對於武當的情況，爲什麼會如此熟悉？

陸小鳳也沒有去想。

最近他好像一直都不願意動腦筋去想任何事。

打掃的人大多都走了，只留下幾個人在大殿裡看守照顧。

又過了很久，陸小鳳就聽見他們在竊竊私議，議論的正是那個扮成火工道人的「奸細」。

「也許他是想來偷東西的。」

「偷我們這些窮道士？」

「莫忘記這兩天山上來的都是貴客。」

「也許他既不是小偷，也不是奸細。」

「現在我們還沒有抓住他？」

「還沒有。」

「是什麼？」

「是刺客！來刺那些貴客的。」

「我想他現在一定早就下山了，他又不是呆子，怎麼會留在山上等死？」

「倒楣的是長淨，據說那個人是他帶上山來的，現在十二連環塢的總瓢把子正親自追問他的口供。」

「我實在想不通，這裡又沒有什麼秘密，怎麼會有奸細來？」

據說鷹眼老七的分筋錯骨手別有一套，在他的手下，連死人都沒法子不開口。

長淨會不會將這秘密招供出來？他知道的究竟有多少？

陸小鳳正在開始擔心，忽然又聽見腳步聲響，兩個人喘息著走進來，說出件驚人的消息⋯⋯

「彭長淨死了！」

「怎麼死的？」

「二師叔他們正在問他口供時，外面忽然飛進了一根竹竿，活活的把他釘死在椅子上。」

「兇手抓住了沒有？」

「沒有，太師祖已經帶著二師叔他們追下去了。」

陸小鳳嘆了口氣，這結果他並不意外。

殺人滅口，本就是他們的一貫作風。

只不過用一根竹竿就能將人活活釘死在椅子上的人並不多，就連表哥和管家婆他們都絕沒有這麼深的功力。

除了他之外，還有誰也已潛入了武當？

無虎兄弟和石鶴絕不敢這麼早就上山，來的難道是老刀把子？

他是用什麼身分做掩護的？

難道他也扮成了個火工道士？

下面忽然又有人問：「長淨死了，跟我們又沒什麼關係，你何必急著趕來報消息？」

「跟你雖然沒關係，跟長慎師兄卻有關係⋯⋯」

「我明白了。」另外一個人打斷了他的話⋯⋯「長淨死了，長清也受了罰，長慎師兄當然就變成了我們的總管，你是趕來報喜的。」

看來這些火工道人們的六根並不清淨，也一樣會爭權奪利。

陸小鳳心裡正在嘆息，忽然聽到一陣尖銳奇異的聲音從外面捲了進來。

連他都聽不出這是什麼聲音，只覺得耳朵被刺得很難受。

就在這一瞬間，大殿裡已響起一連串短促凄厲的慘呼聲：「是你……」

一句話未說完，所有的聲音又突然斷絕。

陸小鳳忍不住悄悄伸出頭去看了一眼，手足已冰冷。

大殿裡本來有九個人，九個活生生的人，就在這一瞬間。

九個人的咽喉都已被割斷，看來無疑都是死在劍鋒下的。

一劍就已致命！

武當的弟子們武功多少總有些根基，卻在一瞬間就已被人殺得乾乾淨淨。

剛才那奇異尖銳的聲音，竟是劍鋒破空聲。

好快的劍！好狠的劍！就連縱橫天下的西門吹雪都未必能比得上。

兇手是誰？

他為什麼要殺這些無足輕重的火工道人？

「是為了長淨！」陸小鳳忽然明白：「他算準了長淨一死，別人一定會找長慎問話，所以先趕來殺了長慎滅口。」

殺長淨的兇手當然也是他。

這個人竟能在武當的根本重地內來去自如，隨意殺人，他究竟是什麼身分？

手。

長慎臨死前還說出了這兩個字，顯然是認得這個人的，卻也想不到這個人會是殺人的兇

「是你……」

陸小鳳又不禁開始後悔，剛才響聲一起，他就該伸出頭來看看的。

也許這就是他唯一能看到這人真面目的機會，良機一失，只怕就永不再來了。

所以計劃一定還是照常進行。

無論鷹眼老七的分筋錯骨手多厲害，死人也不會開口。

死人已不會開口。

所以陸小鳳還是只有等。

等天黑，等燈亮，再等燈滅。

等待的滋味實在不好受。

十五 樑上君子

一

四月十三，黃昏。天漸漸黑了，大殿裡燈火已燃起。

橫樑上卻還是很陰暗，陽光照不到這裡，燈火也照不到，世上本就有很多地方是永遠都沒有光明。

有些人也一樣。難道陸小鳳已變成了這種人，他這一生難道已沒有出頭的機會，只能像老鼠般躲在黑暗中，躲避著西門吹雪？

也許他還有機會，也許這次行動就是他唯一的機會，所以他絕不能失手。可是他並沒有把握。

誰能有把握從石雁頭上摘下那頂道冠來？他連一個人都想不出。

大殿裡又響起了腳步聲，走在最前面的一個人腳步雖然走得很重，腳步聲卻還是很輕。

因為他全身的氣脈血液都已貫通，他雖然也是血肉之軀，卻已和別人不同。他身子裡已沒有渣滓。

陸小鳳忍不住將眼睛貼著橫樑，偷偷的往下看，一行紫衣玄冠的道人魚貫走入大殿，走在最前面的，竟是木道人。

他和木道人相交多年，直到此刻，才知道這位武當名宿的功力，比任何人想像中都要高得多。

石雁還沒有來，主位上的第一張交椅是空著的，木道人卻只能坐在第二張椅子上。

雖然他德高望重，輩份極尊，可是有掌門人在時，他還是要退居其次。

這是武當的規矩，也是江湖中的規矩，無論誰都不能改變。

大廳裡燈火輝煌，外面有鐘聲響起，木道人降階迎賓，客人們也陸續來了。

每個人的態度都很嚴肅，鷹眼老七他們的神情凝重，顯然還不能忘記今天白天發生的那些事。

那高大威猛的老人也到了，座位居然還在十二連環塢的總瓢把子之上。

他又是什麼身分？為什麼從來不在江湖中露面？此刻為什麼又忽然出現了？

陸小鳳一直盯著他，心裡總覺得自己應該認得這個人，卻又偏偏不認得。

大殿中擺的椅子並不多，夠資格在這裡有座位的人並不多。

客人們來的卻不少，沒有座位的人只有站著。

鐵肩、石雁、王十袋、水上飛、高行空、巴山小顧、鷹眼老七，他們身後都有人站著，每個人都可能就是在等著要他們的命。

這些人之中，有哪些是已死過一次又復活了的？誰是杜鐵心？誰是關天武？誰是婁老太太？

陸小鳳正在找。他們易容改扮過之後的面貌，除了老刀把子和犬郎君外，只有陸小鳳知道。

犬郎君已將他們每個人易容後的樣子都畫出來交給了陸小鳳——在第一流的客棧裡，廁所總是相當大的，除了方便外，還可以做很多事。

海奇闊殺的那條狗，既然真是條狗，犬郎君到哪裡去了？這秘密是不是也只有陸小鳳知道？

他很快就找到了他們，甚至連那個沒有臉的石鶴，現在都已有了張臉。

他們顯然都在緊緊盯著自己的目標，只等燈一滅，就竄過去出手。

唯一沒有人對付的，好像只有木道人，是不是因為他久已不問江湖中的事，老刀把子根本就沒有將他當做目標？陸小鳳沒有再想下去，因為這時候他自己的目標也出現了。

戴著紫金道冠的武當掌門真人，已在四個手執法器的道僮護衛中，慢慢的走了出來。

這位名重當代的石雁道長，不但修為功深，少年時也曾身經百戰，他的劍法、內力，和修養，都已很少有人能比得上。可是現在他看來竟似很疲倦、很衰老，甚至還有點緊張。

石雁的確有點緊張。

面對著這麼多嘉賓貴客，他雖然不能不以笑臉迎人，可是心裡卻覺得緊張而煩躁。近十年來，他已很少會發生這種現象。今天他心裡彷彿有種不祥的預感，知道一定會有些不幸的事發生。

「也許我的確已應該退休了。」他在心裡想：「去找個安靜偏僻的地方，蓋兩間小木屋，從此不再問江湖中的是非，也不再見江湖中的人。」

只可惜到現在為止，這些還都是幻想，以後是不是真的能及時從江湖上的是非恩怨中全身

而退，連他自己都沒有把握，若不能把握時機，很可能就已太遲。

每當他緊張疲倦時，他就會覺得後頸僵硬，偏頭痛的老毛病也會發作。

尤其現在，他還戴著頂份量很重的紫金道冠，就像是鍋蓋般壓在他頭上。

嘉賓貴客們都已站起來迎接他。雖然他知道他們尊敬他，只不過因為他是武當的掌門。

雖然他並不完全喜歡這些人，卻還是不能不擺出最動人的笑容，向他們招呼答禮。

——這豈非也像做戲一樣？

——你既然已被派上這角色，不管你脖子再硬，頭再疼，都得好好的演下去。

大殿裡燈火輝煌。在燈光下看來，鐵肩和王十袋無疑都比他更疲倦、更衰老。

其實他們都已應該退休歸隱了，根本不必到這裡來的。

他並不想見到他們，尤其是王十袋——「明明是個心胸狹窄，睚眥必報的人，卻偏偏要作

出遊戲風塵，玩世不恭的樣子。」

——還有那總是喜歡照鏡子的巴山小顧，他實在應該去開妓院的，為什麼偏偏要出家？

——世界上為什麼有這許多人都不能去做自己真正想做的事？

典禮已開始進行，每一個程序都是石雁已不知做過多少次的，說的那些話，也全都不知

是他已說過多少次的。無論他心裡在想什麼，都絕不會出一點錯誤，每件事都好像進行得很順

利。

接著他就要宣佈他繼承人的姓名了。他用眼角看著幾個最重要的弟子，愈有希望的，就顯

得愈緊張。

假如他宣佈的姓名並不是這幾個人，他們會有什麼表情？別人會有什麼反應？那一定很有趣。想到這一點，他嘴角不禁露出了笑意，幾乎忍不住要笑出來。

可是他很快就抑制了自己，正準備進行儀式中最重要的一節。

就在這時，大殿裡有盞永不熄滅的長明燈，竟忽然滅了。

他心裡立刻生出警兆，他知道自己那不祥的預感已將靈驗。

幾乎就在這同一刹那間，大殿內外的七十二盞長明燈，竟突然全都熄滅。

幾縷急銳的風聲響起，神龕香案上的燭火也被擊滅。燈火輝煌的大殿，竟突然變得一片黑暗。

黑暗中突然響起一連串慘呼，一道更強銳的風聲，從大殿橫樑上往他頭頂吹了過來，吹動了他的道冠，竟彷彿是夜行人的衣袂帶風聲。他伸手去扶道冠時，道冠已不見了。

「嗆」的一響，他腰上的七星劍也已出鞘，卻不是他自己拔出來的。

他身子立刻掠起，只覺得脅下肋骨間一陣冰冷，彷彿被劍鋒劃過。

這件事幾乎也全都是在同一刹那間發生的。

大多數人根本還不知道這是怎麼回事，當然更不知道應該怎麼應變。

那些淒厲的慘呼聲，使得這突來的變化顯得更詭秘恐怖。

慘呼聲中，竟似還有鐵肩和王十袋這些絕頂高手的聲音。

然後就聽見了木道人在呼喝：「誰有火摺子？快燃燈。」

他的聲音居然還很鎮定，但石雁卻聽得出其中也帶著痛苦之意。難道他也受了傷？

雖然只不過是短短的一瞬時光，可是每個人感覺中，都好像很長。

燈終於亮了，大家卻更吃驚，更恐懼。誰也不能相信自己眼睛裡看見的事，這些事卻偏偏

是真的——

鐵肩、王十袋、巴山小顧、水上飛、高行空、鷹眼老七，還有武當門下幾個最重要的弟

子，竟都已倒了下去，倒在血泊中。王十袋腰上甚至還插著一把劍，劍鋒已直刺入他要害裡，

只留下一截劍柄。

木道人身上也帶著血跡，雖然也受了傷，卻還是最鎮定。

「兇手一定還在這裡，真相未明之前，大家最好全都留下來。」

事變非常，他的口氣也變得很嚴肅：「無論誰只要走出這大殿一步，都不能洗脫兇手的嫌

疑，那就休怪本門子弟，要對貴客無禮了。」

沒有人敢走，沒有人敢動。這件事實在太嚴重，誰也不願沾上一點嫌疑。

奇怪的是，留在大殿裡的人，身上都沒有兵刃，殺人的刀劍是哪裡來的？到哪裡去了？

石雁傷得雖不重，卻顯得比別人更悲哀、憤怒、沮喪。

木道人壓低聲音，道：「兇手絕不止一個人，他們一擊得手，很可能已乘著剛才黑暗時全

身而退了，但卻不可能已全都退出武當。」

石雁忍不住道：「既然大家都得留在大殿裡，誰去追他們？」

木道人道：「我去。」他看了看四下待命的武當弟子……「我還得帶幾個得力的人去。」

石雁道：「本門弟子，但憑師叔調派。」

木道人立刻就走了，帶走了十個人，當然全都是武當門下的精英。

看著他匆匆而去，石雁眼睛裡忽然露出種奇怪的表情。

那高大威猛的老人已悄悄到了他身後，沉聲道：「果然如此。」

石雁點點頭，忽然振作起精神，道：「事變非常，只得委屈各位在此少候，無垢先帶領本門弟子，將死難的前輩們抬到聽竹院去，無鏡、無色帶領弟子去巡視各地，只要發現一件兵刃，就快報上來。」

高大威猛的老人道：「你最好讓他們先搜搜我。」

石雁苦笑道：「你若要殺人，又何必用刀劍？」

老人道：「那麼我也想陪你師叔去追兇。」

石雁道：「請。」

老人拱了拱手，一撈腰，就已箭一般竄出。

群豪中立刻有人不滿：「我們不能走，他為什麼能走？」

「因為他的身分和別人不同。」

「他是誰？」

「他就是那……」

一聲騷動，淹沒了這人的聲音，兩個紫衣道人大步奔入，手裡捧著柄長劍，赫然竟是武當掌門人的七星劍。可是他佩帶的另一件寶物紫金冠，卻已如黃鶴飛去，不見影蹤了。

十六　人皮面具

一

四月十三，午夜。

夜涼如水。

此時此刻，只有一個人知道紫金冠在哪裡，這個人當然就是陸小鳳。

他也不知從哪裡買了頂特大號的范陽氈笠戴在頭上，遮住了他大半邊臉。

紫金冠就在他頭上，也被氈笠蓋住了。

這是他用他那兩根無價的手指從石雁頭上摘下來的，他總算又沒有失手。

可是就在他剛才出手的那一瞬間，他全身的衣衫都已濕透。

他知道這次行動已完全成功，掠出大殿時，他就聽見鐵肩他們的慘呼聲。

現在他身上衣服早已乾了，他已在附近的暗巷中兜了好幾個圈子，確定了後面絕沒有跟蹤的人，然後才從後院的角門溜入滿翠樓。

後園中靜悄悄的，聽不見人聲，也看不見燈光。

「那些人難道還沒有回來？」

他正想找個人問問，忽然聽見六角亭畔的花叢裡有人輕輕道：「在這裡。」

這是柳青青的聲音。

看見陸小鳳的時候，她的表情很奇怪，又像是驚訝，又像是歡喜：「你也得手了？」

陸小鳳點點頭，道：「別人呢？」

柳青青道：「大家差不多都已回來了，都在等老刀把子。」

她咬著嘴唇，用眼角瞟著陸小鳳道：「可是我真想不到這次真會成功的。」

陸小鳳道：「為什麼想不到？」

柳青青道：「因為我總有點疑心你，尤其是犬郎君的那件事，還有那個替你溜狗去的堂倌，葉家那個挖蚯蚓的人⋯⋯」

陸小鳳笑了：「這只能證明一件事，證明你的疑心病至少比別人大十倍。」

柳青青也笑了，剛拉起他的手，花叢裡忽然有道燈光射出來。

小翠正在燈光後瞪著他們：「好呀，大家都在下面等，你們卻躲在這裡拉著手說悄悄話。」

陸小鳳直到現在才知道，他們聚會的密室，竟是在這一叢月季花下。

這計劃的每一個細節雖然早就全都安排好了，可是不到最後關頭，除老刀把子外，還是沒有人能完全知道。

直到現在，還是沒有人能看見他的面目。

可是他一定很快就會來了。

寬大的地室，通風的設備良好，大家的呼吸卻還是很急促。

參加這次行動的人，現在都已到齊，竟完全沒有意外的差錯，也沒有傷損。

只是當時那一瞬間的緊張和刺激，卻絕不是很快就會平靜的，大家還是顯得很興奮，幾乎沒有人開口說話的。

有些人衣襟上還帶著血，想必是因為出手時太用力，刺得太猛，有的人甚至連臉上都被濺上了血跡。

他們本該高興的，因為他們今天晚上做的事，無疑必將會改變天下武林的歷史和命運。

「這裡為什麼沒有酒？大功已告成了，我們為什麼還不能喝兩杯慶祝慶祝？」

「因為老刀把子還沒有回來。」

「他為什麼還沒有回來？」

「因為他還有很多事要做。」聲音來自地室外：「他還要替你們阻擋追兵，清點戰果。」

老刀把子終於出現了，戰果無疑很輝煌，連他的聲音都已因興奮而顯得有些嘶啞。

然後他就正式宣佈：「一擊命中，元兇盡誅，天雷行動，完全成功！」

二

慎重周密的計劃，迅速準確的行動，只要能做到這兩點，無論什麼事都會成功的。

但是老刀把子卻好像忘記了一件事。

他並沒有問陸小鳳是否得手，怎麼會知道這次行動已完全成功？除非燈亮後他還在大殿裡，已看見紫金冠不在石雁頭上。

陸小鳳忍不住道：「你是不是忘了問我要樣東西？」

他忽然摘下氈笠，紫金冠立刻在燈下散發出輝煌美麗的光彩。

老刀把子卻只看了一眼，道：「我不急。」

陸小鳳笑了：「你當然不急，因為你要的本就不是這頂紫金冠，而是那把七星劍。」

這些話他不想說的，卻忽然有了種忍不住要說出來的衝動：「我去摘紫金冠時，石雁一定會伸手到頭上去扶，你才有機會奪他腰下的劍。」

老刀把子冷冷的看著他，等著他說下去。

陸小鳳道：「那秘密雖然一直都在劍柄裡，石雁卻從來沒有用它要脅過任何人，但你卻還是不放心，因為那其中最大的一個秘密，就是你的秘密，所以你一定要親手奪他的劍，絕不讓這秘密再經過第二個人的手。」

老刀把子居然並不否認：「可是他的手一直都扶在劍柄上，所以我才用得著你，以後他一定會認為這次行動的主謀就是你。」

陸小鳳道：「為什麼？」

老刀把子道：「因為你剛才出手，一定很用力，紫金冠上一定已被你捏出了兩個指痕，能用兩根手指摘下他頭上道冠的人，除了陸小鳳外，世上只怕還沒有第二個，這就是最好的證據。」

陸小鳳嘆了口氣，道：「原來你不但要我去分散他的注意力，還要我去替你揹黑鍋。」

老刀把子道：「這就叫『一石二鳥之計』。」

這一點才是整個計劃中最後的關鍵，陸小鳳直到現在才完全明白。

他只有苦笑：「但我還是不明白，你既然已奪下他的劍，為什麼不索性殺了他？」

老刀把子道：「因為他反正已活不長了。」

陸小鳳吃驚道：「為什麼？」

老刀把子道：「因為他已得了絕症，他的壽命最多只有兩三個月。」

陸小鳳道：「這就難怪他已急著要提前冊立繼承他的人了。」

老刀把子冷冷道：「只可惜現在能夠擔當重任的武當弟子，都已死在我們手裡。」

陸小鳳盯著他，道：「所以他現在只能將掌門之位傳給你。」

老刀把子的手突然握緊，冷笑道：「你是個聰明人，這些話你本不該說出來的。」

陸小鳳苦笑道：「只可惜我忍不住要說。」

老刀把子忽然大聲道：「婁金氏，關天武，杜鐵心，高濤，海奇闊，顧飛雲。」

他叫出一個人的名字，這個人立刻就站了出來，瞪著陸小鳳。

老刀把子冷冷道：「你看這六個人能不能制得住你？」

陸小鳳道：「你難道還要他們出手？」

老刀把子冷笑道：「只要兩三個就足夠了。」

陸小鳳道：「那末你為什麼不束手就縛？」

老刀把子道：「我不想要他們出手。」

陸小鳳道：「因為我知道他們絕不會出手的。」

老刀把子厲聲道：「拿下他！」

他叫的聲音雖大，這六個人卻好像忽然變了聾子，連動都不動。

老刀把子瞳孔收縮。

陸小鳳卻笑了，他微笑著道：「現在他們若是出手，只會去拿一個人。」

老刀把子道：「誰？」

陸小鳳道：「你！」

六個人果然同時轉身，面對著老刀把子，同時道：「你難道還要等我們出手？」

老刀把子全身僵硬：「若沒有我，現在你們連屍骨都已爛光了，你們竟敢背叛我？」

陸小鳳搶著道：「他們並不想背叛你，只怪你自己做錯了事。」

地室中居然一直都很安靜，除了柳青青和小翠外，每個人都顯得出奇鎮定，這些驚人的變化，竟似早就在他們意料之中。

難道這些人已全背叛了他？

老刀把子的手握得更緊，道：「我做錯了什麼事？」

陸小鳳道：「你的計劃周密巧妙，卻有個致命的漏洞。」

老刀把子不信。

他的確無法相信，這計劃他已反覆思慮過無數次。

陸小鳳道：「這計劃中最巧妙的一點，就是你派出來參加這次行動的本就都是死人，你再將他們改扮成另外一個根本不存在的人，江湖中當然沒有人會注意他們的行動。」

他笑了笑：「只可惜這一點偏偏也就是你計劃中最大的漏洞。」

老刀把子不懂。

這些話的確並不是很容易就能讓人聽懂的。

陸小鳳道：「你若將高濤扮成水上飛，犬郎君的易容術縱然妙絕天下，還是有人認出他來的，至少水上飛的朋友和親人認得出。」

他拍了拍「管家婆」的肩：「可是你將他扮成了這樣子，世上根本就沒有這麼樣一個人存在，當然也就沒有人能認得出他。」

這些話說得比較容易讓人聽懂。

老刀把子當然也懂，這本是他計劃中最基本的一個環節。

陸小鳳道：「可是你忽略了一點。」

老刀把子忍不住問：「哪一點？」

陸小鳳又指了指「管家婆」的臉：「高濤能扮成這樣子，別人當然也能扮成這樣子。」

老刀把子承認。

只要有一張製作精巧的人皮面具，再加上一個易容好手，任何人都能扮成這樣子。

陸小鳳道：「高濤扮成這樣子，沒有人能認得出他，別人若扮成這樣子，當然也是沒有人能認得出來的。」

因為世上根本就沒有這麼樣一個人存在，所以也沒有人會去注意他，連老刀把子都不例外。

老刀把子的手突然開始發抖，道：「難道這個人已不是高濤？」

陸小鳳道：「你總算算明白我的意思了。」

這「管家婆」也笑了笑，用力撕下臉上一張人皮面具，竟是個年紀並不太大的女人。

這個人當然不是高濤。

陸小鳳笑道：「這位姑娘就是昔年公孫大娘的好姐妹，也是我的好朋友，我一時找不到高濤那樣不男不女的管家婆，只好找她來幫忙了。」

老刀把子怔住。

陸小鳳道：「你能將高濤扮成這樣子，我當然也能請人將她扮成這樣子。」

老刀把子恨恨道：「是不是犬郎君出賣了我？」

陸小鳳點點頭，道：「因為他也是人，並不是狗，連狗被逼急了也會跳牆，何況人？」

老刀把子道：「他還沒有死？」

陸小鳳道：「他若死了，我們怎麼能將這位姑娘扮得和那管家婆一模一樣，連你都看不出？」

老刀把子道：「這張面具也是高濤臉上的？」

陸小鳳道：「是從他臉上剝下來的。」

老刀把子道：「高濤呢？」

陸小鳳道：「他管的事太多了，已經應該休息休息。」

柳青青忽然道：「就是那天晚上，在葉凌風的山莊裡，你做的手腳？」

現在她才想到，那天晚上燈滅了的時候，為什麼找不到他們的人。

陸小鳳已趁著黑暗，將高濤、顧飛雲、海奇闊制住，將另外三個人改扮成他們的樣子，而且是用同一張人皮面具，經同一人的手改扮的。

柳青青道：「那天犬郎君也在？」

陸小鳳道：「他一直都在那裡等著。」

他微笑著道：「我們下山的第二天，我已叫人找了條同樣的狗來，乘著溜狗的時候便將他掉了包。」

狗的樣子都差不多的，除了很親近牠的人之外，當然更不會有人能分辨得出。

柳青青嘆道：「我早就覺得替你溜狗的那個堂倌可疑了。」

陸小鳳笑道：「你的疑心病一向很重。」

柳青青道：「那個挖蚯蚓的人呢？」

陸小鳳道：「他就是那個替我溜狗的堂倌。」

柳青青道：「他究竟是誰？」

陸小鳳道：「司空摘星！」

當然是司空摘星。

這名滿天下的獨行俠盜，不但輕功高絕，機智過人，而且他自己也是個易容好手。

柳青青道：「難道這裡所有的人都已不是原來那個人了？」

陸小鳳道：「只有兩個人還是的。」

柳青青道：「哪兩個？」

陸小鳳道：「一個我，一個你。」

柳青青道：「那天你們爲什麼沒有對我下手？」

陸小鳳道：「因爲你和老刀把子太接近，我們怕他看出破綻來……」

柳青青咬著牙，忽然一拳往他鼻子上打了過去。

陸小鳳沒有閃避，她也沒有打著。

她的手很快就被人拉住了，可是她的眼睛卻還在狠狠的瞪著陸小鳳，大聲道：「我只想要你明白一件事。」

柳青青道：「現在唯一跟我最接近的人就是你！」

陸小鳳道：「什麼事？」

陸小鳳心裡有點酸，也有點疼。

可是一個人若是要做一件對很多人都有好處的事，總不能不犧牲一點的。

他盡量裝作沒有看見她眼中的淚痕，盡量不去想這件事。

就算要懺悔流淚，也可以等到明天，現在還有很多別的事要做。

有人撥亮了燈光，地室中更明亮。

老刀把子這時反而鎮定了下來，又問道：「你們既然早已控制了局面，爲什麼還要按照我

的計劃去行事？」

陸小鳳道：「因爲我們還不知道老刀把子究竟是誰，所以一定要誘你入甕。」

這才是他整個計劃的關鍵，直到現在，他還沒有看見老刀把子的真面目。

還沒有人看見過。

老刀把子冷笑道：「現在，你們總算很快就可以知道我是誰了，只可惜鐵肩、王十袋他們已經永遠無法知道。」

陸小鳳忽然又笑了笑，道：「你真的以爲他們已全都死了？你看看這些人是誰？」

地室的入口忽然打開，一行人慢慢的走下來，正是剛才已倒在血泊中的鐵肩、王十袋、高行空、水上飛、巴山小顧、鷹眼老七，和武當弟子中的五大高手。

那高大威猛的老人居然也在其中。

石雁走在最後。

他剛走下來，地室的門還開著。

陸小鳳正在說：「有了王老前輩、司空摘星，和犬郎君這樣的易容好手，要假死當然並不是件很困難的事，何況……」

他的話還沒有說完，老刀把子突然竄起，箭一般竄了出去。

他掌中已有劍，出了鞘的劍。

他的人與劍似已合爲一體，閃電般擊向石雁。

石雁也有劍。

剣柄中的秘密被取出，七星劍又重回他手裡。

他想拔劍，可是脅下忽然一陣刺痛，新傷和舊疾同時發作。

老刀把子的劍已擱在他咽喉上，人已到了他背後，用一隻手拗住他的臂，道：「你們誰敢

動，我就殺了他！」

沒有人敢動。

雖然他已有了絕症，還是沒有人能眼看著武當的掌門人，這忠厚正直的長者死在劍下。

所以大家只有眼看著老刀把子往後退。

老刀把子冷笑道：「我的計劃雖未成功，你們的計劃看來也功虧一簣。」

陸小鳳苦笑道：「我們若答應讓你走，你能不能讓我們看看你的真面目？」

老刀把子道：「不能。」

他大笑，又道：「永遠沒有人再能看見我的真面目，永遠沒有……」

笑聲突然停頓。

他的人突然向前栽倒，滾下七八級石階，仆倒在地上，背後鮮血泉水般湧出

他的竹笠也滾了出去。

一個人慢慢的從石階上走下來，手裡一柄長劍，劍尖還在滴著血。

陸小鳳臉色忽然變了。

若不是因為他臉上還有面具，大家一定會大吃一驚的。

因為他臉色實在變得太可怕。

十七 功虧一簣

一

最後從石階上走下來的，並不是西門吹雪，是木道人。他才真正是走在最後面的一個，老刀把子卻顯然想不到石雁身後還有人在，螳螂捕蟬，黃雀在後，世上豈非本就有很多事都是這樣子的？

陸小鳳竟似也想不到他會來，吃驚的看著他，再看看倒在血泊中的老刀把子，忽然道：

「你為什麼殺了他？為什麼不留下他的活口？」

木道人道：「他的秘密我們早已知道，就算再問，也問不出什麼來，我出手雖重些，卻絕了後患。」

木道人笑了笑，道：「人死了之後，還是一樣能看得出他本來面目的。」

陸小鳳怔了怔，也笑了：「這幾天我實在太累，連頭都累暈了。」

木道人笑道：「每個人都有暈頭的時候，怕只怕沒有頭可暈。」

——每個人死了之後，都一樣能看得出他本來的面目。

——怕只怕他本來根本沒有面目。

陸小鳳翻過老刀把子的臉，又怔住。

他看見的竟是一張沒有臉的臉，黑洞般的眼睛裡卻帶著說不出的譏誚，彷彿還在說：「永遠沒有人能看見我的真面目，永遠沒有……」

每個人都怔住，連柳青青都怔住。

石雁卻長長吐出口氣，道：「他雖然沒有臉，我也認得出他。」

木道人黯然道：「你當然認得出，我也認得出。」

他抬起頭，看來彷彿更衰老：「這個人就是本門的叛徒石鶴。」

二

「不對。」陸小鳳說：「不是石鶴。」

他的口氣很堅決，很有自信，對他說的這件事，顯得極有把握。

沒有把握的話，他絕不會對屋子裡這些人說。

這是間高雅安靜的書房，在一個絕對安穩秘的地方。

無論誰要進入這間書房，都必須先通過七道防守嚴密的門戶。

防守在外面的人，幾乎每一個都是當今武林中的一流高手，其中包括了武當、少林、雁蕩，和巴山門下最優秀的弟子，還有長江水寨和十二連環塢中最精明幹練的幾位舵主。

沒有得到屋子裡這些人的允許，絕對沒有任何人能闖進來。

他們在這裡說的話，也絕對不會有一點風聲走漏出去。

他們將這個地方叫做「鷹巢」，這次對付「幽靈山莊」的計劃，就是他們三個月以前在

「鷹巢」中決定的。這是絕對機密的計劃。

計劃中的第一步，就是先說服西門吹雪參加，造成他和陸小鳳之間的衝突仇恨，讓江湖中的人，都以爲他非殺陸小鳳不可。這本不是件容易事，西門吹雪絕不是個容易被打動的人。

誰知這一次西門吹雪居然並沒有拒絕，他顯然覺得能追殺陸小鳳是件很有趣的事，所以他唯一的條件是——「你一定要真的逃，因爲我是真的追，你若被我追上，我也許就會真的殺了你。」

所以陸小鳳在逃亡的時候，的確隨時都在捏著冷汗。

計劃中的第二步，就是安排陸小鳳逃亡的路線，一定要讓他能在無意間和「幽靈山莊」中的人接觸，而不被懷疑。在逃亡的過程中，他還得自己獨力去應付一切困難，絕不能和任何人接觸。

陸小鳳是不是真的能混入幽靈山莊，他們並沒有把握。可是他願意冒這個險。

他們對於「幽靈山莊」這個組織已知道了很久，卻一直都抓不到一點線索，只不過從一個垂死的陌生人口中，知道這組織最近就要做一件驚天動地的大事。所以他們也非開始行動不可。

因爲他們已查出這個垂死的陌生人，竟是多年前就已應該死在西門吹雪劍下的顧飛雲。

他從幽靈山莊中逃出來，被石鶴逼入了萬丈深壑，雖然僥倖沒有死，兩條腿卻已斷了，只憑著一雙手和一股堅強的意志，在絕谷中爬了五天四夜，才遇見一個在深山中採藥的道士。

這道士正是武當弟子，他總算能活著說出了幽靈山莊的秘密。

只可惜他知道的也不多，而且已剩下最後一口氣。

所以陸小鳳一開始就已知道「表哥」並不是顧飛雲。

最先開始策劃這件事的是武當石雁，他第一個找的人就是陸小鳳。

——如果世界上還有一個人能完成這次艱鉅的任務，這個人無疑就是陸小鳳。

可是陸小鳳卻知道，單憑自己一個人之力，是絕對無法成功的。

他一定還要找幾個好幫手，他認為其中最不能缺少的就是司空摘星。

要說服司空摘星簡直比說服西門吹雪還困難，幸好他有弱點。

他好賭，尤其喜歡跟陸小鳳賭，而且隨便陸小鳳賭什麼都行。

所以陸小鳳就跟他賭：「我若不成功，你就得替我挖蚯蚓。」

等到司空摘星發現這是個圈套時，後悔已來不及，為了不想輸，他只有全力幫助陸小鳳完成這件事。

他一向是個言而有信的人。可是他也堅持要找一個不能缺少的幫手，他要陸小鳳替他找花滿樓。

花滿樓的思慮周密，無人能及，也許就因為他看不見，所以思想的時候比別人多。

最原始的計劃，就是他們四個人在「鷹巢」中決定的。

他們四個人的力量當然不夠，所以他們又拉入了六個人。

那就是少林鐵肩、丐幫王十袋、長江水上飛、雁蕩高行空、巴山小顧和十二連環塢的鷹眼老七。

因為這六個人門下都有人在幽靈山莊。他們的勢力，也正好分佈在幽靈山莊到武當的路上。

最重要的一點是，他們都是絕對守口如瓶的人，絕不會洩露這計劃的機密。

從外表看來，這只不過是鬧市中一棟很普通的樓房，是用鷹眼老七門下一個分舵舵主的名義買下來的，用樓下的三間門面，分別開了一家藥舖、一家酒肆，和一家棺材店。

三家店舖中的伙計，當然都是他們門下最忠誠幹練的子弟。

知道這次計劃的人，卻只有他們十個，其餘的人，只不過是奉命行事。

現在他們十個人之中已到了八個。

陸小鳳看著他們，將剛才說的話又重新強調了一遍：「不是石鶴，絕不是。」

石雁沒有病，顯然病得很嚴重，唯一見過石鶴的就是鐵肩。

當年武當另立掌門，石鶴自毀面目時，這位少林高僧也在座。

他看見過那張沒有臉的臉，無論誰只要看過一眼，都永遠不會忘記。

所以他反對：「我看過他的臉，他絕對就是石鶴。」

陸小鳳道：「死在木道人劍下的當然是石鶴，石鶴卻不是老刀把子，絕不是。」

司空摘星搶著道：「你怎麼能確定？」

陸小鳳道：「因爲我知道老刀把子是誰。」

司空摘星道：「是誰？」

陸小鳳道：「是木道人。」

司空摘星吃了一驚，每個人都吃了一驚。

過了很久，鐵肩才慢慢的搖了搖頭，道：「不對，不會是他。」

陸小鳳道：「爲什麼？」

鐵肩道：「多年前他就可以做武當掌門的，但他卻將掌門人的位子讓給了他師弟梅真人，由此可見，他對名利和權位看得並不重，他怎麼會做這種事？」

陸小鳳道：「本來我也不相信的，本來我還想將他也拉入鷹巢來。」

鐵肩道：「難道有人反對？」

陸小鳳點點頭，道：「石雁反對，花滿樓也不贊成。」

鐵肩道：「爲什麼？」

這次他問的是花滿樓。

花滿樓遲疑著，緩緩道：「當時我並不是懷疑他，只不過覺得他和古松居士太接近，很難對古松保守秘密。」

鐵肩道：「你認爲古松可疑？」

花滿樓道：「他的武功極高，可是他的師承和來歷卻從來沒有人知道。」

鐵肩道：「他是個隱士，隱士們本來就通常都是這樣子的。」

花滿樓道：「隱士在歸隱之前，也總該有些往事的，可是他沒有，就像一生出來就是個隱士似的。」

鐵肩沉吟著，又問道：「石雁爲什麼要反對木道人？」

陸小鳳道：「因爲他知道木道人並不是眞心情願讓位給梅眞人的。」

鐵肩皺眉道：「難道他也像石鶴一樣，是因爲做了件有違教規的事，所以才被迫讓位？」

陸小鳳道：「想必是的。」

鐵肩道：「他做了什麼事？」

陸小鳳道：「石雁不肯說。」

陸小鳳道：「石雁雖然不肯說，現在我卻還是已大致猜出來了。」

家醜不可外揚，不管怎麼樣，木道人總是他的師叔，木道人總是武當門下碩果僅存的長老。

巴山小顧也忍不住問道：「木道人當年究竟做了什麼違背教規的事？」

陸小鳳道：「他不但在外面娶了妻室，而且還生了兒女。」

鐵肩沉下臉，道：「人言不可輕信，有關他人名節的話，既不可輕易聽信，更不可輕易出口。」

陸小鳳道：「是。」

司空摘星又搶著道：「可是他既然已說出口，就一定有把握。」

鐵肩道：「不但要有把握，還得要有證據。」

陸小鳳沒有證據。可是他的分析和判斷，就連鐵肩大師都不能不承認極有道理。

——沈三娘是葉凌風的妻子，卻爲老刀把子生了兒女，她對不起的是葉凌風，並不是他，老刀把子爲什麼反而恨她？而且還殺了葉凌風？

因爲老刀把子就是木道人，就是沈三娘的表哥，也就是沈三娘真正的丈夫。

陸小鳳道：「木道人當時正在盛年，沈三娘也正是荳蔻年華……」

在鐵肩大師面前，他說得含蓄，但是他的意思卻很明顯。

「這表兄妹兩人，無疑有了私情，怎奈木道人當時已是武當的長門弟子，當然不能光明正大的和她結成夫妻，所以他就想出了個李代桃僵之計，讓沈三娘嫁給葉凌風，做他子女的父親。」

「他爲什麼要選上葉凌風？」

「因爲葉凌風也曾在武當學過劍，而且是他親自傳授的，爲了授業的恩師，做弟子的當然不能不犧牲了。」

但是後來木道人老了，又長年雲遊在外，沈三娘空閨寂寞，竟弄假成真，和葉凌風有了私情。

等到木道人發現他又有了個本不該有的女兒，也就發現了他們的私情，當然對他們恨之入骨。

「但是他更恨武當，因爲他的弟子石鶴，也遭受了他同樣的命運，被迫讓出了掌門之位。」

他本來已將希望寄託在石鶴身上，現在所有的希望都成了泡影，他只有別走蹊徑。

「報復」和「權力」這兩樣事，其中無論哪一樣都足已令人不擇手段，鋌而走險了。

「可是這還不足以證明木道人就是老刀把子。」

「我還可以舉出幾點事實證明。」

典禮進行時，只有他才能接近石雁，也只有他知道劍柄中的秘密。

「那秘密很可能就是他當年被迫讓位的秘密，所以他勢在必得。」

對武當內部的情況，只有他最熟悉，所以他才能佈置事後安全撤退的路線，而且將群豪留在大殿裡，想追都沒法子去追。長淨和長清都是他門下的直系子弟，只有他才能收買他們。

石鶴一向孤僻驕傲，也只有他才能指揮命令。

這幾點雖然也只不過是推測，卻已足夠接連成一條很完整的線索。

何況陸小鳳手裡還掌握著最重要的一個環節：「我雖然早就知道表哥不是顧飛雲，卻一直看不出他的真正來歷。」

鐵肩忍不住問：「現在你已查出來？」

陸小鳳點點頭，道：「表哥就是古松。」

這句話說出來，大家又吃了一驚。

陸小鳳道：「近年來木道人和古松一向形影不離，經常結伴雲遊，而且行蹤飄忽，只因為他們經常要回幽靈山莊去。」

巴山小顧道：「這次武當盛會，大家都以為古松一定會到的，他卻偏偏沒有露面。」

陸小鳳道：「那只因為他已被我囚禁在葉氏山莊的地窖裡。」

鐵肩道：「你有證據能證明他就是古松？」

陸小鳳道：「我見過他出手，他的劍法極精，而且極淵博，和古松的劍法很接近。他的身材和臉型更像古松，只要加一點鬍鬚，添幾根白髮，再染黃一點，就完全和古松一模一樣了。」

司空摘星道：「難怪我總覺得古松有點陰陽怪氣的樣子，原來他一直都沒有以真面目見人。」

鐵肩沉思著，忽然道：「還有一點漏洞。」

陸小鳳道：「哪一點？」

鐵肩道：「如果木道人真的就是老刀把子，為什麼不依約到滿翠樓去跟你們會合？」

陸小鳳嘆了口氣，道：「那只因為他已知道事情有了變化，已有人洩露了我們的機密。」

鐵肩道：「是誰洩露了機密？」

陸小鳳苦笑道：「當然就是那多出來的那個人。」

陸小鳳道：「是平空多出來的那個人。」

多出來的人，當然就是那高大威猛的老人。

陸小鳳道：「這件事本來絕不能讓第十一個人知道的，你們為什麼要多帶一個人去？」

巴山小顧反問道：「你知道那個人是誰？」

陸小鳳不知道。

巴山小顧道：「你知不知道我有個師叔，是滇邊苗人山三十六峒的峒主，也是世襲的土司？」

陸小鳳忽然跳了起來，道：「你說的是龍猛龍飛獅？」

巴山小顧微笑道：「他足跡久未到中原，難怪連你都不認得他了。」

陸小鳳道：「你們讓他也參與了這秘密？」

巴山小顧道：「他世代坐鎮天南，貴比王侯，富貴尊榮，江湖中無人能及，你想他怎麼會出賣我們？洩露我們的機密？」

陸小鳳閉上了嘴。可是他終於想起這個人是誰了，也已想起自己為什麼總覺得見過這個人。

他忽然覺得嘴裡又酸又苦，就好像剛吃了一大鍋臭肉。

鐵肩道：「現在我們只有一個法子能證明你的推測是否正確。」

巴山小顧道：「什麼法子？」

鐵肩道：「要石雁說出劍柄中的秘密。」

每個人都同意：「木道人讓位，若真是為了他和沈三娘的私情，也就證明了他是老刀把子。」

鐵肩道：「石雁雖然不願洩露他本門尊長的隱私，可是在這種情況下，他已不能不說。」

陸小鳳道：「他已回武當？」

鐵肩道：「天還沒有亮就已回去。」

陸小鳳道：「木道人是不是也在武當？」

鐵肩道：「我們也想到很可能會有人對他不利，所以特地要王十袋陪他回去。」

巴山小顧道：「那麼我們也應該盡快趕到武當去問個清楚。」

陸小鳳嘆了口氣，喃喃道：「我只希望現在趕去還來得及。」

突聽門外有人道：「現在已來不及了。」

王十袋先坐下來，擦乾了臉上的汗，喘過一口氣，才緩緩道：「武當十三代掌門人石雁，已於四月十四午時前一刻仙逝，享年四十七。」

沒有人動，沒有人開口。

大家的心都已沉了下去，過了很久，才有人問：「他怎麼死的？」

王十袋道：「他有宿疾，而且很嚴重。」

鐵肩道：「是什麼病？」

王十袋道：「病在肝膈之間，木道人早已看出他的壽命最多已只剩下百日。」

陸小鳳動容道：「木道人替他看過病？」

王十袋道：「木道人的醫道頗精，我也懂得一點醫術。」

陸小鳳道：「你看他真的是因為舊疾發作而死的？」

王十袋道：「絕無疑問。」

陸小鳳慢慢的坐了下去，竟彷彿連站都已站不穩了。

鐵肩的臉色也很沉重：「他有沒有留下遺言，指定繼承武當掌門的人？」

王十袋道：「我們本來以爲他一定有遺書留下的，卻找不著。」

鐵肩的臉色沉重。他深知武當的家法門規，掌門人若是因特別事故去世，未及留下遺命，

掌門之位，就由門中輩份最尊的人接掌。

武當門下輩份最尊的，就是木道人。

鐵肩長長嘆息，道：「想不到三十年後，他還是做了武當掌門。」

陸小鳳苦笑道：「這只怕早已在他意料之中。」

他們心裡都明白，現在若沒有確切的證據，更不能動他了。

武當的掌門，是絕不容任何人輕犯的。

現在他們連一點證據都沒有，就算木道人真是老刀把子，他們也無能為力。

王十袋黯然道：「石雁自己雖然也知道死期不遠，卻還是想不到會如此突然。」

陸小鳳道：「他臨死時難道連一句話都沒有說？」

王十袋道：「只說了一句。」

陸小鳳道：「他說了什麼？」

王十袋道：「他要我告訴你，你猜得不錯。」

陸小鳳霍然站起，又慢慢的坐下，喃喃道：「沒有用了，就算我猜得不錯，也沒有用了。」

他問過石雁，木道人當年是不是因私情而被迫讓位的。石雁沒有說，等到說的時候已太遲。

劍柄中的秘密，現在無疑已落入木道人手裡，他們已拿不出證據。

鐵肩道：「你猜得雖不錯，卻做錯了。」

陸小鳳道：「錯在哪裡？」

鐵肩道：「你既然知道有人要奪劍，就不該讓石雁將那秘密留在劍柄裡。」

陸小鳳道：「我們這樣做，只不過因為要誘他依約到滿翠樓去，我們才能當面揭穿他的真面目，劍柄中的秘密若不是原件，他一定看得出，一定會疑心。」他嘆息著，又道：「當時我們怎麼想到消息會走漏，他竟忽然改變了主意！」

鐵肩嘆道：「無論他是誰，都實在是個了不起的人，他的計劃雖然一敗塗地，可是到了最後關頭他還是沒有敗。」

大家默默的坐著，心情都很沮喪。他們的計劃雖然周密巧妙，想不到最後還是功虧一簣。

巴山小顧道：「現在我們對他難道真的已完全無能為力？」

陸小鳳沉吟著，緩緩道：「也許我還能想出一兩個法子來。」

巴山小顧道：「什麼法子？」

陸小鳳道：「你師叔是不是也在武當？」

巴山小顧道：「他不在。」

陸小鳳道：「你知道他在哪裡？」

巴山小顧道：「我知道全福樓的主人是他昔年的舊屬，特地宰了條肥牛，請他去大快朵頤，這種事他是絕不會錯過的。」

陸小鳳眼睛裡發出了光，道：「他喜歡吃肉？」

巴山小顧道：「簡直不可一日無肉。」

陸小鳳道：「他吃得多不多？」

三

四月十四,午後。

全福樓的門上貼著張紅紙:「家有貴客,歇業一日。」

雖然歇業,門板並沒有上起來,一走進門,就可以看見威武高大,氣吞斗牛的龍猛龍飛獅。

三張桌子併起來,擺著一大鍋肉。

他吃肉不喜歡精切細膾,花樣翻新,要吃肉,就得一大塊一大塊的吃。

偌大的廳堂裡,只有一個堂倌遠遠的站著侍候,連主人都不在。

他吃肉的時候,不喜歡別人打擾,也不喜歡說話。可是他並沒有叫人攔阻陸小鳳

陸小鳳就大步走過去,搬了張椅子,在他對面坐下,微笑道:「你好。」

龍猛道:「好。」

陸小鳳道:「我認得你。」

龍猛道:「我也認得你,你是陸小鳳。」

陸小鳳道:「但我卻不認得龍猛,我只認得你。」

龍猛大笑:「我難道不是龍猛?」

巴山小顧道:「多得要命。」

陸小鳳道：「你是飛獅土司，難道就不是吃肉的將軍？」

龍猛不笑了，一雙環目精光暴射，瞪著陸小鳳。

陸小鳳道：「將軍並沒有死，將軍還在吃肉。」

龍猛道：「肉好吃。」

陸小鳳道：「犬郎君既然能將你扮成將軍的樣子，當然也能將別人扮成那樣子，何況人死

了之後，樣子本就差不多。」

龍猛道：「將軍為什麼會死？」

陸小鳳道：「因為我去了。」

龍猛道：「你去了將軍就要死？」

陸小鳳道：「將軍的關係重大，除了老刀把子之外，絕不能讓任何人看出他的真正面目，

早一點死，總比較安全些。」

龍猛道：「不錯，死人的確最安全，誰也不會注意死人。」

陸小鳳道：「只可惜最近死人常常會復活。」

龍猛舀起了一杓肉，忽然問：「你吃肉？」

陸小鳳道：「吃。」

龍猛道：「吃得多？」

陸小鳳道：「多。」

龍猛道：「好，你吃。」

他先將一杓肉倒入嘴裡，就將木杓遞給了陸小鳳：「快吃，多吃，肉好吃。」

陸小鳳也舀起一杓肉：「肉的確好吃，好吃得要命，只可惜有時竟會要人的命。」

龍猛道：「將軍吃肉，你也吃肉，大家都吃肉，吃肉的未必就是將軍。」

陸小鳳承認。

龍猛眼睛忽然露出種詭異的笑意，忽然壓低聲音，道：「所以你永遠也沒法子證明我就是將軍了。」他又大笑：「所以你只有吃肉。」

陸小鳳想笑，卻也笑不出。

他只有吃肉。肉的確燉得很香，可是他剛吃了一口，臉色就變了。

龍猛笑道：「今天你好像吃得不快，也不多。」

陸小鳳道：「你吃了多少？」

龍猛道：「很多，多得要命。」

陸小鳳苦笑道：「這次只怕真的要命。」

龍猛道：「要誰的命？」

陸小鳳道：「你的。」

他的人在桌上輕輕一按，人已掠過桌面，閃電般去點龍猛心脈附近的穴道。

只可惜他忘了中間還有一鍋肉，一鍋要命的肉。

將軍的動作也極快，突然掀起這鍋肉，肉汁飛濺，還是滾燙的。

陸小鳳只有閃避，大聲道：「坐著，不要動！」

龍猛當然不會聽他的，身子已掠起，往外面竄了出去。

他不但動了，而且動得很快、很劇烈。所以久已潛伏在他腸胃裡的毒，忽然就攻入了他的心。

他立刻倒了下去。

陸小鳳道：「肉裡有毒，一動就……」他沒有說下去，因爲他看得出龍猛已聽不見他的話了。

這鍋肉真的要了他的的命。他倒下去時，臉已發黑，臉發黑時，已經變成了個死人。

死人既不是飛獅土司，也不是將軍。

死人就是死人。

這鍋肉是誰煮的？這裡的主人呢？

遠遠站在一旁侍候的堂倌，早已嚇呆了，陸小鳳一把揪住他：「帶我到廚房去。」

煮肉的人當然應該在廚房裡。可是廚房裡卻只有肉，沒有人。

爐子上還煮著一大鍋肉，好大的鍋，竟像是武當山上，香積廚裡的煮飯鍋，裡面滿滿的一鍋肉，還沒有完全煮熟。

陸小鳳臉色又變了，竟忍不住開始嘔吐。

他忽然發現了一樣可怕的事──難道肉在鍋裡，人也在鍋裡？

現在還能夠為陸小鳳作證的，很可能已只剩下一個人。

不管他是表哥也好，是古松也好，陸小鳳只希望他還是個活人。

現在這個人在哪裡？幸好只有陸小鳳知道。

葉家凌風山莊的地窖，當然絕不是個安全的地方，他早已將這個人送到一個任何人都想不到的秘密所在──棋局已將終了，這已是他最後一著殺手，他當然要為自己留一點秘密。

暮春的下午，陽光還是很燦爛，他慢慢的走在長街上，好像一點目的都沒有。

街道兩旁有各式各樣的店舖，店舖中有各式各樣的人，他看得見他們，他們也看得見他，但他卻不知道那其中有多少人是在偷偷的監視著他。

長街盡頭，忽然有輛馬車急馳而來，幾乎將他撞倒，彷彿有個人從車裡伸出頭來看他一眼，彷彿有雙很明亮的眼睛。

如果他也能仔細看看，一定會認得這個人的，只可惜他要去看的時候，馬車已去遠。

可是直到他走出這條長街後，他心裡彷彿還在想著那雙明亮的眼睛，甚至還因此覺得不安。

四

一個陌生人的匆匆一瞥，為什麼就能讓他提心吊膽？難道這個人並不是個陌生人？

他盡量不再去想這件事，走過街角的水果攤時，他買了兩個梨，一個拋給攤旁發怔的孩子，一個拿在手裡慢慢的啃。現在他一心只想抓住木道人致命的要害，現在木道人是不是也想殺了他？

剛才鍋要命的肉，他雖然只咬了兩口就吐出來，此刻胃裡還是覺得有點不舒服。

幸好肉裡下的毒份量並不重，份量太重，就容易被覺察。

龍猛並不是反應遲鈍的人，只不過肉吃得太多了些，多得要命。

如果他剛才也多吃幾塊肉，木道人就真的完全用不著再擔心任何事，他自己也用不著擔心任何事了。

——剛才車窗裡那個人好像是個女人，拉車的馬嘴角有很濃的白沫子，好像趕了很遠的路，而且趕得很急。

——她是誰？是從哪裡來的？

陸小鳳雖然盡量不讓自己再去想這件事，卻偏偏還是忍不住要去想。

他心裡竟似有種很奇怪的預感，覺得這個人對他很重要。

真正對他重要的人當然不是她，是古松。

那天燈滅了的時候，是他親自出手制住他的，海奇闊和高濤都被囚禁在後面的地窖裡。

從幽靈山莊來的人，現在都已被囚禁在那地窖裡，下山的那一天，陸小鳳就已將這些人的容貌圖形交給了那個「溜狗的堂倌」，鷹集中的人立刻分別開始行動，將他們一網打盡，再由犬郎君、司空摘星和王十袋將自己人改扮成他們的樣子。

陸小鳳並不十分關心他們的死活，反正他們也絕不會知道「老刀把子」的真實身分，反正他們都是早已該死了的人。

「表哥呢？」

他將表哥送到哪裡去了？是用什麼法子送走的？他好像根本沒有機會帶走那麼大的一個活人。

陸小鳳忍不住自己對自己笑了，穿過條斜巷，走回客棧——就是四月十一那天，他們剛到這裡來的時候，投宿的那家客棧。

他們卸下了行李，安頓了車馬後，才去喝酒的，喝酒的時候才遇見他的外甥女，才到了滿翠園，車馬和行李都還留在客棧裡，從路上僱來的車伕，還等著他開發腳力錢。

他好像已經忘了這件事，好像直到現在才想起。

給了雙倍的賞錢，他好像又覺得有點冤枉了，所以又叫車伕套上馬：「今天的天氣不錯，我想到四處去逛逛，你再替我趕最後一次車，我請你喝酒。」

天氣真不錯，趕車的人和拉車的馬都已養足了精神，走在路上也特別有勁。

這裡不但是到武當去的必經之路，也是距離武當山口最近的一個市鎮，走出鬧區後，滿眼青翠，天下聞名的武當山彷彿就在眼前。

他們在山麓旁的一個樹林邊停下來，陸小鳳才想起忘記帶酒。

「我答應過請你喝酒的。」他又給了車伕一錠銀子：「你去買，多買一點，剩下來的給你。」

這裡離賣酒的地方當然不近，可是看在銀子份上，車伕還是興高采烈的走了。

現在正是黃昏，夕陽滿天，晚霞瑰麗，這道教的名山，武林的聖地，在夕陽下看來也就更瑰麗雄奇。

只不過這附近並沒有上山的路，距離山上的道觀和名勝又很遠。

所以無論往哪邊去看，都看不見一個人，陸小鳳忽然一頭鑽進了車底。

車底下更沒有東西可看了，他鑽進去幹什麼？難道想在下面睡一覺？

可是他並沒有閉上眼睛，反而好像在喃喃自語：「只不過餓了三天，無論什麼人都不會餓死的，何況隱士們通常都吃得不太多的。」

他又好像並不是在喃喃自語，難道車底下還有別的人？

人在哪裡？他敲了敲車底的木板，裡面竟是空的，車底居然還有夾層。

京官們告老回鄉，帶的東西總不少，當然要僱輛特別大的車，車底若有夾層，當然也不小，要將一個人藏在裡面，並不是件困難的事。

那天在凌風山莊裡，柳青青還沒有醒，別人正忙著易容改扮時，他已將「表哥」藏到這裡面了。

將一個人點住穴道，關在這種地方，雖然是虐待，但是他認為這些人本就應該受點罪的。

「現在你雖然受罪，可是只要你肯幫我一點忙，我保證絕不再為難你的，你還可以去做你的隱士。」

他卸下了夾層的木板，就有一個人從裡面掉了下來。

一個活人。你用不著檢查他的脈搏呼吸，就可以看得出他是個活人。

因為他掉下來的時候，全身都在動，動作的變化還很多。

這個人一掉下來，裡面又有個人掉了下來，接著，又掉下了一個。

陸小鳳明明只藏了一個人在裡面，怎麼會忽然變成了三個？

三個人都是活的，三個人都在動，動作都很快，變化都很多。

車底下的地方不大，能活動的範圍更小，陸小鳳一個人在下面，已經覺得很侷促，何況又

多了三個人擠進來。

一下子他就已經連動都不能動了，因為這三個人已像三條八爪魚，壓在他身上，緊緊的纏

住了他，五隻手同時點在他穴道上。

三個人為什麼只有五隻手？是不是因為其中一個人只有一隻手？

這個一隻手的人難道是海奇闊？

陸小鳳甚至連他們的臉都沒有看見，就已被提了起來，重重的摔在車廂裡，就像是一條死

魚被摔入了油鍋。

十八　油鍋

一

健馬長嘶，向前急奔。

三個人都已坐下來，冷冷的看著陸小鳳，一個是高濤，一個是海奇闊。

第三個人卻不是表哥，是杜鐵心。

車底的夾層中本來明明只有表哥一個人的，現在反而偏偏少了他一個。他的人到哪裡去了？

這三個人是怎麼來的？在前面趕車的是誰？是不是那個本來應該在買酒的車伕？

陸小鳳忽然笑了笑，想說話，卻說不出。

他們點穴的手法很重，他臉上的肌肉都已僵硬麻木，非但說不出話，連笑都笑不出。

他們顯然並不想聽他說話，也不想看他笑，可是等到他們要他說話的時候，他想不說都不行。

杜鐵心的手張開，又握緊，指節發出一連串爆竹般的響聲。

高濤看著他的手，忽然問道：「你做刑堂的堂主，一共做了多少年？」

杜鐵心道：「十九年。」

高濤道：「在你這雙手下面，有沒有人敢不說實話的？」

杜鐵心道：「沒有。」

高濤道：「據說你本來有很多次機會，可以做總瓢把子的，你爲什麼不幹？」

杜鐵心道：「因爲刑堂有趣。」

高濤道：「因爲你喜歡看別人受罪？」

杜鐵心道：「不錯。」

高濤笑了，海奇闊也笑了，兩個人的笑聲就像生了鏽的鐵器在摩擦，令人聽得牙齦發軟。

海奇闊笑道：「我倒真想看看他當年的手段。」

高濤道：「你馬上就會看到的。」

海奇闊道：「刑堂已佈置好了？」

高濤點點頭。

海奇闊道：「據說昔年三十六寨裡的叛徒，寧可下油鍋，也不願進他的刑堂。」

高濤道：「一點也不錯。」

海奇闊道：「他是不是有套很特別的法子對付叛徒？」

高濤陰惻惻的笑道：「不但特別，而且有趣。」

陸小鳳閉上眼睛，只恨不得將耳朵也塞住，這話聽來實在讓人很不愉快，卻又偏偏不是假話。

高濤忽又像唱歌一樣唱著道：「將入刑堂，傷心斷腸，入了刑堂，喊爹喊娘。」

海奇闊眨著眼，故意問道：「出了刑堂呢？」

高濤道：「出了刑堂，已見閻王。」

杜鐵心冷冷道：「入了刑堂，就已如見閻王了。」

高濤道：「刑堂裡也有閻王？」

杜鐵心道：「我就是閻王。」

車窗外忽然變得一片漆黑，連星光月色都已看不見，車聲隆隆，響得震耳，馬車竟似已駛入了一個幽深的山洞，在洞中又走了段路才停下。

高濤長長吐出口氣，道：「到了。」

海奇闊道：「這裡就是黑心老杜的刑堂？」

高濤吃吃的笑道：「這也就是閻王老子的森羅殿。」

海奇闊將陸小鳳從車廂裡拿了出來，就像是拿著口破麻袋一樣，既不小心，也不在乎，一下子撞上車門，一下子又撞上山壁，撞得陸小鳳腦袋發暈，連骨頭都快散了。

高濤故意嘆了口氣，道：「你手裡鈎著的是個活人，不是破麻袋，你怎麼不小心一點？」

海奇闊道：「我看不見。」

這倒也不是假話，山洞裡實在太黑，簡直伸手不見五指。

他們又往前走了一段，愈走路愈窄，被撞的機會更多。

現在連陸小鳳自己都覺得自己變得像是口破麻袋了。

幸好就在這時，前面山壁上「格格」的在響，忽然有了一塊石壁翻了起來，露出個洞穴，裡面居然有光。

不但有光，還有桌椅。

桌上擺著對死人靈堂用的白蠟燭，已經燃掉一大半。

燭火閃爍，風是從洞穴上一條裂隙中吹進來的，就好像特地為這裡造出的通風口。

海奇闊隨隨便便的將陸小鳳往桌子前面一摔，嘆息著道：「這真是個好地方。」

高濤道：「就算有十萬個人在附近找上三年六個月，也一定找不到這裡面來。」

海奇闊用鈎子敲了敲陸小鳳的頭，道：「若是找不到，誰來救他？」

高濤笑道：「他就算真的喊爹叫娘，也沒有人會救他的。」

海奇闊道：「那麼他豈非已死定了？」

杜鐵心道：「他不會死得太快。」

海奇闊道：「為什麼？」

杜鐵心冷冷道：「因為我一定會讓他慢慢的死，很慢、很慢！」

海奇闊道：「他想死快一點都不行？」

杜鐵心道：「不行。」

海奇闊笑了，發現高濤正低著頭，好像正在研究陸小鳳身體的構造，就問道：「若是由你動手，你準備從哪裡開刀？」

高濤拍了拍陸小鳳的手，道：「當然是從這兩根寶貝手指頭。」

海奇闊道：「若是我，就先拔他的兩條眉毛。」

高濤道：「哪兩條？」

海奇闊道：「當然是長在嘴上的那兩條。」

兩個人愈說愈得意，就像是屠夫在談論著一條待宰的羔羊。

陸小鳳一向是很看得開的人，也很沉得住氣，可是現在心裡的滋味，卻好像整個人都已在油鍋裡。

看起來他的確已毫無希望，能夠快點死，已經是運氣。

誰知就在這時候，外面的黑暗中突然響起了一聲冷笑。

「是什麼人？」

高濤、海奇闊、杜鐵心，三個人同時竄了出去。

三個人都是武林中的一流高手，不但反應快，動作快，而且身經百戰，能擋得住他們聯手一擊的人，並沒有幾個。

外面來的彷彿只有一個人，這個人簡直就像是來送死的。

他們一竄出去，就採取了包抄之勢，無論來的這人是誰，他們都絕不會讓他再活著走出去。

海奇闊驃悍兇猛，手上的鐵鉤更是件極霸道的武器，以五丁開山之力，搶在最先。

杜鐵心單掌護胸，右掌開路，緊貼在他身後。

又是一聲冷笑，黑暗中突然有劍光一閃，就像是雷霆震怒，閃電生威，卻比閃電更快，更

可怕。

只聽「叮」的一響，一柄鐵鈎打上石壁，火星四濺，鐵鈎上還帶著一條鐵臂。

杜鐵心已仰面而倒，一股鮮血，泉水般從咽喉間湧出。

兩個人連慘呼聲都沒有發出，就已氣絕。

好快的劍！

劍鋒還在黑暗中閃著光，閃動的劍光中，彷彿有條人影。

高濤看見了這個人，一步步向後退。

他的臉已完全扭曲，就好像忽然看見了厲鬼出現，退出幾步，一跤跌在地上，鼻涕、口

水、大小便一起流了出來，整個人都跌成了一灘泥，竟活活的被嚇死。

誰能讓他怕得這麼厲害？

誰能有這麼快的劍？

西門吹雪？

西門吹雪？

一個人慢慢的從黑暗中走出來，穿著身灰布長袍，戴著頂簑子般的竹笠。

不是西門吹雪，是老刀把子。

陸小鳳的人剛從油鍋裡撈出來，又掉進冰窖裡，全身都已冰冷。

他一心想抓住這個人的致命要害，這個人當然也想要他的命。

就算他寧可進油鍋，也不願入杜鐵心的刑堂，可是現在他寧可進刑堂，也不願落入老刀把

子的手裡。

老刀把子的聲音卻很溫和，居然在問：「他們有沒有對你無禮？」

陸小鳳苦笑。

剛才被撞了那麼多下，他血脈總算被撞得比較暢通了，已經能說得出話。

可是此時此刻，他還有什麼好說的？

老刀把子道：「不管怎麼樣，我都不能讓你受到他們的委屈，他們還不配。」

陸小鳳忍不住道：「我現在才知道，你早就準備在事成之後殺了他們的。」

老刀把子並不否認，道：「斬盡殺絕，連一個都不留！」

陸小鳳道：「也許滿翠樓那地窖，本來就是他們的葬身之地。」

老刀把子道：「凌風山莊的地窖也一樣。」

——潮濕陰暗的地窖、呼號著想逃命的人、血肉模糊的屍體。

陸小鳳忍不住想嘔吐，但他忍住了，道：「他們本就是要死的，雖然沒有殺死鐵肩那些人，你的計劃還是沒有失敗。」

老刀把子笑了笑，道：「我早就說過，我絕不會失敗。」

陸小鳳也只有承認，現在看起來，最後的勝利的確屬於他。

老刀把子道：「這就好像攻城一樣，就算你已攻破了九道城，外面雖然已血流成渠，我卻還是太太平平的高臥在城裡。」

他微笑著道：「因為我的思慮比你更周密，你能攻破九道城，我早已建立了第十道，到了

這道城外，你已筋疲力竭，倒下去了。」

陸小鳳道：「你算準了我已沒法子揭穿你的真面目？」

老刀把子道：「現在世上已沒有一個人能為你作證，你說的話，還有誰相信？」

陸小鳳道：「還有一個人。」

老刀把子道：「誰？」

陸小鳳道：「你自己。」

老刀把子大笑。

陸小鳳道：「只有你自己知道我說得不錯，所以你一定要殺我滅口。」

老刀把子道：「你呢？你自己是不是完全絕對相信你自己的想法？」

陸小鳳道：「我……」

老刀把子道：「我知道你自己也不能絕對相信的，除非你能夠摘下我這頂竹笠來，親眼看

見我的真面目。」

陸小鳳無法否認。

老刀把子道：「還有件事你也錯了。」

陸小鳳道：「什麼事？」

老刀把子道：「我並不想殺你。」

陸小鳳道：「你不想？」

老刀把子又笑了笑，道：「我為什麼要殺你？你現在跟死人有什麼兩樣？」他微笑著轉

身，施施然走了出去：「不值得我殺的人，我絕不會動手的。」

陸小鳳忍不住大聲道：「現在你能不能讓我看看你究竟是誰？」

老刀把子頭也不回，道：「不能。」

二

燭光閃動，已將熄滅。

老刀把子已走了，入口處那塊巨大的石壁，也已密閉起。

就算陸小鳳能夠自由活動，也一定沒法子活著從這裡走出去。

現在這地方就好像是個密封的罐子，連一隻蒼蠅都飛不出去。

──我為什麼要殺你，現在你跟一個死人又有什麼兩樣？

沒有兩樣，這密封的罐子，就是他的墳墓。

每個人遲早都要進墳墓的，只不過活生生的坐在墳墓裡等死，還不如索性早點死了的好。

最悲哀的是，現在他連死都沒法子死。

燭淚已將流盡了，他的生命，豈非也正如這根殘燭？

直到現在他才發現，原來自己並不是無往不利，無所不能的超人。

他能從以前那些危機中脫身，也許只不過全憑一點運氣。

可是遇見老刀把子這種可怕的對手時，運氣就沒有用了。

──我知道你自己也不能絕對相信的，除非你能親眼看見我的真面目。

現在他已遠看不到了，他已只有帶著這疑問下地獄去。

——爲什麼要下地獄？

——連自己都不能相信自己的人，不下地獄還能到哪裡去？

燭光滅了，他卻還活著。

世上唯一比活生生坐在墳墓中等死更糟的事，就是活生生的坐在黑暗裡等死。

他想起了很多事，也想起了很多人，甚至還想起了車窗中那雙發亮的眼睛。

此時此刻，他爲什麼會想到她？

難道這個有一雙發亮眼睛的過路女人，和他也有某種奇異而神秘的關係？

密室中忽然變得很悶熱。

他已開始流汗，一粒粒汗珠，就像是螞蟻般在他臉上爬過。

他忽然發現自己的手已經能動了。

——你有隻天下無雙的手，你這兩根手指，就是無價珍寶。

每個人都這麼說，可是現在，他這兩根手指唯一能做的事，就是用力捏一捏他自己的腿，讓他清醒清醒，不要總以爲自己了不起。

只不過清醒了反而更痛苦。

「如果能睡著多好。」

一覺醒來，發現自己已經在地獄裡，豈非也痛快得很？

他睡不著。

隨著黑暗和悶熱而來的，是疲倦和飢渴，尤其是渴更難忍受。

這種罪要受到何時為止？

到死為止。

什麼時候才能死？

他忽然大聲唱起歌來，唱的還是那首兒歌……

「妹妹揹著泥娃娃，

要到花園去看花……」

黃金般的童年，甜蜜的往事，就連往日的痛苦，現在都已變得很甜蜜。

原來生命竟是如此可愛，人們為什麼偏偏總是要等到垂死時才知珍惜？

忽然間，黑暗中發出「格」的一聲響，那塊巨大的山壁忽然翻起。

燈光照人，一大群人擁了進來，其中有鐵肩、有王十袋、有花滿樓，走在最前面的一個白髮老道士，赫然竟是木道人。

在垂死時突然獲救，本是最值得歡喜的事，陸小鳳卻忽然覺得一陣怒氣上湧，竟氣得暈了過去。

三

四月十五，午後。

將近黃昏。

雲房中清涼而安靜，外面竹聲如濤，正是武當掌門接待貴賓的聽竹小院。

這次來的貴賓就是陸小鳳。

他動也不動的躺在床上，看著屋頂，看來也跟一個死人沒什麼分別。

「若不是木道人想起後山有那麼樣一個洞窟，這次你就死定了。」

說話的是鐵肩：「那本是昔年武當弟子負罪去面壁思過的地方，現在他們的門規已不如昔日的嚴厲，那地方也已很久沒有人去過，這次你實在是運氣。」

──運氣？見鬼的運氣！

「但是你也不能不完全感激運氣，帶我們到那裡去找你的，就是木道人。」

這位少林高僧說得很含蓄，意思卻很明顯。

他顯然已不再懷疑木道人就是老刀把子：「否則他為什麼要帶我們去救你？」

別人想法當然也一樣，這道理本就和「一加一等於二」同樣簡單。

所以木道人就變成了木真人。

但是陸小鳳心裡卻很明白這是怎麼回事。

木道人若殺了他滅口，大家就算找不出證據，心裡也必定難免懷疑。

但是現在他救了陸小鳳。

那不但能證明他絕不會是老刀把子，而且還可以獲得大家對他的感激和尊敬。

陸小鳳只有承認，這的確是他平生所知道的最狡黠縝密的計劃，木道人的確是他平生所遇見過最可怕的對手。

這件事無疑也是他平生最大的挫折，現在他已只有認輸。

他心裡雖然很明白這是怎麼回事，卻不能說出來，因為他就算說出來，也沒有人會相信。

他只問過一句話：「你們怎麼會知道我已遇險的？」

「在這種情況下，我們知道你絕不會無緣無故失蹤的，我們又在武當後山一個險坡下，找到了你那輛馬車，車上還留著你一件外衣，衣襟被撕破，上面還有在泥土上掙扎過的痕跡。」

這幾點已足夠證明他已有了危險，所以他連一句話都沒有再說。

暮色漸臨，外面忽然響起了清悅的鐘聲。

「今天是木真人正式即位的大典，無論如何，你都應該去道賀的。」

看著一個本該受到懲罰的人，反而獲得了榮耀和權力，這種事當然不會讓人覺得很好受的。

但他卻還是不能不去。

他不願逃避。

他要讓木道人知道，這次挫敗的經驗雖慘痛，卻並沒有將他擊倒。

就算他已非認輸不可，他也要面對面的站在那裡認輸。

窗外風吹竹葉，夜色忽然間就已籠罩大地。

大殿裡燈火輝煌。

四

戴著紫金冠，佩著七星劍的木真人，在燈光下看來，更顯得尊嚴高貴。

昔日那遊戲風塵，落拓不羈的木道人根本已不存在了。

此刻站在這裡的，是武當的第十四代掌門教主木真人，是絕不容任何人輕慢的。

陸小鳳在心裡告訴自己，一定要記住這一點。

然後他就整肅衣冠，大步走上去，長揖到地：「恭喜道長榮登大位，陸小鳳特來賀喜。」

木真人微笑，扶住了他的臂，道：「陸大俠千萬不可多禮。」

陸小鳳也在微笑，道：「道長歷盡艱難，終於如願已償，陸小鳳卻還是陸小鳳，不是陸大俠。」

他的態度雖恭謹客氣，言詞中卻帶著尖針般的譏誚之意。

尤其是「如願已償」四個字。

他忍不住還是要讓木真人知道，他雖然敗了，卻不是呆子。

木真人微笑道：「既然陸小鳳還是陸小鳳，那麼老道士也依舊還是老道士，所以我們還是朋友，是不是？」

他雖然在笑，目光中也露出了尖刀般的鋒芒。

陸小鳳忽然覺得有股不可抗拒的力量，從他手上上傳了過來。

就在這一瞬間，尊貴榮華的武當掌門也不存在了，又已變成了陰鷙高傲，雄才大略的一代梟雄老刀把子。

他彷彿故意要告訴陸小鳳：「我就算讓你知道我是誰又何妨？你又能拿我怎麼樣？」

他雙手扶在陸小鳳肘間，上托之勢忽然變成了下壓之力。

這一壓很可能造成兩種結果——雙臂的骨頭被壓斷，或者是被壓得跪下去。

陸小鳳寧可斷一百根骨頭，也不會在這個人面前下跪的。

幸好他的骨頭也沒有斷，他的兩臂上也早已貫注了真力。

以力抗力，力弱者敗，這其間已絕無取巧退讓的餘地。

制敵取勝的武功也有很多種的，有的以「氣」勝，有的以「力」勝，有的以「勢」勝，有的以「巧」勝，陸小鳳的武功機變跳脫，不可捉摸，本來是屬於最後一種。

可是現在他的真力已發，就正如箭在弦上，人在虎背，再想撤回，已來不及了。

因為對方的力量實在太強，他的真力一撤，就難免要被壓得粉身碎骨。

「噗」的一響，他站著的石板已被壓碎，臉上也已沁出豆大的汗珠。

站在他們附近的人，臉色已變，卻只有眼睜睜的看著。

兩個人的力量已如針鋒相對，若是被第三者插入，力量只要有一點偏差，就可能害了他們其中一個人，也可能被他們反激的力量摧毀。

誰也不敢冒這種險。

其實陸小鳳也不必冒這種險的，在木真人力量將發未發的那一瞬間，他已感覺到，本來還

有機會從容撤退。

可是他已退了一次，他不願再退。

現在他只覺呼吸漸重，心跳加快，甚至連眼珠都似已漸凸出。

唯一讓他支持下去的力量是，他看得出木道人也很不好受。

這一戰無論是誰勝，都必須付出慘痛的代價，木道人本來也不必這麼做的。

也許他想不到陸小鳳會有這種寧折不曲的勇氣，也許他現在已開始後悔。

就在這時，大殿外忽然有個年輕的道人匆匆奔入，神色顯得很焦急，若沒有極嚴重的事發

生，他絕不敢這麼樣闖入大殿。

木真人忽然笑了笑，滑出兩步，陸小鳳臂上的千斤重擔竟似忽然就變得無影無蹤，這使得

他整個人都像是要飛了起來。

他實在想不到的對手在這種情況下還能從容撤回真力，看來這一戰他又敗了。

他還沒有完全喘過氣來，木真人已能開口說話，正在問那年輕的弟子：「什麼事？」

「西門吹雪來了！」

「貴客光臨，為什麼還不請上來？」

「他一定要帶劍上山。」年輕道人的手還在發抖：「弟子們無能要他解劍，留守在解劍岩

的師兄們，已全都傷在他劍下。」

這的確是件很嚴重的事，數百年來，從來沒有人敢輕犯武當。

「他的人在哪裡？」

「還在解劍池畔，八師叔正在想法子穩住他。」

木真人的手已握住劍柄。

他的手瘦削、乾燥、穩定，手指長而有力。

——若是握住了一柄合手的劍，這隻手是不是比西門吹雪更可怕？

他忽然大步走了出去。

看著他走出去，陸小鳳心裡忽然有了種說不出的恐懼。

只有他看見過這個人的劍，如果世上還有一個能擊敗西門吹雪的人，無疑就是這個人。

解劍池中的水，立刻就要被鮮血染紅了。是誰的血？

陸小鳳沒有把握能確定，他絕不能再讓西門吹雪死在這個人手裡。

他一定要想法子攔阻這一戰。

木真人已穿過廣闊的院子，走出了道觀的大門，陸小鳳立刻也趕出去

道觀外佳木蔥蘢，春草已深，草木叢中，彷彿有雙發亮的眼睛。

陸小鳳的心一跳，一個穿著白麻孝服的人，忽然從草木叢中竄出來，手裡提著出了鞘的劍，一劍向木真人心口刺了過去。

木真人的手握著劍柄，本來很容易就可以拔劍擊敗這刺客，很容易就可以要她死在劍下。

但是也不知爲什麼，他的劍竟沒有拔出來。

看見這穿著白麻孝服的女人，他竟似忽然被驚震。

就在這一刹那間，這白衣女子的劍，已毒蛇般刺入他的心。

他還沒有倒下，還在吃驚的看著她，好像還不相信這是真的。

他臉上的表情不僅是驚訝，還帶著種無法形容的悲哀和痛苦。

「你……你殺了我？」

「你殺了我父親，我當然要殺你！」

「你父親？」

「我父親就是死在你劍下的老刀把子。」

木真人的臉突然扭曲，這句話就像是一根釘，又剌在他心上，甚至比那致命的一劍還鋒利。

他臉上忽然露出種無法形容的恐懼。那絕不是死的恐懼。

他恐懼，只因為天地間所有不可思議、不可解釋的事，在這一瞬間忽然全都有了答案，所有他本來絕不相信的事，在這一瞬間，都已令他不能不信。

他忽然嘆了口氣，喃喃道：「很好，很好……」

這就是他最後說出的四個字。

然後他就倒了下去。

陸小鳳看著那柄劍刺入他心臟，也看著他倒下去，只覺得全身冰冷，臉上也露出種無法形容的恐懼。

天網恢恢，疏而不漏。

冥冥中竟彷彿真的有種神秘的力量，在主宰著人類的命運，絕沒有任何一個應該受懲罰的人，能逃過「祂」的制裁。

這種力量雖然是看不見、摸不到的，但是每個人都隨時感覺到「祂」的存在。

木道人的恐懼，就因爲已經感覺到「祂」的存在。

現在陸小鳳也已感覺到，只覺得滿心敬畏，幾乎忍不住要跪下去，跪在這黑暗的穹蒼下。

別的人也都被驚震，過了很久之後，才有武當子弟衝過去圍住那白衣刺客。

她立刻大喝：「你們退下去，我自己做的事，我自己會解決。」

她蒼白的臉在夜色中看來顯得無比美麗莊嚴，就像是復仇的女神：「我叫葉雪，我就是老刀把子的女兒，若有人認爲我不該替父親報仇的，儘管過來殺了我！」

她忽然撕開衣襟，露出晶瑩潔白的胸膛。

可是沒有人過去動手。每個人都似已被她那種神聖莊嚴的美麗所震懾，尤其是陸小鳳。

只有他才知道她真正的父親是誰，因爲——

「木道人才是老刀把子。」

他不能說，不忍說，也不願說——何況，他說出來也沒有人相信。

這結果本是木道人自己造成的，現在他已自食惡果，他的計劃雖周密，卻想不到還有更密的天網在等著他。

「我本來已該死在沼澤裡，可是我沒有死。」

她是個獵豹的女人，她遠比任何人都能忍耐痛苦和危難，她早已學會等待，所以才能等到

最好的機會出手。

「我沒有死，只因為老天要留著我來復仇。」她的聲音冷靜而鎮定：「現在我心願已了，我不會等你們來動手的，因為……」

直到現在，她才去看陸小鳳，眼睛裡帶著種誰都無法解釋的表情，既不是悲傷，也沒有痛苦，可是無論誰看見她這種表情，心都會碎的。

陸小鳳的心已碎了。

她卻昂起頭，能再看他一眼，彷彿就已是她最後的心願。

現在她心願已了，她絕不會等別人動手。

「因為我這一生中，只有一個男人，除了他之外，誰也不能碰我！」

五

應該流的血都已流盡，解劍岩下的池水依舊清澈，武當山也依舊屹立，依舊是人人仰慕的道教名山，武林聖地。

改變的只有人，由生而死，由新而老，這其間轉變的過程，有時竟來得如此突然。

所有的情愛和仇恨，所有的恩怨和秘密，現在都已隨著突來的轉變而永遠埋葬，埋葬在陸小鳳心底。

現在他只想找個沒有人的地方，靜靜的過一段日子，讓那些已經埋葬了的，埋得更深。

他乘著長夜未盡時下山，卻不知山下還有個人在等著他。

一個人獨立在解劍岩下，白衣如雪。

陸小鳳慢慢的走過去：「現在已到了曲終人散的時候，你為什麼還不走？」

西門吹雪道：「人雖已散，曲猶未終。」

陸小鳳道：「你還準備吹一曲什麼？」

西門吹雪道：「我追蹤八千里，只為了殺一個人，現在這個人還沒有死，我還準備吹一曲為他送喪的死調，用我的劍吹。」

陸小鳳道：「你說的這個人就是我？」

西門吹雪道：「是你！」

陸小鳳道：「你難道忘了你並不是真的要殺我？」

西門吹雪冷冷道：「我只知道江湖中人一向不分真假，你若活著，就是我的恥辱。」

陸小鳳看著他，忽然笑了：「你是不是想逼我出手，試試我究竟能不能破得了你那天下無雙的出手一劍？」

西門吹雪並不否認。

陸小鳳笑道：「我知道你很想知道這問題的答案，我也知道這是你的好機會，只可惜你還是試不出的。」

西門吹雪忍不住問：「為什麼？」

陸小鳳的笑容疲倦而憔悴，淡淡道：「只要你的劍出鞘，你就知道為什麼了，現在又何必問？」

難道他已不準備抵抗閃避？難道他真的已將生死榮辱看得比解劍池中的一泓清水還淡？

西門吹雪盯著他看了很久，池畔已有霧升起，他忽然轉身，走入霧裡。

陸小鳳大聲道：「你爲什麼不出手？」

西門吹雪頭也不回，冷冷道：「因爲你的心已經死了，你已經是個死人！」

「我的心是不是真的已死？」陸小鳳在問自己：「我是不是真的已像死人般毫無作爲？」

這問題也只有他自己知道答案。

晨霧淒迷，東方卻已有了光明，他忽然挺起胸膛，大步走向光明。

《幽靈山莊》完，相關情節請續看《鳳舞九天》

陸小鳳傳奇（四）幽靈山莊

作者：古龍
發行人：陳曉林
出版所：風雲時代出版股份有限公司
地址：10576台北市民生東路五段178號7樓之3
電話：(02) 2756-0949　　傳真：(02) 2765-3799
封面原圖：明人出警圖（原圖為國立故宮博物館典藏）
封面影像處理：風雲編輯小組
執行主編：劉宇青
業務總監：張瑋鳳
出版日期：古龍珍藏限量紀念版2024年8月
ISBN：978-626-7464-35-9

風雲書網：http://www.eastbooks.com.tw
官方部落格：http://eastbooks.pixnet.net/blog
Facebook：http://www.facebook.com/h7560949
E-mail：h7560949@ms15.hinet.net
劃撥帳號：12043291
戶名：風雲時代出版股份有限公司

風雲發行所：33373桃園市龜山區公西村2鄰復興街304巷96號
電話：(03) 318-1378　　傳真：(03) 318-1378
法律顧問：永然法律事務所 李永然律師
　　　　　北辰著作權事務所 蕭雄淋律師

行政院新聞局局版台業字第3595號 營利事業統一編號22759935

© 2024 by Storm & Stress Publishing Co.Printed in Taiwan
◎ 如有缺頁或裝訂錯誤，請退回本社更換

定價：340元　　🔲 **版權所有　翻印必究**

國家圖書館出版品預行編目資料

陸小鳳傳奇. 四，幽靈山莊／古龍 著. -- 三版.--
臺北市：風雲時代出版股份有限公司，2024.07
面；公分.（陸小鳳傳奇系列）古龍珍藏限量紀念版
　　ISBN 978-626-7464-35-9（平裝）

857.9　　　　　　　　　　　　　113007026